回頭無岸

THE BITTER SEA

李 訥 著

石毓智 譯

開明書店

目錄

第四部　廣州（1957—1958）

苦海無邊，回頭無岸。

李訥老師原文寫得好，簡潔深刻，痛徹骨髓；毓智老師的譯筆優美，似一股山泉，發自幽谷，直抵我們的心底。

時代的浪潮洶湧激盪，個體的際遇沉浮起落。家國的情懷，父子的恩怨；民族的大義，親情的隔閡；困頓匱乏中的絕望與掙扎，小有富足時的無聊與迷茫……一切的一切，看似林林總總、波瀾起伏，疑為前世注定、命數固有。世道輪迴，命途多舛；苦海無邊，良知常在。一顆正直、善良、充滿悲憫的心，彷彿寒夜裏的星星，在莊嚴地閃爍；猶如晨曦中的微風，在溫潤地吹拂。

——長江學者、北京大學教授袁毓林

一個少年的眼睛，看一個家庭的幕落，父親的專制，母親的淑美，奶媽的慈愛；南京、上海、香港……真有點兒曹雪芹《紅樓夢》的感覺，有點兒巴金《家》的味道。李訥教授能夠有後來的成就，與他的童年閱歷有關。

——北京語言大學前黨委書記、教授李宇明

沒想到李訥的人生道路這麼坎坷。他的文學語言和他的語言研究文字一樣優秀，自傳寫得一點不遜於一位小說家。譯者對他了解非常深刻又有深厚的文化底蘊，翻譯出的文字也很美，很有可讀性和美感。

——復旦大學中文系教授張豫峰

因為李訥教授寫得太真實了，往往可以把人帶回到那段歲月。沉重得無法呼吸。

——北京語言大學前校長、教授崔希亮

讀了李訥的《回頭無岸》，情不自禁地想起了我中學時讀的伏尼契的小說《牛虻》。跟這部小說的主人翁一樣，李訥也是一個逆境中奮鬥的青年，所不同的是《回頭無岸》講述的是真人真事，而不是文學虛構，所以更加富有震撼力。

——華中科技大學教授李崇興

我很欽佩李訥的學問，也曾聽說過他的一些故事，是一個非常好的學者。這本回憶錄很真實感人。毓智的翻譯也很流暢，如同作者自己用中文寫作。

——北京外國語大學教授、《外語教學與研究》主編王克非

寫得很真實、細膩，譯文也自然流暢，給那段生活印下一些令人印象深刻的鏡頭。苦海本是釋家語，佛學認為人生本身就是苦，芸芸眾生無論何時何地無可逃遁。

——清華大學教授黃國營

嗚呼！吾讀斯書，身臨其境，心浸其苦。字裏真情實意，魯人異秉；行間恨愛交加，血脈相通。宦海浮沉，從身份進退可觀風雲變幻；書山躊躇，任命運東西方悟造化弄人。一切冥冥，皆性、勢、運使然！吾心昭昭，苦海無邊，回頭無岸……

——南京師範大學語言科技系創辦人、資深教授李葆嘉

讀完了《回頭無岸》，唏噓不已。曾多次聽到或看到毓智兄對李訥教授的知遇之恩的感激之語。今又見其親筆翻譯的李訥教授之《回頭無岸》。之前以為李訥教授的成就一定與其良好的家庭背景和教育有關，豈料其一家曾經經歷過如此令人心酸的苦海。李訥先生語言學成就之外，能夠留下這樣有關其少年時代遭受的苦難的文字記錄，不惟讓讀者進一步了解其身世和經歷，也讓人們記住了上個世紀中期發生在中國大地上的一幕幕荒誕與災難。「以史為鑒，可以知興替；以人為鏡，可以明得失」。誠哉斯言！

——上海外國語大學教授、《外國語》主編、
中國認知語言學會會長束定芳

這是我有史以來在最短的時間內精力最為集中讀過的一部著作，一旦開了個頭，就迫不及待地想繼續讀下去。

——東吳學者、蘇州大學教授王軍

今天一口氣讀完了《回頭無岸》，很震撼。我本就對歷史感興趣，把普通人物放在大環境裏，又在大環境下去看待普通人物。作者的父親，在大環境下何嘗不是一枝浮萍。這樣的天才在和平年代一定會「光宗耀祖」。我也很心疼作者：奶媽的離去，父親的毆打，學校的霸凌，種族的歧視。作者在這樣的環境中，又能如此優秀。我真想給這位老人一個擁抱，他辛苦了。期待他的下一部著作問世。

——渭南師範學院外語系老師褚瑞莉博士

每個人物都是立體的，既有概括的描述，又有細節的描寫。李訥先生的二十年，苦海之苦，反映了歷史浪潮之起伏，反映了人生命運之反覆。譯者有翻譯的功力，詞彙豐富，語句流暢，有感染力。

——香港中文教育協會副主席田小琳教授

名利竟然可以讓作者父親一代末世英雄一度如此偏離人倫！而父子間最終居然實現了和解，讓人稍可寬慰。

作者的種種經歷，實在傳奇！作者於苦難中從未喪失對美的強烈感知能力，這一點給我印象尤其深刻。即如其在香港逃遁山林那一段，苦厄之中，居然仍能欣賞山花溪魚之美。這固然是一種親近自然、獲取慰藉的本能，但也是一種態度、一種境界。有這種態度和境界的人，終能歷經艱險，看見上蒼篤厚，承沐慈光普照。

作者的人生已足夠傳奇，譯者的人生亦飽經坎坷。譯者與作者淵源深厚。如此因緣際遇，成就如此佳譯！讀者更有幸在譯者漫長斷續的寫作時間里與其無數次靜夜手談，親睹譯者且弈且譯的過程，也算是另一番際遇了。

——蘇州大學文學院教授夏軍

說明：以上書評按照收到日期排序。

譯者序

　　李訥教授是我恩師。我在美國讀書時遭遇大難，就在這生死攸關的危難關頭，李老師伸出最強有力的援手，挽救了我的學業。從那時起我就一直在想，李老師為何會救助一個素不相識的落難後生呢？讀了李老師這本書，才終於找到了答案。李老師是如何拯救了我們一家的，詳情見本書附錄。

　　我在加州大學聖巴巴拉校區做研究期間，李老師是課題的負責人，經常請我一起吃飯交談，談話的內容除了研究進展外，還有很多時候是李老師跟我講述他過去的事情。這本書的很多內容，他都跟我當面講述過。李老師40歲出頭才成家，太太是猶太人，一兒一女，由於文化與語言上的隔膜，他的經歷難以為家人所理解。李老師把我作為身邊的親人，講述他不尋常的過去，抒發長期鬱結在自己心中的話。儘管如此，我在翻譯的過程中，常常被書中的內容所感動，多次情不自禁地流下眼淚，有時因為太動情而無法繼續翻譯，就到室外走一會兒，讓情緒平靜下來後再繼續。所以，譯本的內容並不是完全直譯，其中也補充了李老師跟我講述的情節。

　　李老師20多歲時，曾在斯坦福大學讀數學博士，因車禍休學，後在加利福尼亞大學伯克利分校獲得語言學博士學位。他是著名的華裔學者，創辦了加利福尼亞大學聖巴巴拉分校語言學系，現為功能主義語言學的國際重鎮。李教授也是一個傑出的高等教育管理者，於1989—2006年擔任加利福尼亞大學聖巴巴拉分校研究生院院長，在他參與該校研究規劃期間，有8人獲得諾貝爾獎，1人獲得菲爾茲獎，使該校成為新世紀以來獲得諾獎人數最多的大學之

一，與哈佛大學、斯坦福大學等同列。

李老師的父親李聖五出生於山東一個窮苦農村家庭，上個世紀 20 年代考入北京大學，畢業後以優異的成績獲得政府資助到日本東京大學留學，兩年後獲得獎學金到英國牛津大學讀書，最後獲得牛津大學的法學博士。就讀書而言，按照中國人的傳統觀念，李聖五應該是天之驕子，中國近代史上屈指可數的學霸之一，是人們稱羨的優秀學生。然而，再聰明的人，再會讀書的人，如果沒有正確的人生觀和價值觀，不僅會造成身敗名裂、家破人亡，也會給民族、國家帶來災難。

李聖五於上個世紀 30 年代學成回國，先後擔任商務印書館總編和《東方雜誌》主編，後從政得到蔣介石、汪精衛等人的重任，為汪偽政府的三個內閣成員之一，歷任司法部長、教育部長和外交部長。然而，李訥看到的父親是一個被中國傳統功名利祿俘虜的奴隸。李聖五考入北大後，首先拋棄的是糟糠之妻和兩個才幾周歲的女兒。他冷酷無情，把周圍的所有人都變成了爭名奪利的工具。當日本人侵佔中國時，李聖五賣國求榮，擔任汪偽政府的要員。在李聖五 54 歲時，妻子無法忍受其冷漠無情而離他而去，兒女也因他遭受巨大磨難，兒子李訥與他反目成仇。李聖五餘生避難香港，孤苦伶仃，在淒涼中度過。李聖五 89 歲那年，打聽到兩歲就被他拋棄而從未見過面的女兒下落，在寒冷的冬季隻身一人從香港到黑龍江的邊陲小鎮去看望女兒，剛與前妻及兩個女兒見面兩三天，就因重感冒死在一個偏僻的北方邊陲小鎮。在兒子李訥眼裏，父親是一個被名利扭曲了靈魂的人，父親的一生是悲劇的一生，失敗的一生。

李老師這本回憶錄，生動而感人地描述了自己傳奇的家世，以自己超凡絕倫的洞察力，對中國傳統文化下的人生、家庭、愛情、友情、事業、名譽等做了深刻的思考和反思。他的家世從一個側面

折射出那個時代的中國社會普通大眾所遭受的苦難，讓人們明白一個強大的祖國、穩定的社會是個人生存和尊嚴的保障，是個人人生出彩的必要環境，更加深刻體悟今日的太平盛世來之不易。

李老師的回憶錄 The Bitter Sea 於 2010 年以英文出版（New York: HarperCollins Publishers）。徵得李老師的同意，我將把它翻譯成中文。因為東西方的文化差異，我在翻譯的過程中適當做了刪減和修改。

在翻譯的過程中，許多朋友給予了幫助，提出了很多寶貴的建議，謹致謝忱。特別感謝北京大學袁毓林教授（長江學者）、北京語言大學李宇明教授（前大學黨委書記）、北京語言大學崔希亮教授（前大學校長）、復旦大學張豫峰教授（文化學院院長）、華中科技大學李崇興教授（我的碩士生導師）、清華大學黃國營教授（我在華中科技大學的碩士導師）、南京師範大學資深教授李葆嘉、上海外國語大學教授束定芳（《外國語》雜誌主編、中國認知語言學會會長）、蘇州大學教授王軍（東吳學者）等。很多讀者都給予了有益的反饋，指出了譯稿中的語言或文字問題，對他們的認真表示衷心感謝，這裏特別值得提到的有李萌萌等學界朋友。

石毓智 2022 年 7 月 4 日

自序

　　我生長在中國，也許是受佛教的影響，也許是因為曾在濱海的香港生活過，我認為人生如同大海，個人就像海上的一個漂浮物，時而被大浪推向高峰，時而又被捲入海底，身不由己地到處飄蕩，被浪濤無情地轟擊淹沒，又一次一次浮上水面……佛教有一個說法是苦海無邊，回頭是岸，「苦海」比喻人世間的狀況，說的是人類無法滿足的慾望，讓人生像海水一樣充滿着各種各樣的苦難，悲傷與痛苦就像無邊無際的大海，無處不在……

　　這本書記述了我人生第一個 21 年的經歷（1940 — 1961）。這是一個大動亂的年代，戰爭、饑荒、巨變、非人性的迫害和屠殺發生在每一天，每一個角落……

序曲

20 世紀 50 年代的香港

香港中學的霸凌

　　我從上海來到香港,上學的第一天就很不順利。

　　學校裏的每個人都說粵語,可我一句都聽不懂。先生穿着中國傳統式的長袍,走路時長袍下端隨身一擺一擺。當先生款步進入教室時,班長大聲吆喝了三聲,我不明白什麼意思,只見全班同學起立,給先生鞠躬,然後又整整齊齊地坐下。我只能模仿別人,動作都是慢半拍。

　　先生輕輕地點了一下頭,作為對同學們行禮的回應。這是那個

時代每所中文學校在每堂課開始時都要行的禮節。我模仿着其他同學所做的每一個動作，不時膽怯地瞟一下老師。

這位先生身材短小，皮膚黑黑的，擁有廣東人典型的面部特徵，光滑的臉上那兩顆眼睛略顯凸出，讓人不禁聯想到海豹的眼睛。他先環視了一下我們七年級的整個班級，心裏似乎在判定着什麼，接着就開始大聲點名。當叫到我的名字時，先生猶豫了一下，眼睛盯着手裏的名單，大聲叫道「Lay Lap」，這是我名字「李訥」的廣東話發音。此時，先生自言自語道：「訥就是啞佬。」

全班同學哄堂大笑。

先生狠狠地瞪了全班一眼，笑聲戛然而止。他把目光轉向我，擺手示意讓我到他跟前。

就是在這個時候，先生發現我不會廣東話，既不會說，也聽不懂。先生操着帶有濃重廣東口音的國語跟我說道：「你名字的這個『訥』是『言』字偏旁，對嗎？」我勉強可以聽懂，就點了點頭。

當先生讓我回到自己的座位時，又引起了班裏一陣咯咯的笑聲。這笑聲讓先生很生氣，他瞪着眼睛訓斥大家。此時先生用的是國語，顯然是考慮到了我。我十分感激，聽着先生蹩腳的國語，強忍着不要笑出來。

「你們認為謙卑的名字就很可笑嗎？你們為什麼要嘲笑別人？難道是因為你們都有一個華麗而尊貴的名字嗎？」先生看着他手上的花名冊，又接着說道。

「讓我看看你們中間到底叫些什麼名字，啊，『國棟』『華驕』『家耀』……你們真的就是『國家的棟梁』『中華的驕傲』『家族的榮耀』嗎？你們覺得自己很了不起，難道僅僅是因為你的父母給你起了個高大上的名字嗎？」先生大聲地吼道。

先生眼裏冒着兇光，狠狠地掃視了整個教室。大家鴉雀無聲。此時先生的語氣緩和了下來。「現在，我希望讓你們記住兩件事。

第一件事情是，我們中國人很幸運，不需要像英國佬那樣，都是起些固定俗套而無任何意義的名字。我們的父母挑選有意義的詞彙，來給自己的孩子起名。這是我們的一個重要文化傳統。」說到這裏，先生又環視了一下整個班級，看有沒有同學思想開小差。「第二件事情是，儘管很多父母都是挑選高大上的字眼來給自己的孩子起名，然而也有些父母卻是選擇謙卑的字眼給孩子起名。一個謙卑的名字是把低調謙遜作為人生的座右銘，它始終提醒孩子們不斷努力積極向上。這裏並沒有什麼可笑的。大家應該明白，一個人的名字叫『訥』，他不一定就不善言辭。同樣，一個人的名字叫『智』，並不意味着他就比別人聰明。記住這些道理，好好做人做事！」

先生的這番話令我寬慰，他控制課堂氣氛的能力給我留下了深刻的印象。我非常感激這位先生因為我一個人的緣故而臨時改用國語上課。我因為緊張而嘣嘣直跳的心臟開始平靜下來，心裏想，有這樣的老師，我會很快適應這裏的學習環境的。

課間休息時刻到了。我一個人走到校園的一個角落，站在樹蔭下，躲避炎熱的太陽。我是新來的，不認識一個人。

此時一羣男孩朝我走來，我認出他們都是剛才跟我一起上課的。其中一位個頭很高、也很壯實的男孩走上來，杵在我的面前，他看上去有十二三歲的樣子。

「嘿，李啞佬！」他用怪異的廣東口音的國語叫道，咧着嘴看着我傻笑。他說的話就像打機關槍那樣：「你真的是個啞巴嗎？」

這個男孩看上去很粗野，樣子有些嚇人。

當然，從我的角度看，七年級班裏的每一個同學都很壯實。那時我才十歲，只有 1.2 米高，是班裏個頭最矮小的。香港的小孩七八歲時才開始上小學，而我六歲時就在上海讀小學了。1950 年我來到香港時，父親又讓我跳了一級，沒有讀六年級，直接進入七年級班。

其實，站在我面前的這個男孩在七年級學生中也是一般個頭。

我沒有理會他這無禮的問話。他比我高一頭還多，站在那裏肚子跟我的脖子幾乎平齊。此時此刻，我真想狠狠地給他肚子一拳，可是我不敢。不僅是因為這家伙魁梧可怕，而且周圍還站着十幾個跟他個頭差不多的男孩。我朝遠處望了一下，看有沒有老師走過來。

非常不幸，一個大人也看不見。

「你看，我們也不是欺負你。」這個男孩又開始用打機關槍式的語調說道，「你叫李啞佬，是吧？我們只是叫你的名字。」

他的話聽起來似乎有道理，但是他的語調透露出嘲弄。這個男孩的話立刻引得圍觀者哄堂大笑。

另一個男孩在我的身後說着什麼，聽起來也像打機關槍一樣，我聽不懂他說的是什麼意思。

站在我面前的這個男孩咧開大嘴笑道：「我朋友想知道，是誰給你起的這個名字？」他用結結巴巴的國語給我翻譯。

我的心嘣嘣直跳，不敢看這夥人，只希望下一節課的鈴聲趕快敲響。這夥人視我的沉默為膽怯，他們開始一陣一陣地起鬨。

「你爸爸就是一坨狗屎，怎麼會給你起這樣的名字！」

太過分啦！

「操你媽！」我用簡短的國語罵道，眼睛盯着那個說話像機關槍的男孩。即使我打不過他們，但是從小接受的忠孝教育告訴我，父親一旦被辱，兒子就要報仇。中國的傳統忠孝思想不僅是教育孩子聽從父母的話，還要尊重父母，贍養父母，甚至以生命來捍衞父母的尊嚴。這種觀念在每一個中國小孩的腦海裏根深蒂固。

「喂，這個侏儒不是啞巴，他會罵人！」

圍觀者開始狂吼。

人羣開始向我集結。

　　我嘗試逃開。站在我面前的那個男孩把我朝後猛搡，我趔趄向後幾步，說時遲那時快，站在我身後的人又把我朝前猛推，讓我撞向前面這個男孩身上。站在左邊的男孩又抓住我的胳膊肘朝一邊猛扯，周邊的人來回地推搡我，我的身體不由自主地在人羣中間打轉。他們興高采烈，歡呼不停，似乎在進行一場體育運動，我就是被他們任意踢打的皮球。

　　他們這樣搞了一陣子才停下，我看出他們是在想別的辦法來折磨我。此時，我就一個念頭：夠了，不能再忍受了！

　　我站穩腳跟，鼓足勇氣，朝着一直站在我面前的那個男孩的太陽穴上就是狠狠一拳，可是只擊中了他肚子的右上邊。這家伙驚嚇加上疼痛，發瘋似地用拳頭朝我的頭上、肩膀上狂砸。

　　他瘋狂的拳頭擊中了我的太陽穴和腦袋。我重重地摔倒在地，接着就是來自各個角度的瘋狂腳踢。我緊閉雙眼，用雙臂護着我兩邊的臉。

　　突然，踢打戛然而止，只聽到飛奔的腳步聲，人們迅速散去。我小心地移開雙臂，看到一個成年人的輪廓出現在我的上面。

　　我感到眩暈，心想是不是第一節課的那個老師救我來了？

　　我仰起頭來才看清楚，站在我身邊的這人不是那位老師。這位男士臉很長，神情嚴厲，比我前一節課的老師年長，個頭也高，似乎很有權威。他大聲叫喊，雖然我聽不懂他在說什麼，但是從他的語調和表情可以看出他十分惱火。然後他轉換成國語，聲音很可怕。

　　「你怎麼回事？站起來！」

　　「他們打我。」

　　「『他們』是誰？」當我站起來時，他呵斥道。

　　「每一個人。」我一邊回答，一邊擦着衣服上的塵土。我的胳膊和身上多處感到疼痛。

「每個人都打你，你現在還能站着說話？我自從擔任這個學校的校長以來，從未聽過如此荒唐的事情！」他大聲地呵斥道。

「是每個人！」我堅持地說。

「可恥！新學年的第一天就發生鬥毆事件。你放心，我會弄清此事的。」

當校長說完了這句話時，第二節課的鈴聲響起，他直起身子，揹着雙手，身體僵直地踱步走開。

第二節課我坐在班裏，撫摸着身上的傷痛，安撫着自己精神上的創傷。這堂課的老師換了，課程也不一樣，這些都與我沒有關係，反正我什麼也聽不懂。這節課的老師說的也是廣東話，周圍所有的人都是如此。在此之前，我都是在南京和上海生活的，現在一切都變了。在四天之前我才來到這個完全陌生的世界——香港。

通常我很難長時間坐在一個地方靜默不動，可是在開學第一天的第二節課上，我呆若木雞地坐在自己的座位上，完全陷入胡思亂想之中，一動不動。

我心裏在盤算着下節課該怎麼辦。我是應該緊隨老師到他的辦公室呢？迅速跑去廁所？裝病回家？還是站在一個無人能從背後攻擊我的牆角？我竭力思考各種做法的利弊。因為想得太入神了，以至於完全沒有意識到老師還在上課。

課堂已經進行了 20 分鐘，我的思緒突然被打斷，一個人走進教室，輕輕地在授課老師耳邊說了幾句話，臨走前遞給了授課老師一個信封。接着這位授課老師就把我叫到教室外邊，用蹩腳的國語說道：「你現在就回家，把這封信給你爸爸。」

我真不敢相信自己的耳朵，竟有這麼好的運氣！我所有擔心的事情立刻都煙消雲散，再也不用害怕課間那些人再來霸凌我了，如釋重負。我返回座位，揹起自己的書包，飛快跑出教室。

1950 年 9 月 1 日，就是開學的前三天，何琳阿姨把我從上海

帶到香港與我的父母團聚。國語是我的第一語言，後在上海生活又接觸了些上海話。粵語算是我的第三語言吧，我來香港之前，從來沒有聽過它。

不僅是語言差異，香港的一切似乎都有別於上海。這裏屬於熱帶，氣候潮濕，海風習習。香港的每一個角落都能聽到海水拍打岸邊的聲音。即使在看不到海的地方，也能聽到海浪的聲音，連空氣聞起來也是鹹鹹的，濕濕的。這裏凡是沒有人住的地方，都長着茂盛的植物，綠色覆蓋着平地和山麓。

香港這裏的人長得也有特色。跟北方人或者上海人比起來，這裏大多數人個頭矮小，皮膚黝黑。面部特徵也不同，他們的眼睛呈半月形，鼻子扁平，嘴脣較厚，面部略短。另外，洋人到處可見，主要是些來自「日不落帝國」的英國佬。這些洋人要麼趾高氣揚地坐在人力車上，要麼就像國王一樣大搖大擺地在大街上晃悠。這些英國佬的做派時時提醒人們，他們才是這塊土地的主人。的確如此，這塊地方是屬於人家的！

從學校回家也很不容易。我的學校坐落在九龍，正面對着香港島，背後就是維多利亞港灣。我家在新界，遠離位於市郊的九龍。

上個世紀 50 年代的新界，尚未開發，還是一片荒野。山上長滿了各種各樣的植物，溪流順着山谷蜿蜒而下注入大海，河流入海口有各種各樣的水生動物，吸引成羣的白鷺和海鷗來捕食。風景如畫，生機盎然。山水中間又點綴着大大小小的村落，大都有數百年的歷史。華南虎偶爾現蹤，獵殺附近村莊的水牛。

連接九龍和新界的交通只有一條單軌火車道。一輛老式的燃煤機車緩慢而吃力地拖着幾個車廂往來其間，中間停幾個小站，機車噴出的煤灰灑落在道路兩旁。火車時而穿過風景秀麗的山谷，時而越過清澈見底的河流，時而又行駛在一片平闊整齊的綠色稻田之中。

上午學校就讓我回家，但我得等兩個鐘頭才能坐上下一班開往

新界的火車。還有這麼長的時間，我就在火車站附近漫無目的地閑逛，碰到一個小販市場，那裏有各種各樣的食品售賣，有魚皮花生，有棉花糖，有各種腌菜，有橄欖乾兒，還有各種各樣的水果。最誘人的還是烤肉、燉魚、肉串、蒸肉包子這些有肉的食品。還有一些小販肩挑着柳筐，筐裏擺着鮮美的水果，沿街叫賣。平底鍋裏燉着豬肉、海鮮之類的東西，熱氣使得空氣中瀰漫着肉香味，勾起路人的饞蟲。棕色的細鐵棍兒上串着白色的魚圓兒，饞得人口水直流。

我站在一個賣魷魚的攤位前，眼睛直勾勾地盯着一片烤好的魷魚。烤熟的魷魚都是一片一片切好的，五分錢一片。每片烤熟的魷魚上都插着一根牙籤兒，拿起來就可以放到嘴裏吃。此時的我飢腸轆轆，可是我沒有這五分錢去買。

幾年前我們一家住在南京的貧民窟，經常食不果腹，飢餓一直伴隨着我，但從沒像此時此刻這樣幾乎讓我失去理智。我長時間地站在這個魷魚攤位前，聞着那散發出來的魚香味兒，只想抓起一片魷魚飛快逃走。

「喂，年輕人，如果不是因為我需要錢買米養家餬口，我就白送你一片吃。」這個攤販看出了我的心思。

我嚇了一跳，急忙抬頭看，只見這個攤販緊緊地盯着我。

我覺得很羞愧，低下頭走開了。心想，今天遇到的糟糕事已經夠多了，不要最後再被人當作一個賊抓住。

父親的家暴

我到了家裏，父親很吃驚，因為此時還遠沒到放學的時間。

「為什麼你這早就回來了？」父親用低沉的聲音吼道。

「是學校讓我回來的，」我告訴父親，「這裏有學校給你的一封

信。」我把第二節課那個老師給我的信封遞給了父親。

父親坐在一把大藤椅上，手裏拿着一本英文書。這把椅子是他獨自享用的，椅子的靠背和座位處鑲着柔軟的海綿墊，外皮上印有熱帶花卉的圖案，這是我們三居室的套房裏最舒適、自然也是最昂貴的一件傢具了。我來到香港這幾天，心裏一直好奇，坐在這把「國王」椅子上會是一種什麼感覺？但是父親嚴厲禁止我碰這把椅子，即使他不在家時也不行。

我望着父親，他的腦袋大過常人，臉型方正，五官英俊，神情冷酷而嚴厲，即使面對我們兒女也沒有表示過任何溫情。我已經十歲了，記憶中父親幾乎沒有搭理過我，我也不了解父親的任何事情。

幾天之前，何琳阿姨把我從上海帶來香港，叫我喊這位總是陰沉着臉的男人「爸爸」，給他鞠躬。那一時刻，這個成年男人坐在他的椅子上一動不動，陰沉着臉沒有跟我說一句話。我自己也感到很彆扭，因為他也不像是我的父親。

二戰結束後不久，父親就離開了我，那時我才五歲，自打那以後我再沒有見過他。在抗日戰爭期間，父親總是坐着加長豪華型轎車回家，我偶爾從遠處看見過他。那時候我住在他的南京公館。

當他的轎車抵達公館前時，只見一個衞兵從車前門迅速跳下，然後打開車後門讓他下車。

那些日子，父親總是穿着三件套的西裝，衣服是專門請一個國際著名裁縫製作的，這個裁縫也曾給二戰後管控日本的麥克阿瑟將軍設計剪裁過服裝。我記憶中的父親個子高大，穿着考究，舉止莊重。

我不得不承認，每次父親回到家時，最讓我興奮的並不是他，反而是他的侍衞着實讓我着迷。他看起來自戀而令人敬畏，似乎跟我沒有任何關係。

　　侍衞身挎一把小型自動武器，槍身的一半露在皮套外邊，看上去有兩把手槍那麼大，槍裏壓着三十發子彈。我以前曾經親眼看見過日本兵用步槍打死人，可是我從來沒見過自動武器是怎樣射擊的，所以我對這玩意兒特別好奇。

　　南京的日子是父親的權利和財富達到高峰的時候。現在的他則是流亡到英國殖民統治下的地方，躲避他曾經犯下的政治罪責，就是作為戰後的難民居住在香港的。他靠翻譯過活，有時也到大學裏兼課賺些外快。

　　當一個人從巔峰上摔下來後，心理往往難以適應，還不如一個常人快活。

　　我四天之前才來到香港，在這之前我跟父親幾乎沒有什麼接觸。這幾天父親給我留下印象最深的是他早餐吃雞蛋的方式，全家只有他一個人才有這個特權，能每天享用一個雞蛋。他把煮熟的雞蛋垂直放在一個精緻的小杯子上，用一隻手扶穩雞蛋，另一隻手拿着一把小湯匙，巧妙地剝掉雞蛋皮。此時呈現在大家面前的是，白嫩的蛋白環圍着橙紅色的蛋黃，看上去就像冉冉升起的朝陽。來香港之前，我從來沒有跟父親一起吃過早餐，沒有見過他這種吃雞蛋的儀式，據說這是父親在英國讀書時學來的。這種生活細節上的考究着實令我癡迷，而我自己的早餐就是兩片簡單的白麵包罷了。

　　他是父親，在家裏總是享有第一特權，飲食自然先由他享用。自打我有記憶時，我就被灌輸這樣的教育：祖先總是地位高，父親是一家之主，自然在家庭享受最崇高的位置。

　　現在父親正看着我從學校帶回的信，他臉色陰暗，頓生兇氣。雖然我不太理解，但他的表情着實讓我開始擔心、害怕。

　　「你被學校開除了。」父親惡狠狠地盯着我。

　　「什麼？他們並沒有告訴我呀！」

　　「為什麼人家要告訴你？」父親邊說邊站起來，「要知道，你啥

也不是，是我給你付的學費。」

是的，我啥也不是！我心裏也這麼想着。當然，至少在我長大成人之前，我什麼都不是。

「你跟別人打架啦，是吧？」他呵斥道。

「沒有。」我下意識地回答道，不過真實情況也確實如此。

「沒有？你的意思是說，校長在信上說謊？」父親猛烈抖着手中的信，用低沉的聲音吼道。我不寒而慄，心想最好不要再辯解了。「你還用污穢的語言辱罵你同學的父母！」父親接着說道。

父親不再質問我事情的原委，他完全相信了校長信上所說的話。

他眼裏冒着發瘋似的怒火，我不敢再看他，不由自主地低下頭來盯着自己的鞋子。

「辱罵別人的長輩是最大的冒犯！」父親繼續向我咆哮，「你不僅侮辱了你同學的長輩，你也羞辱了你自己的長輩，上學第一天就被開除！」

這太不公平！父親怎麼能夠站在霸凌我的那幫人一邊說話呢？我感到十分委屈，是他們先辱罵了我的父親，我為了保護父親的尊嚴才還手的。我仍然不敢抬頭，想着如何找機會為自己辯護。

又過了幾秒，我鼓足勇氣抬起頭來看着父親，張了張嘴，可是沒有說出一句話來。只見他的臉因生氣而變形，咬牙切齒，這把我想說的話又嚇回去了。最後我還是吞吞吐吐小聲說道：「是他們先打的我。他們罵你是『臭狗屎』，我這才還手的。」

冷不妨，他碩大的拳頭狠狠地砸在我的右臉頰上，他這一重拳打得我趔趄向後跌倒，猛地撞在牆上。我勉強扶住牆，沒有摔倒在地，嘴巴裏頓時滿是鮮血。

「別讓我再看到這個王八蛋！我為他感到羞恥！」父親向媽媽嚎叫着，我蜷縮在牆那裏一動也不敢動。媽媽過來把我拉出房間，

父親仍然厭惡地朝我直搖頭。

母親一聲不吭，緊緊地拉着我朝外走，一副無動於衷的樣子。

「今天不許他吃晚飯！」當母親例行公事式地把我拖到院子裏時，父親在我們身後大聲吆喝着。

濕潤的空氣、熱帶的花香、青翠的樹木，讓我從眩暈中漸漸甦醒。我慶幸父親把我趕出來，這樣他想打我也打不着啦。我在院子裏漫無目的走着，嘗試弄清楚剛才到底發生了什麼事。我頭痛難忍，身體多處傷，難以想像那天的折磨！

他到底因為什麼揍我？是因為我告訴他那個男孩罵他『臭狗屎』呢，還是因為我被學校開除了？我心裏想，自己肯定是做錯了什麼，只是不知道錯在什麼地方。我為了維護父親的尊嚴，才還手打了那個霸凌我的男孩。到底是因為什麼讓父親如此動怒？越想越糊塗，算了，太複雜啦，不去想啦。

院子吸引走了我的注意力。這個院子很寬敞，是幾家共有的，外邊就是一條河流的入海口。香港位於熱帶，土壤濕潤，地表覆蓋着厚厚的腐殖質，各種各樣的植物滿地瘋長。到處都是闊葉植物，還有些植物的葉子閃爍着彩虹的顏色，點綴着紫、紅、黃、綠、白小圓點。其中有一顆高大的玉蘭樹，開滿了手指大小、錐形的白花，香氣撲面而來。房子門口種着一叢茉莉，稠密的小白花散發着濃郁的芳香。不遠處則是幾棵番石榴樹，結着粉裹透着黃、黃中又帶綠的果子，讓人口水直流。

院子裏還有一片竹林，高高的竹子遮擋住炎熱的陽光，海風吹拂得竹葉颯颯作響，站在竹蔭下面覺得涼颼颼的。竹子的高潔與不屈，撫慰着古代遷客騷人的精神創傷，這些人被視為有節氣的高潔之士。竹子隨風搖曳，也顯示出其堅強和韌性。

在這個攸關命運的下午，我一個人鑽進茂密的竹叢，胡亂地弄出一個空間，身體靠着一節一節的竹竿，仰望着插入雲天的竹梢。

　　我多麼希望自己變成一棵眼前的竹子，過着田園詩般的平靜生活，不需要擔心飢餓，不用害怕同學的霸凌，不必恐懼父親的家暴。我羨慕竹子的生活，隨風搖曳，吸收雨露，紮根沃土。

　　又過了一會兒，我從竹林裏鑽出來，來到院外的小河邊上。這是九月天，正是收割稻子的季節。步行了六七里的路，碰見一個新收割的稻草垛子。

　　我抽出中間的幾捆稻草，稻垛中出現了一個小窩窩，看上去是個蠻不錯的小巢。我蜷縮進這臨時造的小洞裏邊，感到不熱不冷，真舒適，真愜意呀。這一天把我折磨得精疲力盡，很快就在草垛裏睡着了。

　　醒來時，已是夜裏，到處一片漆黑。我已經一天沒有吃東西了，肚子咕咕直叫，胃裏感到有些絞痛。仰望星空，滿天的星斗與地面上的燈火交織在一起，它們似乎在微笑着向我招手。

　　我不解父親為何如此冷酷無情，他從來不願意在我身上花一點兒時間，難道他不是我的親爸？以前我也聽過狠毒的繼父虐待繼子的故事，想像冒險到遠方尋找我的生父，如果運氣足夠好，最後有幸能與生身父母團圓，他們都很愛我，再也不用擔心被拳打腳踢。

　　這個世界上會有誰可憐我呢？越想越傷心，情不自禁地抽泣起來，哭累了，又不知不覺睡着了。

　　說來話長，父親和我糟糕的關係並不是從 1950 年的香港才開始的。我們倆胸中都充滿着憤怒和仇恨。我們相互怨恨對方，更重要的是，我們都厭惡生活在英國殖民統治之下。

　　香港是沒落的大英帝國實行殖民統治的最後一塊地方。這裏的每一個英國人，不論他們原來受過什麼教育，幹過什麼工作，都裝成一副貴族的模樣。對一些英國人來說，到亞洲或者非洲的殖民地混一段時間，是進入英國眾議院的終南捷徑。當然，那些因犯法而被英國政府流放到這些地方的罪犯除外。即使那些被流放到香港的

囚犯，他們在這裏的額外收入加上工資，遠高過英國本土那些眾議員們。圍繞在這些殖民者身邊的都是些充滿奴性的本地僕人，他們都是些馬屁精，曲意逢迎來討好主子。這些英國佬沉湎在這種傲慢、權勢和奢華給他們帶來的享樂之中。所以，來到香港這裏的英國人，大都很害怕被調遣回國。

父親來到香港，是以一種流亡政治家的身份，但是跟來自英國的被流放者則是天壤之別。他在自己的祖國曾是一個顯赫一時的政治人物，他曾高官厚祿，大權在握，他也曾頤指氣使，他的話別人不敢不聽，他的周圍都是想方設法投其所好者。他以前在中國的社會地位，比眼前香港的英國佬還要高出許多。現在的他失去的不僅僅是昔日的榮華，而且還淪為英國殖民統治之下的二等公民，成了一個卑賤的平民。這一切的一切，更增添了他內心的仇恨，導致他

英國殖民統治下的香港苦力（1948 年攝）

心理完全失衡。

　　我來香港之前，先在南京的貧民窟住過一年，雖然那裏骯髒不堪，但是日子悠閑自在。後又到上海法國租界住了四年，生活自由快樂。那時不用擔心父親的拳打腳踢，也看不見他兇神惡煞的樣子。特別是在南京貧民窟的那些日子，是我童年最快樂的時光之一。我來香港純粹是被大人們安排的。那時我已經十歲了，心裏時常抱怨父親強迫我離開自己熟悉而舒適的生活環境。

　　父親有更充分的理由發火，有更多的原因仇視。他是一個北方佬，天生難以適應南粵的環境。他鄙視香港的一切：他蔑視這裏的人，不屑學說當地的土話，不願理解當地的文化，更憎惡那些沒文化的霸道的殖民者。要知道，父親可是英國牛津大學的法學博士，即使在英國那裏也屬於社會精英，亦是眾人稱羨的對象。更糟糕的是，他有家不能回，因為他曾經背叛過自己的祖國。

　　從我最早有記憶時開始，我跟父親的關係就很緊張。在這個殖民統治下的熱帶城市，我和父親注定難以相處，只會增加我們之間的失望與憤怒。父親對我的失望和憤怒通過言辭和行動來發泄，而我對他的不滿只能埋在心裏。在中國的傳統文化裏，兒子是不能對父親不敬的，即使心裏這麼想也不行，更不要說表現在言行上了。按照封建禮制，父讓子死，子就不能活。

第一部

南京

1944
〜
1945

父親的南京官邸（1940—1945）

部長官邸

我出生於 1940 年。我五歲之前一直住在父親的南京官邸裏。

父親的官邸被高大莊嚴的深灰色磚牆圍繞着，從外邊的街道上看儼然就是一座監獄。大門戒備森嚴，兩扇高大厚重的鐵門令人望而生畏，大門的一側是一個供人出入的小門。當鐵門打開時，一輛公共汽車可以輕鬆通過。這些更讓人懷疑這裏就是關犯人的地方。

進入大門，映入眼簾的是一排莊嚴的羅馬松柏，把車道與精心護理的花園隔開。花園裏是大片的修剪齊整的綠草坪，草坪的周邊種着五顏六色的花卉。中間建有一個圓形歐式噴泉，建造精美，噴泉四角是四個真人大小的花崗巖阿波羅神像，泉水從口中噴出。臥室面對着花園，由陽台和大理石甬道連接。大廈的後面還有兩座房子，那裏是廚房和十幾個僕人的住所。

父親命令大門口持槍站崗的衛兵，嚴禁我走出大門。即使我生病了，也不能外出就醫，而是讓大夫到官邸來給我診治。

對這種禁閉的仇恨，是我童年的第一記憶。

我有五個哥哥和姐姐，他們的年齡都比我大得多，每天都可以出去。他們坐着豪華轎車去上學，都有衛兵陪護。這些衛兵肩負雙重職責，一方面是保護他們，另一方是禁止他們到學校以外的地方去。那些衛兵們每天早上進進出出大門，有說有笑，聊天喧嘩，我卻不行。我想不通，怎麼這些人都可以到大門外，而唯獨我卻不行？誰也沒有給我解釋為什麼把我禁閉在官邸內。

我的奶媽

也許是天生的好奇心，我越來越對灰牆外邊的世界感到好奇。一天奶媽帶着我在院子裏玩耍，我說要到一棵大榕樹後邊撒尿，就一個人跑開了。我跑到榕樹後，奶媽看不見我了，我並沒有撒尿，而是先望着這棵大榕樹縱橫交錯的藤根，用小手抓住一根榕樹藤，使出吃奶的力氣先想方設法爬到大樹分叉處，再沿着一根橫跨牆頂的樹幹緩慢地爬到了牆頂上。

可是一看牆太高了，我不敢跳到外邊去。我兩條腿跨在牆頂上，完全被外邊多彩多姿的世界迷住了。奶媽看我很久還不回去，就過來找我。我突然扭過臉看見奶媽站在牆內的地上，她嘴唇顫

動着似乎想說些什麼，但是一句話也沒有說出來，兩隻手猛地捂住臉，不敢看我。奶媽立刻又把手移開，臉色煞白，兩眼圓睜，大概是被我的舉動嚇呆了。

「趕快下來！」這是她最終唯一能說的話。

奶媽的話音告訴我，我這次必須聽話。

我沿着老路下來了，小手和膝蓋都被樹皮擦傷了。等我落地時，奶媽抓住我的手，一聲不吭，拉着我回了大廈。這是僅有的一次奶媽幾乎忍不住要訓斥我。這時我還不到四歲。

自打這件事以後，奶媽把我看得很緊，我再沒有機會爬榕樹上牆了。

可是我想了解外面世界的慾望卻越來越強烈，我只能每天站在陽台上，長時間地呆呆地望着遠處的田野，時而會陷入夢幻，以致眼前的景象與夢境交織在一起，不辨真假。一次我驚奇地發現麥田一處在晃動，原來是一隻野生動物在麥秆裏活動。放眼望去，不遠處有一個村落，不時看到有人走動，我很欣賞那時而冒起的裊裊炊煙。視線的盡頭則是一座光禿禿的小山，山頂處有一條斜坡公路一直延伸到父親的官邸。

朝右邊看去，有一座比父親官邸更大且結構相似的建築，每天熙熙攘攘，大小車輛進進出出，衛兵給上下車的人敬禮引路，僕人們忙前忙後。奶媽跟我說，那座大樓住着一位比父親官位更高的人物。後來我才弄清楚，那裏邊住的是當時南京政府的副總統。

我們唯一的鄰居就是副總統的官邸，附近再沒有住別的人家。也不像都市的鬧市區，周圍沒有任何商業店舖。父親特意選擇在這個遠離喧鬧的市區的地方建官邸，目的就是不想看見那些骯髒、貧窮的小市民們。

我觀察着麥苗一天天長高，常常不自覺地把眼前看到的事物聯想成別的東西，一隻飛過的烏鴉幻化為呼嘯而過的轟炸機，一輛噴

着尾煙的汽車成了一台正在行進的坦克，兩個在麥田裏勞作的農民則是一個大部隊的偵查兵……

當時是二戰時期，南京是日本傀儡政府的首都，統治着中國沿海的省份，控制着向內陸擴展幾百公里的地區。管轄區內的人口超過兩億，相當於當時中國總體人口的一半左右。這個區域早在二戰開始幾年就被日本佔領。戰爭的陰影始終籠罩在淪陷區上空。

站在陽台上，時而也能看到日本兵和軍械車輛通過官邸前的道路。最讓我興奮的還是高空中飛來的美國轟炸機，雖然太遠看得不大清楚，也讓我激動不已。這種情景給我留下的印象太深刻了，常常出現在我後來的夢境中。我也常站在一邊聽大人們零零碎碎的談話，什麼德國已經敗退啦，日本軍需物資快要枯竭啦，日本兵又在哪裏犯下了哪些罪行，外國的新型轟炸機、新式武器又研發出來啦，如此等等。大人的話，我聽不大懂，但是我從他們說話的低沉語氣中可以感覺到事情的嚴重性，所以我總站在一旁專心致志地聽。

真正發生在我眼前令人興奮的事情並不多。其中給我留下永恆記憶的是飛到南京城上空的美國轟炸機羣，它們從高空丟炸彈。我仰着脖子望着天空，只見轟炸機剛丟出的炸彈像飄在空中的小棍棒，垂直下落，速度越來越快朝地面墜落，最後從我的視線裏消失。隨即就是一連串的爆炸聲，地動山搖，連我站着的陽台跟着晃動。幾分鐘後，地面上升起一片滾滾黑煙，遮蔽遠處的天空。在蔚藍色的高空中，飛機丟完炸彈後，就像銀色斑點一樣慢慢消失在天外。

因為我們住在郊區，遠離任何有戰略價值的地方，所以附近從未遭到美國飛機的轟炸。轟炸給人們帶來的巨大恐怖，那時我還無法理解。相反，童年的我甚至覺得這是什麼神祕的娛樂活動，並有太多的問題讓我迷惑不解。

「飛機的裏面到底什麼樣子？」我問奶媽。「它們怎麼會飛呢？是誰坐在裏面啊？」

「有人被炸死了嗎？」我看到炸彈爆炸後冒起的濃煙問道。

「不知道。」奶媽總是耐心地回答着我的每一個問題。「不知道。小家伙，你怎麼有這麼多問題呢！」

其實，奶媽也並不比我知道的多多少，她頂多知道冒濃煙處可能是炸彈擊中了建築物什麼的。她來自一個偏遠的小村莊，來南京之前甚至都沒聽說過飛機這玩意兒，更不要說看到轟炸機丟炸彈了。奶媽似乎不覺得飛機丟炸彈有什麼好玩，每次有美國飛機來轟炸，她總是拉着我躲在屋子裏。可是我堅持要出去看，奶媽無奈只好陪我到陽台上，她緊緊地把我抱在懷裏，每當炸彈爆炸引起大地震動時，奶媽的身子無法控制地也隨着顫抖。

一天，我還像往常一樣站在陽台上向外觀望，看到幾個人從官邸前的馬路上瘋狂往前跑，後邊有一隊日本兵緊追不放。看起來，在前面跑的那幾個人都是平民百姓，身上也沒有帶任何武器，他們越跑越快，眼看就要甩掉後邊的日本兵了。當這幾個人越過麥田時，那些日本兵站住不追了，舉起步槍射擊，緊接着是一連串的槍聲，只見那幾個奔跑的人向前撲倒，然後在凹凸不平的麥田裏拚命往前爬。那一夥日本兵迅速跑過去，拉着那幾個逃跑者的腳把他們拖回來。這些日本兵還一路狂笑，大聲喧嘩。

我害怕地問奶媽，「那幾個逃跑者是不是被打死了？」只見奶媽臉色鐵青，面部因害怕而抽搐，眼裏噙着淚水。她緩慢地點了一下頭，沒有說出一句話，然後急忙抓住我的一隻手，把我從陽台上拉到屋裏。後來多年裏，我每次想到這幕情景都感到驚嚇。這是我第一次目睹死亡。

在官邸裏，我很少見到自己的家人。幾個姐姐和哥哥都比我大得多，那時他們都已經十幾歲了。我的大姐姐已經讀醫學院了，其

他的都在上初中或者高中。他們每天有說有笑，相互交往，我羨慕死他們了。

我的父母一天到晚都在忙自己的事。我不知道母親在幹什麼。那時候，有錢人家喜歡把孩子給奶媽撫養，我就是如此被安排的。父母住在官邸的另一側，似乎跟我隔着千山萬水，我難得看到他們，自然也很少想到他們。

父親總令我感到害怕。我沒有聽過他的笑聲，也沒有見過他的笑容。他對人總是一副威嚴的樣子，令人心生恐懼，膽戰心驚。

官邸裏給父親闢有一間寬敞的書房，牆上掛着一根大皮鞭，用以懲戒僕人。一天我聽到兩聲殺豬般的尖叫，撕心裂肺，似乎是疼痛難忍，我害怕得發抖。十多年後我從母親那裏得知，那是父親在執行家法，鞭打兩個僕人，一男一女，他們兩個偷情，以致女方懷孕。這一對男女在受了鞭刑後就立刻被遣送回山東老家。官邸裏的僕人全部都來自父親出生的那個村莊。

身邊的大人們跟我說，父親總是忙於工作。他很少在家，即使回到家裏，他也從未陪過我，幾乎也沒有理睬過我。

我跟奶媽住的地方是官邸的一個側翼。我們的房間有兩個臥室，還有一個沖浴室，再加上度過我童年最多時光的地方——陽台。我的「奶媽」名副其實，就是用她自己的奶餵養我的媽媽。

迄今我也不知道奶媽的真實名字。

奶媽總是護着我。她給我餵飯，給我洗澡，給我講故事，給我唱歌，跟我一起玩遊戲。我病的時候，她來安慰我。我站在陽台看外邊世界的時候，也是她一直陪伴着我。該睡覺的時候，我總是不聽話，奶媽就用她的手指輕輕地按壓我的小臉，輕觸我的眉毛和鬢角。她這一動作似乎有某種魔力，讓我很快放棄反抗，不久就閉上眼睛進入夢鄉。

每天早上醒來時，奶媽總是坐在我的牀邊，微笑着看着我，

她笑得總是那麼燦爛。然後她就把我抱在懷裏，親一親，晃悠一會兒。

奶媽長着一頭又長又厚的烏髮，她把頭髮編成兩條結實的馬尾辮子，搭到腰部的位置。有時候，我調皮地用兩隻小手抓住她辮子末端，奶媽則牢牢握住她的辮子中間部位，把我吊起輪圈，如同坐公園裏的旋轉盤一樣，逗得我連連尖叫，快樂無比。

每當我受到驚嚇的時候，奶媽就用一個民間偏方讓我平靜下來。她先讓我面對面朝她坐下，然後從自己長辮子中分出一絡頭髮，用一隻手剝開我的下眼瞼，露出我的淚腺。此時她再用另一隻手用頭髮輕輕摩擦我的淚腺，柔柔地旋轉幾下。這樣反覆幾次後，她再用同樣的方式摩擦另一隻眼睛。奶媽的這個動作不重不輕，我感到癢癢的，就像別人輕柔地在你的背上抓癢癢，讓我很舒服很享受，這樣精神很快就平靜下來了。奶媽的這個偏方很神奇，屢試不爽。

奶媽喜歡給我唱歌，跟我玩遊戲。她長着一雙大大的杏核狀的眼睛，明亮有神，眼裏總是閃爍着熱情和愛意，讓人覺到和藹可親。她端莊秀麗，給人一種信任感，她安靜的外表內含着韌勁。因為她沒有名貴的首飾，也不化妝，也許別人並不覺得她很艷麗，但是她充滿着生氣，富有活力，待人和善，是個完美的女性。在我的心目中，奶媽是世界上最美的女性了。

一個星期天的早晨，我醒來時驚喜地發現自己躺在奶媽的懷抱裏。這天早上，奶媽坐在牀邊，把我放在她的膝蓋上，緊緊地把我摟在懷裏，前後搖晃，嘴裏唱着一首我平時最愛聽的民謠，每當我生病時或者不高興時，她都會這樣唱：

在很遠很遠的地方
有一個美麗的姑娘

陪着一個小男孩

他們再無法分開

享受着人間的溫暖

從此後她再也沒有悲傷

．．．．．．．．．．．．．．．．．．．．

　　奶媽的歌聲總是那麼動聽，當時我還沒有完全從夢中醒來，睡眼朦朧地看着她。奶媽朝我笑着，但是不似平常那麼開心。她嘴巴乾燥，神情悲傷，開始抽泣起來。這讓我一下驚醒過來，瞪着眼望着奶媽，想弄明白到底發生了什麼事，但是越想越困惑。此前我從未見奶媽如此傷心過。

　　「奶媽，你還好吧？」我問道。

　　眼泪開始從奶媽的臉頰上滾下，我用兩隻小手嘗試擦去她的眼泪，但是她的泪水越流越多，越流越快，很快她的泪水沾滿了我的兩隻小手。

　　我害怕了，大聲地哭起來。這讓奶媽立即停止了哭泣，馬上鎮定下來，開始像往常一樣照顧我早上的衣食。「沒啥事，小家伙！一切都好。」奶媽用毛巾擦去我的眼泪。奶媽讓我安定下來後，我馬上又問：「你為什麼要哭？」奶媽沉默了一下，似乎在想如何告訴我。「小家伙，」最終她說道，「我來照顧你已經四年半了，我剛來時你才這麼大。」奶媽用手比劃了一個嬰兒大小的空間，微笑着看着我。「現在你能說話了，能到處跑了，能吃各種食物了！不再是個小嬰兒了，應該跟你的爸爸媽媽一起生活了。」

　　我驚訝不已。「可是你就是我的爸爸媽媽呀！」我的回答讓奶媽發自內心地笑起來。「即使我很想做你的爸媽，我也不能夠。我只是你的奶媽，」她說到這裏，控制不住自己的情緒，聲音有些沙啞。「我來你們家是給你餵奶的。現在你長大了，不需要吃奶了，

所以我也該走了。」她低下頭來，又緊緊地把我抱住。「可是我不讓你走，」我撫摸着她的臉頰輕聲地說。「聽話，小家伙！你爸爸已經做出了決定，我必須得回我的老家，今天我就得走。」

奶媽的話，我不大明白。為什麼父親會這樣做？他是想讓我的世界坍塌！從來沒有人對我說過，奶媽是來自一個遙遠的小鄉村，她有一天還是要走的。很多年以後我才知道，就在她來我們家做我奶媽的前一個月生了一個孩子，為了養家餬口，她把自己剛滿月的孩子撇在家裏，來到城裏當奶媽。實際上，奶媽遭受着雙重的情感折磨。那時我還是不懂事的嬰孩，無法理解她的悲傷。當我逐漸成長有記憶的時候，一直覺得我生來就是跟奶媽在一起的，我就是她的孩子。

在短短的幾年裏，她就經歷兩次被剝奪孩子的痛苦，這種悲傷是一個人難以承受的。對我來說，奶媽還不僅僅是給我餵奶的女性，她給我以溫暖、熱情、安慰、保護、幸福和陪伴。我真不能相信，父親已經做出了這個冷酷的決定，要讓奶媽離開。我的小腦瓜子開始活動起來，最後想出一個辦法。

「你可以帶我一起走！」這讓奶媽再一次發自內心地笑起來，她笑得那麼溫暖，那麼燦爛，她這笑容深深刻在我的記憶之中，終生難以忘懷。「不，小家伙，你不會想跟我一起走的。你屬於一個非常不尋常的家庭，我來自一個窮苦的小鄉村。你不屬於我，不可能跟我一起走，而且別人也不允許我帶你走。」

奶媽的話再一次讓我困惑不解。為什麼不可能？誰不允許？我一直認為我就是屬於奶媽的，為什麼她說我不是她的？但是奶媽的話也讓我明白，我的點子行不通。兩人沉默不言。

沒過多久，一位男僕敲門探頭進來，大聲喊道：「車子在外邊等着呢。」奶媽站起來，整了整衣服，然後把她的手提箱遞給了那個男僕。奶媽那天穿的還是女僕的工作服，上穿一件齊腰旗袍，下

穿一條寬大的黑褲子。我一直都沒有注意到我牀邊的奶媽的箱子。奶媽把我抱在懷裏走下樓梯，母親的小轎車停在樓前的車道上。我頓時陷入昏厥，失去了反抗奶媽離開的意志。這個精神打擊太大了，我的頭腦一片空白，完全變得混亂麻木了，眼睛看不見任何東西，耳朵聽不到任何聲音。

奶媽把我放在車門邊，蹲下來用她的手輕輕地撫摸着我的肩膀，她似乎想說些什麼，但是一句話也沒有說出來。此時奶媽泣不成聲，凝視着我，竭力保持平靜。很快我又恢復了意識，明白就在此刻，奶媽就要離開。我開始嚎啕大哭。「別走！別走！奶媽，你別走！」我哭喊着祈求，開始泣不成聲，最後身子開始抽搐。我拉住奶媽左袖拚命往後拉，不讓她上車。奶媽站住了腳，忍不住哭泣起來。一個男僕抓住我往後拉，設法讓奶媽上車。我用右手拚命抓緊奶媽的袖子，側過身來，使勁猛踢男僕的小腿，踢得男僕疼痛尖叫。我繼續抓住奶媽不放，哭喊祈求。

突然，在場的人靜止不動，鴉雀無聲。我突然發現自己懸在空中，有人抓住我把我從地上拎了起來。我亂踢亂蹬，拚命想掙脫下地，可是力小不能。我的身體幾乎與地面平行，一隻手仍然死死地抓着奶媽的袖子。就在此刻，我的胳膊被一記成人的重拳猛砸，頓時失去知覺，拉着奶媽那隻手不自覺地鬆開了，奶媽的袖子這才從我的手指中滑開。我扭過頭來，看我是被誰抓着不放的。

不是別人，是父親。父親就像對待小狗那樣一手把我提開，我還是踢蹬着反抗。「你這個壞蛋！你這個壞蛋！」我聲嘶力竭地罵着，眼淚滴在地面。我看不到他的臉，他用胳膊使勁卡住我的肋骨，使得我呼吸開始急促起來。他把我拎到屋裏，扔進廁所，鎖上廁所門。我被鎖在廁所裏不知多少小時，我詛咒他，用所有學到的髒話罵他，發誓將來一定要向他報仇。

第二天早上父親上班去了，母親這才把廁所門打開讓我出來。

她穿着一件黑色高領襯衫，掛着珍珠耳墜，頭髮綰成一個圓結，用一個閃亮的髮卡扎在後邊。「這世上無人敢叫你爸『壞蛋』，」她面無表情地說道，「更糟的是，你面對着那麼多人罵你爸爸。你爸非常惱火。」我沒有吭聲。過了一會兒，她輕輕地拽着我，把我拉走。

媽媽的訓誡，我一句也沒聽進去。我陷入了恐懼，吃不下飯，也不說話。我的哥哥姐姐突然對我熱情起來，邀請我到他們的房間去玩，雖然此前我也很羨慕他們一起玩耍，但是此時我索然無味。過了兩天，母親教導我，說做兒子的無權對父親生氣。我還是一聲不吭，但是心裏完全不同意她的話。

父親做了對不起我的事，我是這樣認定的。他趕走了我的奶媽，剝奪了我喜愛的一切。他欺負我年幼體弱，他只信暴力，不講道理。我的怒火與日俱增，想像着如何逃脫他。

娟娟

奶媽走了一個星期後，媽媽從孤兒院領回來一個十二歲的女孩，名字叫娟娟，來做我的玩伴。

在那個時候，富裕有權勢的人家，可以到孤兒院裏輕而易舉地領回一個孩子。孤兒院都是人滿為患，收養着數不清的無家可歸的孩子。他們原來都是在大街上流浪，常常遭受各種不幸磨難，有的被綁架，有的被售賣，有的被殺掉，甚至有的因飢餓而死。所以孤兒院都特別希望那些大戶人家來領養這些孤兒。那時領養孤兒不需要任何手續，不用填表申請，也沒人問你的背景，更沒有人過問孤兒被領養後的狀況。孤兒院的管理者假定，每個來領養孤兒者都不是人販子，可是販賣人口是在十九世紀和二十世紀前半葉的中國非常猖獗，是一莊大生意。一個孤兒被領走了，就騰出一個空間給下一個孤兒入住。

我的新玩伴娟娟，一天到晚昏昏欲睡，悶悶不樂。她跟奶媽是完全不同的兩個人，她不知道如何照顧我，也不想照顧我。她一個故事不會講，一首歌不會唱，一個遊戲不會玩。她對任何事情都不感興趣。她唯一喜歡做的事情，就是表情緊張地坐在那裏發呆。

娟娟一個人坐在那裏，長時間一動不動。我則是天生好動，一刻也坐不下來，即使一個人長時間在陽台上觀望外邊的世界，我也是站得直直的。我快五歲了，性格活潑，充滿着好奇心。對我來說，醒着的時候就得不停地動，直到累趴下睡着了。我問娟娟，她坐着的時候是不是在想什麼事情。「沒有，我啥也沒想，」她回答道，「我只是在休息。」

為什麼一個正常人白天醒着的時候總是在休息？我不相信娟娟說的話。我覺得，一個人只有病了的時候，晚上天黑的時候才需要休息。夜幕降臨，天黑做不成事，人們才會去休息睡覺。我有時在想，如果太陽永遠不落，我也就能永遠不用睡覺了。可是，這個娟娟就是希望一天到晚休息，似乎她希望外邊的世界永遠是黑夜，因為她好像不願看到、聽到、感覺到任何事物。她懶惰不動的習性，着實令我吃驚，她真像是擺放在房間裏的一尊雕塑。

自從娟娟跟我住在一套房子後，我大部分時間都一個人站在陽台上，常常陷入對戰爭的幻想。美國的轟炸機還時不時來丟炸彈，我對防空警報已經習以為常。我盼望着再看到什麼令人興奮的事，就像幾個月前看到的日本兵槍殺逃跑者的情形。那件事着實讓我驚嚇，但是它也引起我

李訥 4 歲攝於南京

對死亡的好奇心：人死是不是就像入睡那樣？死亡的傷害是不是就像失去奶媽一樣痛苦？我不記得那些被日本兵射殺者是否嚎叫哭喊，只看到他們倒下。現在我很想那一天的事情再重演一遍，讓我能看個仔細。日子就這樣一天天過去，單調乏味，沒有任何新鮮事發生。

奶媽走了以後，一切都改變了。我常常垂頭喪氣，氣憤難平，喪氣的是奶媽再也不回來了，氣憤的是父親把她趕走了。我在屋裏走動，也意識不到娟娟的存在，心裏憎恨着父親的冷酷無情。但是這種狀況沒持續多久，又發生了另一件大事，再一次改變了我的命運。

蔣介石抄家

奶媽被父親辭掉後不久，家運就急轉直下。

一天早晨，一輛吉普車突然駛進官邸，從車上迅速跳下幾個便衣特務，其中一人手持半自動步槍，嘩嘩啦啦向大廈撲來，悄悄地衝進官邸裏父母住的房屋。這幫人來勢洶洶，看樣子很有來頭，背景很大。這夥人在進大鐵門時，已經解除了門衛的武裝。此時我正站在臥室的陽台上，親眼目睹這一幕情景。

幾分鐘後，他們挾持着父親從大廈走出來。父親穿着便裝，沒打領帶，神情嚴肅。他高抬着頭，目不斜視，在便衣特務的控制下上了吉普車。整個過程，誰也沒有說一句話，如同看無聲電影。上車後，父親顯得失魂落魄，他坐在後座，一邊一個特務看管。我遠遠望着坐在吉普車裏的父親後背，只見他身板挺直，在朝陽照射下梳剪考究的發亮的烏髮特別引人注目。就這樣父親被帶走了，爾後的五年裏我再沒有看見過他。

過了個把小時，又來了一輛大型吉普車，運來了更多的便衣特

務，後邊還跟着幾輛空卡車。首先他們有人開走了父親的豪華轎車和母親的小型轎車，然後他們開始往卡車上裝東西，傢具、衣物、箱子、地毯、掛畫等所有能搬的一件不剩。我和娟娟站在陽台上，屏住呼吸，呆呆地看着眼前發生的這一切。其中一人穿着西裝，頭髮油光鋥亮，像是個頭目，母親似乎在向他求情，大概是想讓他們留下一些生活必需品。但是這個特務頭子根本就不搭理，繼續指揮着這次襲擊行動。母親情緒變得激動，苦苦哀求，這個特務頭子嘴巴似乎說了些什麼，可是瞟都沒有瞟母親一眼。幾個小時後，大廈裏的東西被洗劫一空，這幫人才駕車離開。值得慶幸的是，家裏人都沒有遭到傷害。

這天晚上，母親把官邸裏所有人員都叫到大廳裏，包括僕人、衛兵、廚師等。我們幾個孩子也站在一邊看。母親說話的聲音不大，但是很果斷。

「大家都看到了，今天這些人是蔣委員長派來的，」母親直奔主題。「蔣委員長有令，李家必須在二十四小時內搬出官邸。這也是大家的不幸，你們也得離開這裏。」人羣中一陣低聲議論，但是似乎他們此前已經意識到這個結局，沒有人感到特別吃驚。人們環顧被洗劫後空蕩蕩的大廳，都清楚一件事：李家完了！

母親神色鎮定，兩手相握，繼續跟大家說道：「我們一家人都非常感謝大家的忠誠服務。」然後她又補上一句：「你們中間如果有誰想回山東老家，我可以給你們買車票回去。」

這時我才知道，官邸裏的大部分僱工都來自父親的山東老家。這是中國僱主的普遍做法，因為他們覺得，同一家乡的人可信賴，而且對僱主依附性也較高。

母親的話，敲響了李家的喪鐘，大廳裏一片死寂。過了一會兒，人羣中有人哽咽。昏暗的燈光下，我能看出大家的悲傷和絕望。這也意味着他們人生的重大變故，失去了有保障的生活。

　　人們竊竊私語了一陣後，有人開始走開。只有一個白髮蒼蒼的男僕走到媽媽的跟前，說想要回山東的老家。年輕人都不願返回那貧窮的山村，大都想留下來在大都市尋找其他工作機會。

　　此前我沒有見過媽媽做事情，今天是第一次。我站在一邊，看她能在這種天塌下來的時刻，面對着上上下下那麼多人，態度鎮定，不失尊嚴，說話簡短果斷。她臉色有點蒼白，顯得有些疲倦，因為這一天地動山搖的家庭變故讓她身心疲憊。但是，母親沒有眼淚，沒有詛咒，沒有怨恨，似乎這發生的一切，她早有所料。

　　此時此刻，我也是第一次注意到母親的美麗。以前奶媽見到母親時，總是寒暄道：「漂亮的李夫人……，」但是我也從來沒有在意過母親的長相。母親的美麗不是那種風騷型的，也不大會一下子吸引你的注意力。母親是內涵的美，優雅的美，非常耐看，令人動情而久久難以忘懷。

　　平時母親總是離我那麼遙遠，難以接近，我也沒在意過她到底什麼樣子，心裏也沒有想過她，覺得她是個無關的人。父親則不同，雖然他像母親一樣離我很遙遠，但是他總是保持着一副權威的樣子，處處顯露出他的權勢。父親看人的樣子，走路的姿勢，上下車的動作，都給人一種高高在上、居高臨下的感覺。這倒引起我的注意，好奇他到底為何這樣厲害。

　　安排完僕人後，母親又把我們幾個孩子叫到一起，平靜地告訴我們，今天上午來的那幫人沒收了我們所有的錢財，命令我們搬出官邸，到南京郊區的貧民窟去住。即使面對家人，母親也沒有情緒失控，還是那麼平靜淡定。姐姐和哥哥們都不做聲，只有不懂事的我好奇地問：「貧民窟是啥樣子？」

　　母親看了看孩子們，把我們叫到一個被搬空的房間裏，說道：「我們要住的地方骯髒不堪，那裏也很不安全。」母親還是那麼平靜，說話一如往常。「孩子們，我們的生活變了，咱們也成了窮

人啦。」

　　我的一個姐姐哭了起來，她一邊哭一邊用手撐着身上穿的時髦的絲綢襯衣。

　　這是 1945 年的 9 月，二戰剛剛結束，日本已經投降。我當時年幼無知，直到後來我才弄清楚事情的真相。父親當時是汪精衞政府的一個老資格部長，先後擔任過司法部長、教育部長和外交部長。日本投降後，蔣介石重新回到南京，以叛國罪逮捕了父親。經過簡單的審訊，父親被判入獄服刑十三年。汪精衞的內閣部長裏只有父親活下來，其他人都被蔣介石槍斃了。為何父親得以倖存，迄今我也不知道其中緣故。那時父親這些人的生死都被握在蔣介石的幾個高官手裏，司法程序都是走個過場。在我看來，父親原來是牛津大學的法學博士，他在司法界高層的舊友為他說了好話，所以才免於一死。

　　服刑期間，父親和他在汪偽政府的舊同事被關在虎橋監獄。這是專門關押政治要犯的地方，遠離普通刑事犯罪的監獄，牢房寬敞舒適，並配有傢具。他們可以向有關官員索取自己想看的書來閱讀，也可以要紙筆來寫作。那些日子，最折磨父親的不是失去自由，而是每天在他房間外處決犯人的槍聲，這些犯人就是跟他住在一處的昔日同事。在還沒有定刑的前幾個月裏，父親眼睜睜看着自己的老同事一個一個被拉出去槍決，而臨時刑場就設在父親住所前的廣場上，一個警察手持一杆步槍從犯人身後向其腦部射擊。每天一大早，父親都能聽到行刑的槍聲，這槍聲在那幾個月裏一直迴盪在父親的耳朵裏。每聲槍響都在提醒着父親，他的一位昔日同事被蔣介石送到了另一個世界。對父親來說，與其一天到晚被這樣恐嚇折磨，毋寧被直接槍決。這種精神折磨也許是被蔣介石政府有意安排的特種刑法，是對父親這種罪犯特殊定製的一種心理酷刑。

　　等我長到 30 多歲時已經在美國大學任職，很想理解父親到底

是一個什麼樣的人，他為何選擇那樣的人生道路，便到大學圖書館借來大量的圖書來閱讀。直到這個時候我才真正明白，父親犯下的政治罪行有多麼嚴重，認識到事後他還能活下來真是個傳奇。

1911 年辛亥革命，國民黨推翻了清王朝，建立了中華民國，孫中山任總統。上個世紀 30 年代，國民黨分化成兩個派系，領導者分別是蔣介石和汪精衛，蔣介石得到黨內以黃埔軍校為核心的軍人支持，汪精衛則得到黨內更多知識分子的擁戴。

當時的中國還是兵荒馬亂，經歷了整整一個世紀的西方列強的入侵和殖民，民生凋敝，國力屢弱，還不能算是一個主權完全獨立的國家。因此，政治人物常常需要外國勢力的支持來取得權利、保障地位，而外國勢力則需要培植他們在中國的代理人，兩廂勾結是那時的政治常態。蔣介石利用太太宋美齡的影響力和關係，贏得了美國的支持。汪精衛和我父親年輕時都曾留學日本，那時他們就結識了日本帝國的高層，因而自然與日本人結盟。1937 年，日本發動了全面的侵華戰爭，佔領了中國東部富庶的沿海省份，汪精衛就建立了日本的傀儡政權——南京政府。汪偽政府管轄着日本佔領區兩億左右的人口，但是自打成立之日起，就籠罩在不祥的氛圍之中，因為日本侵略者在中國犯下了滔天罪行。1937 年 12 月，日本進攻上海、南京一帶，展開了持續數周的瘋狂大屠殺，估計約三十萬平民死於非命。日本兵的暴行慘絕人寰，無數的婦女被強暴，孕婦被開膛破肚，小孩被插上刺刀當皮球，男的被當作活靶子練刺刀，諸如此類的反人類行為罄竹難書。

日本在中國犯下如此暴行，父親還決定與他們合作，這讓我非常難以理解。父親脫離政治 20 年後，我和父親聊起了近代中國的政治形勢，他向我解釋當時選擇與日本合作的緣由，嘗試贏得我的同情和理解。

「你應該知道，30 年代的日本是亞洲霸主，」他對我說道，「日

本在三十多年前一次戰役中打敗了沙皇俄國，又迅速佔領台灣和朝鮮半島，一躍而成為世界超級強權國家。在那個時候，無人預見到法西斯帝國的崛起，會引發第二次世界大戰，最終導致日本無條件投降。」

1937 年，日本發動全面侵華戰爭。1941 年，日本偷襲珍珠港，太平洋戰爭爆發，迅速演化為第二次世界大戰。最後日本戰敗投降，也標誌着南京政府壽終正寢。所有這些歷史事實，我都清楚，父親的這些鋪墊主要是試圖向我解釋他為何選擇與日本人合作。

聽到這裏，我有些不耐煩了，說道：「你講的這些都是事實，那麼你自己如何看待呢？」父親不敢正視我，轉頭望着窗外，臉色充滿着悲傷。他遲疑了一會兒，說道：「我做出了錯誤的選擇。」父親的這句話讓我震驚，因為第一次看到父親承認自己做錯了事。但是，父親又從歷史環境來為自己的政治錯誤辯解：

「人人都是事後諸葛亮。汪精衛和我選擇與日本人合作，是個無法饒恕的錯誤。但是要說我和汪精衛是有意選擇背叛自己的祖國，這有些不公平，那時候的政治人物誰不依賴一個外國勢力？蔣介石與美國人合作。差別只是我們的運氣不好，美國贏了，日本輸了。中國國內的政治形勢取決於國際形勢，作為那個時期的政治家，都無法掌控自己的命運。」

父親在我面前承認錯誤，這是第一次也是最後一次。即使在那個混亂的歷史時期，犯下如此背叛祖國的罪行，很難被人諒解，就是作為兒子的我也無法接受父親的這種行為。只圖功名利祿，不問是非曲直，這種思想在父親的精神世界裏已經根深蒂固，所以他的政治選擇也是出於他的人生觀、價值觀。這也是中國傳統教育中所缺失的一環，所以歷朝歷代在外力入侵時，都不乏這樣的民族罪人。

在中國的傳統文化裏，父親是不會向兒子承認錯誤的。但是，這次為何父親能超越自我，在我面前承認錯誤，恐怕主要是因為環境變了。此時我已經是美國大學裏的一名成功的學者，而且談話的地方是在美國，是我請他來美國看看的時候。在這個環境中，父親可能把我作為一個與他平等的人看待，不再把我看做他自己的兒子。此外，俗話說，人之將死，其言也善，這時候的父親已經快八十歲了，他的內心世界也可能發生了重要變化，開始從內心深處來反省自己的一生。

當時，父親的情緒很激動，儘管他嘗試為自己辯護，但是無法開脫他的罪責，特別是在日本侵略者在中國犯下反人類的暴行後，仍選擇與日本合作，這種行為不會被歷史原諒。在那一時刻，我也不想再與父親爭辯，也沒有反擊他的自我辯護，因為我覺得，他已經為自己的錯誤選擇付出了慘重代價，也受到了嚴厲懲罰。我還是很感動，父親在生命的最後時期，還是有勇氣進行自我反省，雖然不那麼深刻，不那麼徹底。

父親只服了三年刑。1948 年，蔣介石敗逃台灣之際，把父親從監獄裏放了出來。從那時起，父親就開始了在香港的流亡生涯，終其老死。

貧民窟

父親被捕的第二天，我們一家就被逐出部長官邸，被迫搬到南京郊區的貧民窟。

現在一提起「貧民窟」，人們首先想到的是世界大都會裏窮人居住區，彷彿看到了紐約曼哈頓高樓林立間的黑人聚居地，似乎望見了巴黎郊區為第三世界移民、難民所建的單調乏味的建築羣。固然，這些地方住的都是低收入者，居住環境髒亂差，這是貧民窟

的共同點，然而，那時南京的貧民窟並不是現代都市化擴張的副產品，而是由城市郊區農村轉變而來的。上個世紀 40 年代，南京的郊區散佈着零零散散的村落，傳統的老舊農舍多是瓦頂白灰牆，一間房子往往由幾家人合住。這些農舍的中間又加蓋了許許多多臨時小屋，多是些棚戶人家，居住條件又低一個檔次。房子老舊，大都有數百年的歷史，每棟房屋之間相距數百米，其間有農田和果園相連。

　　上午蔣介石派人逮捕了父親，抄了我們的家，沒收了所有財物家當，命令我們 24 小時之內必須搬出官邸。樹倒猢猻散，家裏只剩下媽媽、四個姐姐、一個哥哥、娟娟和我八個人。我們一行人去往貧民窟的一間租屋居住。父親的豪華轎車和母親的小汽車也於前一天被開走，我們只能步行前往新住處，各自提着僅剩下的一點點東西。一路上不時碰到糞便、死老鼠之類的東西，我的姐姐們有的捂着鼻子小心走路，有的就忍不住嘔吐。母親提着兩個行李箱步履蹣跚，走在最前面。大姐殿后，那時她已經讀醫學院一年級了。五歲的我夾在中間，聽見姐姐們和娟娟不停地抱怨，這個說「累死人了」，那個說「噁心死了」。

　　「媽媽，我實在受不了啦！」一個姐姐抱怨道。「就是，這是什麼鬼地方！」另一個姐姐附和。「我不知道這些窮人是怎麼過的，」我的哥哥說道。「咱們的生活實在是太優越了！這裏的人怎麼還能活下來？」

　　母親聽到大家牢騷越來越多，停住了腳步，小心把手裏提的箱子放在骯髒的土路上，扭過頭來面向我們：「要知道你們都是託你爸爸的福。」母親的語氣有些激動，以前從未聽她這樣說話。「你們享受着特權，過着人上人的生活。你們現在看到的是絕大多數人生活的狀況。我和你爸小時候住在山東老家，也是這個樣了，一點兒也不比人家強。今後你們沒了父親這座靠山，跟這裏的窮人一

樣，要面對骯髒、貧窮、飢餓。」母親注視着我們。此時我發現她的珍珠耳環不見了。

大家安靜下來，又開始前行。

不像我的姐姐哥哥們，我一點也沒有在意這一路上的骯髒與貧窮。相反，我倒是有一種被解放的感覺，很興奮終於走出了父親監獄似的官邸。父親失去了自由，而我卻獲得了一個新世界。外邊世界裏的每一種東西都看起來那麼新鮮，那麼不同尋常，那麼令人好奇。那時候我還太小，不知道這種環境所帶來的疾病和危險。我完全被五光十色的世界吸引住了，浮想聯翩，滿腦子都是好奇和疑問。

我一路上在想，貧民窟那裏住的都是些什麼人？他們也都是像我們一樣，從自己家裏被趕出來的嗎？今後我們是不是一直都會住在那裏？此時此刻，我多麼希望奶媽還在身邊，她拉着我的手，回答着我各種各樣的疑問。

然而，路上也確實看到很多可怕或令人痛苦的事情，這一幕幕情景成了我長大後夢魘中的素材。我們不時碰見乞丐，有大人，更多的是青少年，大都是骨瘦如柴。他們掙扎在死亡線上，他們的樣子讓人感到心悸害怕。有的缺胳膊少腿，有的沒有眼珠子，還有的更嚇人，眼珠子似乎是被人挖掉，只有兩個血紅的眼坑。一個乞丐失去了雙臂，坐在地上用兩隻腳捧着碗要飯。我還看見更驚恐的一幕，一個乞丐躺在垃圾堆邊，身上蒼蠅亂飛，他好像已經死了，但是我也不敢肯定，因為他手裏還緊緊抱着一個破碗。

我在想，是什麼原因讓他們淪落到這步田地？現在我們成了這些乞丐的鄰居，我將來會不會也跟他們一樣，抱一個破碗到處逃荒要飯？

經過長時間的艱難行走，我們終於進了貧民窟。放眼望去，到處都是臨時搭建的簡易住所和棚屋，這地方着實讓我打了一個寒

顫。棚屋大都用碎木塊搭建，木塊用生鏽的鐵絲纏在一起，外面蓋着麻袋片、破舊衣服等。棚屋矮小單薄脆弱，似乎能被一陣風吹倒。這一間棚屋如何能住下我們一家八口人呢？我開始擔心，我們租的那間房子到底會是什麼樣子。

好在這個貧民窟並不像我們一路上想像的那麼糟糕。跟城裏的居民區相比，這裏每座房屋周邊都有寬敞的空地。平闊的鄉村田野，點綴着三三兩兩的樹木，讓環境不那麼單調，給人一種離開喧囂都市的輕鬆感。縱橫交錯的鄉間土路旁，長着各色各樣的青草和灌木，又給環境增加了一些綠意。最重要的是，這裏看不到乞丐，因為住在這裏的人也都很窮，大都是食不果腹，所以沒人來這裏要飯。

此時，只聽到走在最前面的母親說了一聲「到了」，終於來到了我們租的住處。首先映入我眼簾的是兩扇高大厚重的硬木門，有兩米五左右那麼高，塗着黑漆。大門樓由青石砌成，兩邊磚牆對稱向左右延伸十米左右。

母親推開一扇門，只見右邊是一個寬敞的院子，左邊則是一座長型農舍，青瓦房頂，青磚砌門，古樸厚重。我立刻就鬆了一口氣，畢竟這裏比外邊的那些棚屋好多了，好歹這房屋的牆很結實，不至於隨風搖擺，也不用擔心會被風刮塌，更重要的是，每家租戶都有自己的窗戶和屋門。

房前有個寬敞的大院子，看上去很不錯，算是一個花園吧。當然，它不像父親官邸的那個花園，沒有草坪，沒有鮮花，也沒有噴泉。自然，也沒有人來護理修剪。但是，它擁有一種田園格調，簡樸而自然。

從前面大門到後牆小門之間約有 30 多米的距離，鋪着一條青石板甬道。這條院子裏的主幹道由於年代久遠，人行腳步的磨損痕跡清晰可見。另外，還有五條較窄的石板小道，連接着從主幹道到

左邊的那排農舍的五戶人家。右邊是一片平整的土地，長着一排大樹。院子裏還長着各種各樣的樹木，有些我能叫出名字，有一棵玉蘭花，兩棵垂柳，三棵桑樹。整個院子很整潔，泥土平滑乾淨，看不見亂扔的垃圾之類的髒物。

那一長型老房子分成五個住戶，分別租給五戶人家。每家有一個窗戶，一面朝着院子的門，屋裏後牆上還有一個小門通向外邊。從我們的後牆出去，是一個小木棚，裏邊有一個燒柴火的鍋台，旁邊還有一個青磚砌成的枱子，這就是我們的廚房。廚房一邊還有一個小隔間，有一堵泥土和鵝卵石砌的矮牆與外邊隔開，矮牆還用一些金屬條加固，地上鋪着一小片水泥，這就是我們的浴室和洗衣房。這裏沒有導水管，洗浴用水流出那一小塊水泥地板後，就自然滲入周邊的泥土裏。所以不能常用，否則就會造成積水而影響走路。平時只有我的母親和姐姐們偶爾才用一下這個洗澡房。天熱的時候，我穿着短褲，就到院子的井邊，提一桶水來洗澡，水從鵝卵石鋪的地面向四周流走。天冷的時候，我乾脆就不洗澡。

我們的住房位於五戶人家的正中間。

屋內空間幾乎被牀佔滿。所謂的「牀」都是用幾塊木板釘在三條高低一樣的窄凳子上做成的，母親、四個姐姐、一個哥哥和我都睡在這上面。沒有吃飯桌，也沒有椅子，我們都是蹲在牀邊，一手端着碗，一手拿着筷子吃飯。

夏天的一個晚上，我尿了一次牀。因為我們的牀只是一層薄薄的褥子，尿水順着牀板流，這驚醒了睡在我旁邊的一個姐姐。她不知發生了什麼事，尖叫起來，結果吵醒了全家人，鬧得全家一夜都沒有睡好。這個姐姐說，她夢見發了洪水，自己被捲入浪濤之中沖走了。

自打我那次尿牀後，姐姐們都不願意睡在我旁邊。她們很生氣，嚷嚷着要我到後牆外的小屋去睡。

可是後牆外的那個小棚屋，也就是我們的廚房，是娟娟晚上睡覺的地方。自打奶媽被辭退以後，父母把娟娟從孤兒院領到家裏陪我，娟娟和我住一套房子，各有自己的臥房。搬到新住處後，娟娟每天晚上就睡在爐灶旁邊地上，沒有牀，也沒有椅子。

我們住處的周圍也有一些新建的小磚房，小小的窗子堵着鐵條，都是些廉價而花哨的房子。但是，這些屬於單門獨戶的私家房，是貧民窟的「貴族」階層。他們鄙視我們這些租戶，抱怨我們破壞了他們的生活環境，降低了他們的檔次。貧民窟裏也分三個階級，相互之間瞧不起，擁有自己私家房者看不起我們這些臨時租戶，我們這些住在臨時農舍的租戶又看不起那些住在簡陋棚屋的人家。中國有種傳統叫嫌貧嫉富，住在貧民窟的人還能在「嫌貧」上獲得一些精神上的慰藉，也算是一種特色文化了。

貧民窟的小夥伴

搬到這個貧民窟沒多久，我們就認識了不少新鄰居，逐漸熟悉了周圍的環境，還搞清了這個地方的歷史背景和地理環境。

南京市區位於長江的東邊，為二十世紀初新成立的民國政府的首都。那是一個動盪不安的年代，內部軍閥混戰，外部強敵入侵。作為政治中心，南京城市迅速擴展，很快吞併掉了周邊的鄉村。但是，在那個時候，即使作為全國首都的南京，經濟依然十分落後，大工業生產體系尚未出現，城市周邊的這些農莊並沒有完全被城市化。城市周邊農莊的年輕人大都選擇到城市裏去打工，這樣不僅收入高了，而且也不那麼勞累，這比靠自己的雙手、鋤頭和水牛種田強多了。留在村莊裏的多半是些年老體衰者，他們就把家裏空閑的房子租給二戰後期因戰爭、災荒等原因造成的難民。這些租戶中也有死心塌地的務農者，他們耕種着小片的農田，靠微薄的收入勉強

維持生計。那時也沒有政府來管理土地，一些外地來的打工者，擅自在沒有住家的空地上搭建臨時棚屋居住，結果到處散佈着破爛不堪的小房子。就這樣，原來的郊區農村就逐漸演化成了貧民窟。

我們所住的區域是個大雜燴，老房子和新房子交錯，城市和鄉村混雜，現代和傳統並存，但是它們有個共同點，就是住在這裏的居民都是收入低的窮人。這裏沒有柏油馬路，都是凹凸不平的泥土路，也無人管理修整。只有少部分住家才接上電，但是電帶來的便利和危害一樣大。電線杆很低，而且電線都是裸露的，經常發生人員或牲畜觸電事故。特別是小孩，被電傷的事故時有發生。

南京郊區的貧民窟是二戰後中國的一個縮影。那時的中國資本主義才剛剛萌芽，仍處於傳統的農業社會，正在緩慢而艱難地向現代社會轉型。如果從高空上往下看，我們所居住的地方可能還給人一種田園牧歌的情調。但是生活在這個區域，貧窮和骯髒不僅會讓人反胃，還會導致各種疾病。

在這裏看不見汽車，連接各個地方的都是些狹窄骯髒的土路，路上到處是泥坑，路旁邊堆着垃圾，最寬的道路也僅能走一輛小毛驢拉的車子。大人都抱怨這裏的交通條件太差，然而小孩子們卻很喜歡在路上自由自在地跑步玩耍。我們小孩子喜歡玩一種叫「警察抓壞蛋」的遊戲，這些縱橫交錯的泥巴路提供了一個理想的場所。小朋友們分成兩個隊，一隊扮警察，一對扮壞蛋，賽的是速度、耐力和智謀。

這裏沒有自來水和排水系統。農民們把人糞尿當作肥料，用來種莊稼種菜。在地上挖個坑，用竹竿搭個棚架，頂上再鋪上一層稻草，這就是廁所了，就是傳統所說的「茅房」。我們住處的廁所比較上檔次，挖了一個很大的長方形的坑，用兩塊石板橫跨在上面，石板相距兩腳那麼寬，人蹲在石板上解手。茅房的周邊還種着灌木叢，既美化了環境，又保護了隱私。這是我們五家租戶的公共廁

所，將近三十多個人，不分男女老幼，只有這一個茅房。

上廁所的規矩是，如廁者走到茅房前先駐足，大聲「吭」一聲，或者使勁兒咳嗽一下。如果廁所裏有人，這個人就用同樣的方式回應一下。如果沒有回聲或者回聲是同性別的，你就可以進去方便；如果回聲是異性的，你就站在樹叢旁邊等一下，對方離開後你再進去。

那時小孩子們經常拉痢疾。有一次，我就得了這個病，控制不住自己，急急忙忙闖進廁所，不巧裏邊有一個阿姨正在解手。也許是被我這突如其來的不速之客嚇壞了，這位阿姨尖聲大叫起來。當時我被嚇得拉了一褲子，骯髒不堪，渾身臭味，趕快飛跑到井邊去沖洗。這位阿姨意識到我不是惡作劇，也就沒再追究。這一幕既尷尬又狼狽，讓我刻骨銘心。

我們鄰里的人口密度不高，住房之間距離都很大，每個人擁有的空間也很大。這是生活在都市內的人享受不到的好處。

迷信，是造成這個區人口稀少的原因。

1937 年，日軍從北平開始全面侵華戰爭，一路上如入無人之境，幾乎沒有遇到任何像樣的抵抗，很快兵臨南京城下，包圍了這個當時中國的首都。當時蔣介石採取攘外必先安內的政策，保存自己的嫡系部隊以對付蓬勃發展的革命勢力，所以大部分原來守衛南京的部隊沒有抵抗就撤走了，剩下的部隊陷入孤軍無援的境地。留下的部隊與市民奮力抗擊裝備精良的日軍，在沒有外援、缺乏補給的情況下，仍然死守了三個月。南京軍民利用夜間挖地道，繞到日軍後方，出其不意襲擊敵人。這種英勇無畏的戰術很奏效，挫敗了日軍的銳氣，也讓日軍惱羞成怒。當南京城陷落時，日軍將領放縱士兵展開瘋狂大屠殺。數以萬計的日軍頓時變成了殺人狂魔，用他們能夠想像出的殘忍手法，不分青紅皂白地屠城。

我們家搬進這個貧民窟不久就聽到很多人講，住處附近就是南京大屠殺受難者的萬人坑。那時人們大都很迷信，相信人死後會變

成鬼。有人說他們在深夜親眼看到很多冤魂在附近遊蕩，尋找殺害他們的人報復。所以，城裏的窮人也都害怕鬼，不敢搬到我們這個區來住。

住戶不多，衛生條件也就沒有那麼糟糕。洗澡、洗衣服的髒水直接流到自家附近的農田裏。茂盛的草木是自然清潔工，既淨化了空氣，又減低了土地污染。也沒有什麼垃圾堆積，因為很多東西都不捨得扔掉。錫罐、金屬片一類的東西，平時都收藏起來，攢到一定量就賣給收購站，可以換幾個零用錢。木頭都是寶，要麼燒火做飯用，要麼修補傢具用，所以即使一小片木頭，人都把它收藏起來。用過的玻璃瓶也不捨得扔掉，可以裝開水或者派上別的用場。那些不能腐爛的垃圾都先放在自家的後院裏，說不定什麼時候能用上。所以，散落在外邊的垃圾多是些有機物，在溫暖和潮濕的季節，很快就會腐爛掉，滋養草木生長。天寒地凍的季節，起到自然消毒淨化的作用。這些都與現代大都會貧民窟有質的差別。

然而，有機垃圾髒物也危害多多，最主要就是易滋生傳播病菌。

寄生蟲疾病流行，貧民窟的小孩幾乎無人能夠倖免。這種病很少致命，可是很傷身體，讓小孩身體羸弱。偶爾也有寄生蟲病誘發別的疾病而導致兒童死亡的。那時幾乎沒有什麼醫療條件，寄生蟲病得不到防治，每個小孩在成長過程中只好與寄生蟲共存，人們甚至覺得這也不算是什麼病。

有一種寄生蟲生長在頭上，感染處的頭皮呈現出銀元大小的膿瘡，時常流出黃色的黏稠濃水。感染比較嚴重的小孩頭上會有好幾個這樣的膿瘡，患者疼癢難忍，常撓破頭皮，看起來噁心可怕。大人們只能買到些碘溶液給孩子頭上擦洗，但是療效不佳，不能去根兒，致使常年都無法治好。感染處不長頭髮，這些小孩兒的頭就形成一塊一塊的禿斑，遠遠看去如同現在西方嬉皮士專心設計的怪異髮型。

另一種常見的寄生蟲病是長在胳膊和腿上，呈粉紅色圓形的斑塊，好像皮膚被擦傷那樣。情況嚴重者，感染處會腫脹出像橘子那麼大的紫黃色水疱。遇到這個時候，大人就要給小孩刺破水疱，再用碘酒擦洗，碘酒蜇得小孩哇哇哭叫。這種病也很難根治，患上這種疾病的小孩，痛苦就會伴隨着他們整個童年少年時期。

我還比較幸運，逃脫了上面這兩種寄生蟲病的折磨，但是我也得了腸道鈎蟲病，這種病幾乎每個小孩都難倖免。鈎蟲形如大只蚯蚓，呈粉紅色，又細又長。小孩子患腸炎拉肚子時，糞便中就會帶出這種鈎蟲。我那時常常感覺肚子疼，但是還可以忍受。母親過一段時間就讓我吃一些打蟲藥，甜甜的，像糖果那樣的味道。這種藥是從城裏街旁小攤販那裏買來的，不需要開藥方，也沒有專門的醫藥店舖，多是土方製作。這種打蟲藥的副作用很大，殺蟲的同時也傷害腸胃，吃下後肚子疼痛難忍，疼得有些小孩會躺在地上打滾，大哭大叫。吃了這種藥後會好一陣子，但是不久肚子就又開始疼起來了，鈎蟲又回來了。那時候飢餓一直伴隨着我，凡是遇見能吃的，髒手抓起來就往嘴裏放，也不洗手，也不管食物乾淨與否，所以很快蟲卵隨着不潔的食物又回到腸道繁衍生息。

到了天寒地凍的季節，所有貧民窟的小孩都有感冒引起的慢性鼻炎，很多小孩的兩個鼻孔到上嘴脣之間常常掛着兩條黑黃泛綠的黏稠鼻涕。孩子們一旦感冒，一個冬季都難好，因為他們一直忍受着寒冷的折磨，上個感冒沒好，下個感冒就又來了。每年的十冬臘月，氣溫會降到零下 20°。不要說暖氣，連烤火的爐子都沒有。唯一的禦寒物品就是一身破舊的棉衣棉褲，衣服常是補着補丁露着白肉。長長的冬季，小孩時常被凍得牙齒打顫，身體發抖，兩條鼻涕從未斷流過。

當源源不斷的鼻涕快要流到嘴裏的時候，小孩子就揮起胳膊，用袖子把它抹掉。整個冬季裏，每個小孩一直穿着一件棉衣，鼻涕

乾了，再覆蓋上新的，這一層一層的乾鼻涕使得衣袖變得僵硬似鐵衣。硬化的棉衣既沒了柔軟的舒適，也失去了大部分的保暖功能，更喪失了審美價值。這種特製的冬衣，看起來既悲慘又噁心。這種硬化的棉衣袖，手摸上去就像砂紙一樣，如果小孩子反覆用來擦鼻涕，常常會劃傷自己的鼻子和嘴脣，那結局就更悲慘了。這種自我破相的小孩，常被人當作智力有問題的傻子看，遭到別人冷眼鄙視。

在寒冷的冬季裏，我們也能找到自己的樂趣。那時我們經常玩一個遊戲叫「擠鼓堆」，小孩子們都聚到一個牆角，分成兩隊，都拚命向牆角靠，嘗試把對方隊員擠出牆角。被擠出的隊員再回到自己隊伍的尾巴處，繼續着同樣的動作。這種遊戲類似於拔河比賽，一陣子玩下來，大家身上都暖呼呼的。

小孩子們在冬季裏的另一個活動就是在野外烤篝火。小朋友用手拔乾草，撿木柴，找一個溝坎處或者大石頭邊，點一堆小火烘烤。一邊烤着因凍瘡引起瘙癢的小手，一邊仰頭看着裊裊升空的黑煙，自由放飛自己的想像，好像進入一個童話般的世界，來到了一個極樂的世界。可是大人們擔心我們這樣做會引起火災，只要發現我們烤火，就會追打叱罵我們。但是，寒冷的天氣也使我們不屈不撓，總是躲着大人去燒篝火。這為我們這種叛逆行為平添了一種冒險的色彩，那舞動的火苗那麼迷人漂亮，總是讓我們興奮不已。在寒冬的驅使下，在大人的呵斥中，每次點燃篝火都讓我們更加感覺刺激，更加有勝利感。

為了養家餬口，母親在一個政府辦公室裏做一個小職員。哥哥和姐姐每天上學。儘管每天晚上我們都睡在一張大牀上，我跟哥哥和姐姐他們過着完全不一樣的生活，我是在另一個世界裏。我們之間很少互動交流。他們上他們的學，我樂於自己的事。那時我每天漫遊於鄰里之間，完全是個自由自在的孩子，沒有大人看管，享受

着各種惡作劇帶來的刺激和樂趣。對我來說，每天都是一個充滿着新奇事物的探險旅程。

搬到貧民窟後，家裏的髒活累活都落在娟娟一個人身上。全家人的髒衣服，都是娟娟一個人洗。她從井裏提水，用手在洗衣板上一件一件搓洗。她還要劈柴燒火，用家裏的泥台鍋灶給全家人做飯。在父親的官邸裏，她整日閑坐發呆，現在成了貧民窟的一個沒有薪水的苦力工。娟娟整天悶悶不樂，看起來很可憐。

被殘酷命運折磨的不僅僅是娟娟一個人，實際上家裏的每個人都是如此。我們都必須適應貧窮的日子，忍受食不果腹的折磨，根本談不上吃好吃壞了。以前，父親官邸裏的食物不僅花樣多，而且也味美可口。現在搬到貧民窟，我們沒錢吃飽肚子，更談不上什麼質量了，吃的有些東西就很難叫做食物。

那時我們常吃的一種主食叫豆腐渣，是做豆腐的殘餘。黃豆先用石滾碾碎，再用水過濾掉白色的蛋白質，剩下的就是纖維狀的渣子。過濾出來的水和白色的蛋白質液體，點上石膏水，硬化後就成了豆腐。這些渣子通常都是用來餵豬的，價錢便宜，窮人就買來當主食吃。

每到月底的時候，家裏錢花光了，全家人兩三天裏只能吃豆渣果腹。這種東西一點兒都不耐餓，即使把肚子塞得滿滿的，仍然感到像沒有吃東西那樣餓。吃豆渣還有一個奇怪的反應，胃裏感覺脹氣，肚子卻咕咕響，還讓人覺得肚子空空如也。

一頓飯如果有米飯和豆芽，那就是改善生活的大餐了。如果能吃上一頓豆腐，姐姐哥哥都會高興得跳起來。這時我們再也見不到魚肉之類蛋白質豐富的食物了。

姐姐哥哥們不時發脾氣，抱怨吃不飽飯，住的地方又太髒。他們從小都是嬌生慣養，享受過多年的奢華生活，難以適應從天堂到地獄的生活突變。那時他們正是長身體和學習的年齡，需要足夠的

營養保持精力，能夠集中注意力學習。飢餓的折磨讓他們難以搞好自己的學業。

我也在父親的官邸享受了幾年富裕的生活，但是我那時年幼，這段生活留給我的印象與姐姐哥哥們有所不同。對我來說，給我留下深刻記憶的反而是在父親官邸裏的限制和禁閉。的確，搬到貧民窟，飢餓也時常折磨着我，肚子餓得咕咕直叫，也讓我生氣發脾氣。可是，那時我還年齡小，不太在意物質生活條件，什麼衛生呀，便利呀，美食呀，舒適的生活條件啦，我對這些還沒有什麼感覺，所以沒有覺得失去了什麼。我的姐姐們都說我是個野人，天生喜歡冒險，愛幹些違法亂紀的事情。他們也都看不慣我這個無知的弟弟，覺得我是個怪人，不在乎物質生活條件的好壞。在我眼裏，姐姐哥哥都是大人了，跟我不是一類人。他們愛談的事情，我一竅不通。我只想跟鄰里的小孩子一起玩耍，我們結成貧民窟裏的一個具有組織性的小團夥。從記事開始，姐姐哥哥都沒有跟我親近過。現在我有了自己的朋友，發現了一個全新的世界，我與他們之間的鴻溝就拉得更大了。

母親生性要強，擔負着家庭重擔。一大早送走姐姐哥哥們上學後，母親就去工作，早上八點離開，晚上五點才回來，全家都靠母親這份收入來維繫家用。早上母親離開時，她總是在門口停一下，說道：「小訥訥，別幹危險的事情啊！」然後她就出門上班去了。

我已經六歲了。如果還住在父親的官邸裏，我肯定是每天被媽媽的專用司機開車送到私立小學讀書。可是現在住在貧民窟，母親被生活重負壓得喘不過氣來，也顧不上我上學讀書的事情了。對我來說，雖然處於半飢餓狀態，肚子裏有鉤蟲在折騰，冬天裏一直患慢性鼻炎，還有氣管炎，但我的生活充滿樂趣和刺激。

白天，我完全自由，想去哪兒玩就去哪兒玩，想幹什麼就幹什麼。我們搬到新家沒有多少天，我就結識了一幫朋友，他們大都在

十歲以下。小王九歲，走路拄着一根枴杖，他的一條腿從前摔斷了，一直沒有治好。小程有四個姐姐，母親已經去世了，他們跟我住在同一棟租屋裏。小程的大姐照顧着四個弟妹，也顧不上管小程，所以小程也是個完全自由人。林不點兒是唯一一個比我年幼的，他總是穿着哥哥穿過的大衣服，是個小機靈鬼。大王年齡最大，已經十幾歲了，但是只願意跟我們這些小孩一起玩耍。大王腦子笨，可是心眼兒好，凡是粗重的活兒都是他來幹。遇到翻石頭之類的力氣活，大王都是責無旁貸，一馬當先。他一直住在貧民窟裏，從未上過學。在這羣小夥伴中，林不點兒是我最好的夥伴，他知道得很多，有一股不服輸的勁兒。大部分的活動或者惡作劇，都是林不點兒跟我一起策劃的。

一天，我碰見林不點兒和大王，他倆正在貧民窟北邊一棵桑樹那裏玩耍。林不點兒踩着大王的肩膀，正在抓一隻知了。不像蟋蟀，知了不能當寵物養，抓住後不久就會死掉。但是知了叫得很令人好奇，它們不是從嘴巴裏發聲，聲音是從肚子下發出的。林不點兒小心翼翼地用手慢慢接近那隻正在叫喚的知了，可是在最後一刻知了飛走了，正好落在我的褲子上。我眼疾手快，猛一下擒住了它。

「逮住它了！」我興奮地跳了起來，還把正在掙扎的知了捏住舉得高高的，讓他們倆欣賞。

「漂亮！」林不點兒朝我笑着道。「喂，你爬到樹上多抓幾隻嘛！」

我噌噌幾下就爬上了桑樹，又抓到了兩隻知了。但是很快我們就失去了興趣，一旦用兩個手指夾住它們，它們就再也不唱了。

就這樣我們仨成了好朋友。後來幾天，林不點兒就把我介紹給他的其他朋友。

我們這些人很快形成了一個難解難分的小圈子，大家相互幫

忙，講究義氣，互相忠誠。在貧民窟內行走時，我們這幫人則是手拉着手，肩並着肩，似乎向人宣示「這裏是我們的地盤」。有了這個朋友圈，每個人都覺得心理有了個依靠，更有能力對付每天遇到的困難。我們這些小夥伴的關係很鐵，這給了我以前從未有的力量、勇氣和信心。即使以前有奶媽照看時，我也沒有感覺到自己這麼勇敢，如此有能力。奶媽給我的是關愛，而我對奶媽的只是依賴。我和奶媽之間的關係是愛和溫暖，而我和這些小夥伴的關係則讓我變得大膽。我們這些小夥伴在一起時，大家都覺得沒有辦不成的事，也沒有克服不了的困難。我們爬牆偷東西吃，上樹摘果子。當有大人來嚇唬我們時，我們就站在一起反擊。我們相互之間還可以打聽到很多消息，學習很多知識，了解周邊很多人。這個小朋友圈子成了我真正的家！

我們每個人都沒有家裏大人的管束，都不用上學，都沒有玩具。我們憑自己天生的聰明才智熱情來尋找樂趣，這不僅讓我的生活豐富多彩，而且還富有創意和冒險性。

有時我們走到南京的商業中心，看看城裏人如何生活。每次我們去那裏都覺得是一次遙遠的旅程，一次真正的探險，因而難免都有點兒緊張。但是我們不是孤單一人，六個人手拉着手，是一個堅強的團體，這讓我們在探險的路上信心滿滿。這個商業中心，可真讓我們大開眼界。

1946 年時，南京就有 100 多萬人口。這裏算不上繁華，但是商業品類五花八門，名目繁多。街道兩邊的行人道上，有各種各樣的小吃售賣：有生的，也有煮熟的；有新鮮的，也有醃製的；有甜的，也有酸的；還有乾的、鹹的，啥都有。熟食品裏有肉包子、鍋貼、湯麵條、油條、豆漿、涼茶、滷驢肉、烤饅頭、蒸饅頭⋯⋯真是琳琅滿目，目不暇接。我們這些忍飢捱餓的窮孩子，哪個看了不眼饞？哪個看了不流口水？但是我們也只能飽飽眼福，無人有錢購買。

商業中心售賣的各色食品雖然有很大的誘惑力，但不太有趣。我們大家都更神往各種商業技藝，有修鎖匠、木匠、瓷器匠、中醫師、街頭藝人等，他們販賣的是自己的手藝，現場為顧客服務。我們入神地看着他們磨刀子，修傢具，幫人寫信告狀，修補破損瓷器，編織舊藤椅、坐墊，給舊鞋貼底兒，補修穿破的衣服，給患者拔牙，給人切開膿瘡塗上膏藥，給頭疼者拔艾火罐，如此等等，不一而足。全部都是現場服務，服務者和被服務者的一舉一動盡收我們的眼底。

我看到一個人牙齒疼痛難忍，需要拔掉，他就蹲在走道上，臉扭到一旁，張開大嘴，讓街頭牙醫拔除壞牙。整個拔牙過程算不上什麼美觀，但是步步驚心，沒有麻醉，沒有消毒，也沒有任何手術前的準備，可是最後也沒有任何抱怨。

牙拔掉後，醫生一手端着一個小痰盂，讓病人拔完牙後吐血和其他因拔牙而帶出的口腔分泌物。這位江湖牙醫用一把生鏽的鉗子，夾着拔掉的牙齒，舉得高高的，讓圍觀的羣眾觀看，就像展示自己的戰利品那樣驕傲。然後他又把剛拔掉的這顆牙齒放到一排牙齒邊，排成一個牙齒陣，用以炫耀他的醫術如何了得。地上還鋪有一塊黑布，上面有一堆黑黃腐爛的牙齒，看起來像遠古時代的什麼動物化石。

商業中心如果哪裏有一塊比較大的空地，有些街頭藝人就會把它作為舞台，表演各種各樣的節目。

木偶戲是最常見的一種表演。只見一個兩尺高、三尺寬的可摺疊舞台，木偶人在舞台上翻滾打鬥，做出各種各樣誇張的戲劇動作。藝人則躲在幕布後，一邊操縱着木偶，一邊唱戲說故事。

也時常能看到武術表演，劍舞伴隨着瘋狂的打鬥聲。等圍觀的觀眾聚得多了，這些武術藝人便乘機展示他們的按摩療法，兜售他們的虎骨膏藥。擊劍舞蹈一完，這些藝人就使勁兒捶打自己的胸

膛，展示自己筋骨強健，聲稱他們健壯的體魄都是使用自己正在售賣的虎骨膏藥所產生的奇效。偶爾也有背疼的人，就脫掉上衣，當眾讓這些藝人推拿按摩。藝人一邊給病人按摩，一邊向觀眾解釋他的膏藥如何療效神奇，此時就有一些人掏錢來買。

在商業街遠處的一端，有一個魔術師正拿着一條絲織手絹和撲克牌，給大家表演各種各樣的技巧。他一邊表演，一邊給大家講笑話說聊齋之類的故事。

不遠處則是一個江湖郎中在賣東西，兜售一種自稱功效神奇的膏藥。他大聲嚷道：「我的膏藥是祖傳祕方，用眼鏡蛇膽製成的，如果你有家人得了哮喘、風濕病、關節炎、小兒麻痹，包治包好。」

那時候的城市，都是熙熙攘攘，熱鬧非凡。不僅南京如此，其他貧窮偏遠地方的都會也都差不多。工匠技藝是一種中華傳統文化，一直在民間薪火相傳，各地的城市集鎮都是展現這種文化特色之處。

鬥蟋蟀捉蜈蚣

不到城裏看熱鬧的時候，我們這些小夥伴們就在貧民窟裏尋樂子，幹各種各樣有趣的事情。其中我們樂此不疲的一種遊戲就是鬥蟋蟀，這是項傳統娛樂活動，不少大人也喜歡。

一隻驍勇善戰的蟋蟀可是個寶貝。一旦抓到一隻，我們就會把它養起來。蟋蟀吃菜葉和青草，我們就到農民的菜地裏或者糞堆上給它們搞食物。我們都可以辨認出不同蟋蟀區別，每隻捉來的蟋蟀都有自己的名字，我們用自己起的名字稱呼自己的蟋蟀，長時間地看着它們的一舉一動，跟它們說話聊天。我們常常比較不同蟋蟀的大小、顏色、個性以及它們的膽量。我最多的時候曾餵養過三隻蟋

蟀，那隻最大的也最厲害，是我的無價寶，讓其他小朋友們都羨慕不已。

時不時，兩個小夥伴就要鬥蟋蟀，一比高低。每到這個時候，每個人似乎幻化成了自己的蟋蟀，似乎雙方在進行一場拳擊比賽。有時候，輸的一方蟋蟀的主人會情不自禁地哭起來，如同自己被對方擊倒一樣傷心。

鬥蟋蟀時，比賽雙方都要被放到一個新籠子裏，不能在任何一方原來生活的地方。這樣做就是不讓任何一方先佔據心理上的優勢，以致比賽結果失去公平。

聽起來很奇怪，似乎蟋蟀也有思維活動。但是我們所有的人都相信，一隻蟋蟀如果在自己住的籠子裏鬥，就會勇猛得多，有更大的心理優勢鬥敗對方。一隻弱小的蟋蟀如果是在自己的籠子裏比鬥，就很容易打敗體格健壯的蟋蟀。

两隻鬥士被從它們各自的籠子拿出來，放在一個新地方。雙方的小主人用一把草類植物製作的小刷子輕輕地撓一撓各自蟋蟀的頭，然後讓雙方面對面開始比武。我們圍一圈，看着兩隻蟋蟀頭頂頭，用上下顎和四條腿撕咬纏鬥。我們歡呼雀躍，給它們加油助威。有時雙方打鬥激烈，撕咬在一起，同時騰空而起，如同雜技中的空中飛人表演。有時它們又像兩個相撲選手在比賽，各不相讓，扭打在一起。最後鬥贏的一方大聲鳴叫起來，似乎在高歌一曲來慶祝自己的勝利。其實，這是勝者宣告自己又擁有了新地盤。勝利一方的小主人也露出驕傲的笑容，溫柔地捧起他的鬥士，放回原來的籠子裏。戰敗一方的主人則悻悻地提着自己的蟋蟀匆匆忙忙離開，等待來日再戰，一雪前恥。

我們的蟋蟀都養在用竹子編的小籠子裏。籠子的上面是一個可以開闔的蓋子，一方面是防止蟋蟀跑掉，一方面是防止壁虎把蟋蟀吃掉。壁虎是蟋蟀的天敵，到處都有，每天晚上都出來覓食。不過

壁虎也是益蟲，也吃蟑螂和蚊子，所以我們也不傷害它們。給蟋蟀編竹籠子，耗時耗力。先從竹子上剝下一條一條窄窄的外皮，然後再小心翼翼編成一個籠子，頂部還要設計一個蓋子。這是一個技術活，小朋友們相互傳授編籠子的技巧。我在這上面可沒少花時間，但是津津有味。

就這樣比賽幾輪下來，我們就可以根據各自的成績，給每個蟋蟀排名次。蟋蟀是我們的鬥士，我們是蟋蟀的師傅和主人。我把我最厲害的那隻蟋蟀養在一個特製的竹籠子裏，晚上就放在我的牀下，每天睡覺前和起牀後都要看看我心愛的寶貝。

每天我和小夥伴們就到野外翻石頭，撬石板，尋找我們最愛的寵物，常常忘記回家吃飯。關鍵是要辨別公母，雌蟋蟀不會鳴叫，也不善打鬥，所以我們只逮雄性的。

在野外逮蟋蟀時，經常會碰見蜈蚣窩。蜈蚣長着兩個鋒利的鉗夾，身體呈亮栗色，樣子令人噁心生畏。成年蜈蚣可有 20 多公分長，毒性很大，如果不小心被咬，好幾天都感到劇痛。蜈蚣窩一般都藏在石頭下面，一旦發現蜈蚣窩，大家都會被驚嚇得跳起來。我們都知道，蜈蚣有毒，很危險，但是這種危險也給我們帶來刺激，讓我們頓生戰勝邪惡的勇氣。

大家注視着蜈蚣窩的洞口，其中一位先用一根棍子把洞口塞住。如果有蜈蚣爬出來，就有小朋友用一塊石頭壓在蜈蚣的尾巴上，不讓它爬走。一旦被石頭壓住，蜈蚣就拚命想掙脫，身體激烈扭動，小短腿瘋狂刨地。此時我們就認真觀察它的毒鉗、眼睛、觸角和身體的節數。

小朋友們圍成一個小圈，彎下腰來，頭碰着頭，你推我擠，如同橄欖球比賽中的混戰場面，眼睛死死盯着地上這個被擒獲的危險分子。「這隻真大！快看它的腿在走。」「哇，這隻比前幾天小陳抓的那個還大！」「差不多一樣大，只是更黑，更兇猛！」

我們都相信，蜈蚣的栗色皮膚是因為它喝獵物的血而生成的。它捕殺的獵物越多，它原來紅色的血液就會變得越黑。

大家爭論一番所擒蜈蚣的大小、顏色和毒性，興奮勁兒就上來了，就開始進入戲劇的高潮。

幾個小朋友就爭先恐後地到附近的莊稼地裏圍獵一隻公雞，把它捉到蜈蚣窩處。逮公雞這事我最積極，我特別喜歡抱着公雞時，摸着它肚子下面柔軟、溫暖、光滑的羽毛，那種感覺真棒。公雞抱在我手裏，也不怎麼反抗，很乖很安靜，似乎感覺到我們給它準備了一頓美餐。

公雞一旦看見蜈蚣，立刻輕輕地撲棱兩下翅膀，似乎在說，「我要享受一頓豪華大餐了！」這個時候，大家都屏住呼吸，一聲不吭。我把公雞放在被石頭壓住的那隻蜈蚣前，周圍的氣氛變得異常緊張刺激。

公雞眼睛盯着蜈蚣，兩爪在地上劃拉幾下，揚起一些塵土和草葉，宣佈戰鬥即將打響。然後，公雞兩翅微微展起，開始啄食蜈蚣。

蜈蚣看見自己的天敵，害怕得拚命想掙脫，但是這都無濟於事。公雞叼起蜈蚣，大紅雞冠左右擺動幾下，揚起脖子把美餐吞噬而下。蜈蚣被公雞叼起時，身體還扭動抽搐，此時現場的情緒達到高潮，小朋友們歡呼雀躍。

養蠶

我們小夥伴們也會做些比較文明開化的事情。每年的初春到夏初之際，每個小夥伴都養蠶。餵養一種小生命，充滿着愛意和溫暖。我們幾個小夥伴到城市裏邊玩耍時，從那裏的垃圾堆裏撿些紙盒子，用它來養蠶。

春天來了，乍暖還寒，我們就把前一年收藏的蠶卵包好，放在腋下孵化小蠶。過不了幾天蠶卵就會慢慢生出一條一條的黑色幼蟲，它們最喜歡吃桑葉，一天到晚不停地咀嚼。每天我要到家附近的桑樹上採摘桑葉，在養蠶的紙盒子裏覆蓋幾次桑葉。蠶的幼蟲不停地蠕動，咀嚼桑葉，似乎從來不需要休息。到了夜深人靜的時候，可以聽到蠶吃桑葉的細小的颯颯聲。這是我童年最美妙的搖籃曲，我常常伴隨着蠶咀嚼桑葉的柔和聲音進入夢鄉。

桑蠶長得很快，就像竹筍那樣，幾天一個樣子。看着桑蠶從小黑蟲很快成長為乳白色、光澤透明的大蠶，令人興奮不已。蠶長大了，身體胖乎乎的，樣子總是昏昏欲睡，既可愛又漂亮。有一天早晨，我醒來打開盒子時，蠕動的蠶都不見了，小桑枝上，盒子紙壁上，到處都是雪白的蠶繭。蠶在夜間吐完絲，身體發生蛻變，成了萎縮的、乾枯的蠶蛹，由乳白色變成黑黃色。

又過了一陣子，每個蠶繭裏爬出一隻白色的飛蛾，它們在盒子裏嗡嗡飛走，尋找配偶。雌性飛蛾交配後幾個小時，就在紙盒子底生下數以千計的蠶卵，有芝麻那麼大，均勻地黏在盒子底上。飛蛾下完卵後就死掉了。至此，一條蠶完成了一個完整的生命蛻變過程。

到了天冷的時候，我就把蠶卵放在一個安全的地方，等待來年春暖花開時，再開始新的一輪激動人心的養蠶過程。

智鬥人販子

大白天的時候，鄰里之間寬敞的空間是我們小孩子玩耍的樂園。但是到了晚上，壞人開始出沒，他們鬼鬼祟祟從事各種犯罪活動。在夜幕的掩蓋下，辨別不清誰是誰，這時就是壞人活動最猖獗的時候，時有仇殺的、劫道的、綁架的事件發生。昏天黑地裏，綁

票者先設局嚇暈目標，隨即把人綁走。

　　對於劫道的、搶劫的暴力事件，人們也都習以為常，不太在意，感覺到這就是生活不可分割的一部分。只要自己的家人不受到傷害，就萬事大吉，沒人報案，更無人去管閑事。什麼行俠仗義的事，聞所未聞。每個人都抱着明哲保身的哲學，如果自己不巧碰見壞人作案，都是趕快閃避走開，裝作什麼事情都沒有看見。大家都清楚，罪犯對目睹他們犯罪行為者往往會毫不猶豫殺人滅口。犯罪活動有時候就發生在我們的住處附近，可以聽到有受害者狂跑、摔倒聲、呻吟、歇斯底里地哭叫，貧民窟的黑夜籠罩在濃重的恐怖氛圍之中。

　　貧民窟裏根本就沒有警察這回事。

　　南京市里確實有警察局，但是那裏的警察跟罪犯沒有兩樣，一樣的危險，一樣的可怕，有的警察甚至比罪犯還要壞。絕大多數警察都與販毒者相互勾結，也有直接參與搶劫等各種犯罪活動的。偵探、便衣特務是腐敗官員的爪牙和打手。他們貪贓枉法，公開索賄，誰不聽話就收拾誰。人們敢怒不敢言，大街上如有人敢冷眼看一下這些人，就會招來一頓暴打。即使對於小孩，這些人也絕不會手軟。如有小孩沒看見他們，擋了他們的路，無意惹了他們，這幫魔鬼上來就是拳打腳踢。

　　我們那麼小的年齡，都能一眼認出便衣特務，知道他們都是為政府官員服務的。天冷的時候，他們穿着黑褐色的皮夾克，這在那個時候可是一般人穿不起的高檔服裝。天熱的時候，他們都穿着熨得筆挺的白色短襯衫，松垮垮地搭到下面的黑色褲子上。這些便衣特務在大街上大搖大擺，人們看見他們時都躲着走，老百姓都明白一個道理，惹不起總能躲得起。

　　家裏被偷了，家人被打了，只要不出人命，老百姓都不會找警察報案。如果有人不識時務，去警察局報案，最好的結局就是沒人

搭理。這還得看運氣，幸好那天警察的情緒恰好不錯，想做些善事，揮揮手讓報案者走開。一旦警察接了案子，他們做的第一件事情是向受害者索賄，案子辦不辦還沒個譜。

要在貧民窟裏生存，想在南京市內活着，小孩子必須很快學會一種生存本領，辨認周圍環境裏的好人和壞人。我和我的小夥伴們都是這方面的專家。

貧民窟裏最常見的一類壞人就是人販子。他們不是武力綁架，也不向受害者家裏索錢，而是拐騙小孩到別處去賣。貧民窟是人販子最喜歡的地方，因為在這裏他們很容易得手。人販子就是一種騙子，他們往往能說會道，憑藉三寸不爛之舌，哄騙那些遭遇不幸的或者跟家人生氣的小孩子，答應帶他們到一個地方去，那裏吃得好，住得好。一些小孩經受不住這種誘騙，就上了人販子的當，一輩子再也見不到父母。

人販子通常是沒有職業的單身男性，表面上看起來謙遜有禮，和藹可親，低調行事，不引人注目。他們搬進一個居民區時，通常只提一個小行李箱，既無家眷，也無別的傢什。大部分時間都是在街坊鄰居裏閑逛，拿些糖果給小孩吃，嘗試接近當地的小孩子。

這些人販子儘管用各種方式嘗試避免被別人認出，但是也無濟於事，因為他們總有一些特徵難以掩蓋。他們慢條斯理，無所事事，臉上也沒有普通農民因勞作而有的滄桑感。一般農民都忙忙碌碌，為生存而憂愁擔心，而這些人販子則是不務正業，到處閑逛。

我們搬進貧民窟大約半年後，有一個中年男人也搬到我們的同一棟房子裏，他符合所有人販子的典型特徵。這個中年男子健康不佳，身體有毛病。我們這些孩子們心裏都很害怕，雖然並不太擔心他會有力量把我們強行綁走。他搬進我們這棟房子後，我就時常做噩夢，夢見我被他拐走，賣到遠處人家做奴僕。這個看上去很像人販子的中年男人，我們每個小朋友又害怕他，又鄙視他。

　　現在人們似乎覺得這太不可思議了，你有什證據說人家是人販子？這不是平白污人清白嗎？但是自古以來，人們已經養成了強烈的自我保護意識，從剛懂事起就要學會如何辨別壞人。時至今日，東方人對罪犯判斷的標準具有強烈的文化特色，大都是有罪推定。一個人被捕了，人們首先認定他是有罪的，沒罪政府怎麼會抓你？即使最後被法院判定無罪，人們仍然是將信將疑，猜測這人是行賄被釋放的。

　　這個中年男人搬進我們那排房子沒有多久，我們這幫小夥伴們不論何時何地遇見他，都齊聲地大喊：

　　「人販子！人販子！」

　　這個中年男人自然很生氣，他就找到我們家裏，要我們大人管教我們這些小孩子。但是我們的父母也不傻，心裏都認定這個男的不是什麼好人。所以我們的大人不僅沒有訓斥我們，相反提醒我們小孩子注意這個人，別上當受騙。

　　一天，我們看見這個人走在前面，我領着這幫小夥伴們跑在最前頭，就像拉拉隊長一樣，大聲呼喊：「人販子！人販子！」

　　這一次真惹火了他，他故意放慢腳步，等我們快接近他時，突然轉過身來，一隻手抓住我的襯衫，另一隻手狠狠地抽了我幾個耳光。

　　我拚命迅速掙脫。

　　我在小夥伴面前，被這家伙突然抓住，還摑了幾個耳光，覺得這是個奇恥大辱。我們都認為，人販子就是人渣，他竟敢當眾羞辱我！我發誓一定要報這個仇。

　　我策劃了一個復仇計劃。

　　這位中年男人身體不太好，患嚴重關節炎，上廁所蹲下有困難。他膝關節僵硬，彎曲時很痛苦，而且小腿肌肉虛弱，難以支撐傾斜的身體。他每次上廁所時，都疼痛得直呻吟，所以他就儘量少

上廁所。一次我見他跟其他小孩玩玻璃彈子，他從蹲着姿勢站起來時，身體先要前傾，兩手支撐着地面，很困難地慢慢站起。鄰里的小朋友眼睛很尖，都注意到了他的這個毛病。

為了緩解痛苦，這個中年男人每次解手時都要抓住茅坑前的一叢灌木方便。每天早上，他總是設法第一個上廁所，避免有人來打擾，好抓着那棵灌木解大手。

一天，黎明之前我就起牀，沒有驚動家人，提個鑽子悄悄溜出去。很快來到茅房，把人販子常抓的那棵小樹叢連根挖起，然後再把它放進原來的位置，培好土，不讓人看出有人動過的痕跡。然後我就藏在離廁所20步開外的一塊大石頭後面，屏住呼吸，注視着通往茅房的小路。

沒多久，人販子出現了，趔趔趄趄地走向茅房。

幾分鐘後，只聽見一聲尖叫：「哎呀！」接着就是一聲沉悶的落入黏稠液體的聲音。我知道，人販子摔落到糞池裏去了。

我向住房飛跑而去，邊跑邊用盡吃奶的力氣大聲吆喝：

「人販子掉到糞池裏去了！人販子掉到糞池裏去了！」

人們都被驚醒，衝向茅坑。還好，人販子沒有傷得太重，他的渾身上下全是屎尿。

又過了兩天，我開始對這次的惡作劇感到有些悔恨。也就在這天早上我們醒來時，發現娟娟不見了。她沒有在房後的棚屋裏，到處都找不到她。同時我們也發現那個人販子也走了，他的屋子空空如也。

娟娟很容易被甜言蜜語所迷惑，自然是人販子的最佳獵物。此時她也失去了在父親官邸裏的舒適生活。來到貧民窟這半年多，她從一個小男孩的玩伴，變成一個窮人家裏沒有薪酬的僕人，每天都有幹不完的活，所以整天悶悶不樂。那個人販子搬到我們這棟房子不久，就像貪婪的野狼一樣，很快發現娟娟這塊肥肉。人販子應該

是趁着夜色把娟娟拐騙走的。

娟娟消失後不久，鄰里之間就傳出閑言碎語，說她被賣到南京市里的一家窯子裏。這個消息不脛而走，很快傳遍了整個貧民窟。據說，鄰里有個男子去逛窯子，親眼看見了娟娟。大家也都信以為真，沒人去追究事情真相，過一陣子這種事情就會被淡忘了。

這個時候的娟娟還不到十五歲。

我整日跟小夥伴們一起玩耍，也沒有多想娟娟消失一事。貧民窟裏，人的死亡和失蹤司空見慣，這就是日子。

貧民窟的小學

娟娟被拐走後，家庭重擔全都落在母親一個人肩上。她白天去上班，晚上回到家裏還要給全家人做飯洗衣服。難以想像，一個婦女怎能承受這樣的壓力！現在，白天家裏沒有人陪伴我，媽媽就想送我去上學，姐姐哥哥們也一致同意。我在一旁聽到他們議論送我上學的事，心裏有一萬個不同意，這意味着剝奪了我的個人自由。但是那時我才六歲，又是家裏的老么，此事也由不得我做主。

半個月後，媽媽送我到貧民窟不遠處一所剛成立的小學上一年級。

上學第一天，只見學校設在一個空曠的田野上，由一根大型的皺皺巴巴的大形鋁皮管子搭建而成，管子沿長度方向一切兩半，整個建築呈半圓形，看上去像個停車庫。鋁管的兩側開有兩排小小的玻璃窗子，兩頭則砌有兩堵磚牆，牆中間裝有兩扇木門。教室裏到處都是垃圾，地面泥濘潮濕。

這所小學是國民政府為貧民窟的孩子們而建的。每天早上有四個老師來上課，他們分別教四個年級，每個年級各佔教室一角。每天九點上課，中午十二點放學。

　　整個學校只有這個大型的鋁皮建築物，教室外邊還有一個蓋有屋頂的廁所，再沒有任何其他的教學設備。教室裏沒有隔牆，沒有黑板，沒有桌子，沒有辦公室，也沒有任何教材。每個小學生每天都是帶着自己坐席來上學，有的是一片木板，有的是一個墊腳板，有的是一個小板凳，有的是塊布墊，五花八門，啥東西都有，只要能把小孩子的屁股與潮濕的地面隔開就行。其中一位小朋友每天上學都帶着一把沒有腿也沒有扶手的破椅子，但是還有一個靠背，可以靠着聽老師講課，這真讓我們大家羨慕死了。

　　第一天上課，我沒有帶坐的東西，只好站在全班同學的後邊聽老師講課。那位女老師上課時前後來回走動，沒有教材，也沒有教學計劃，似乎想哪說哪。期間她還給我講些故事，這樣大半天就過去了。大部分時間都不知道她在說什麼，不過有時我也能聽懂一些，可是一點兒意思都沒有。老師所講的大都是些傳統道德故事，教育人們如何誠實、勤奮、善良、忠誠、慷慨、有勇氣，說教式的色彩很濃。

　　第二天上學，我就帶了一個小木凳來。是媽媽在前一天晚上用三片木頭，連夜打造而成。媽媽盡力了，但是她也沒有任何木匠技能，這個木凳子坐起來很不穩，嘎吱嘎吱來回搖晃。

　　第二天上課時，我取笑坐在旁邊的一個男孩，他生氣了，放學時找我打架。他舉起凳子朝我砸來，我掄起自己的凳子回擊。只聽到「咔嚓」一聲響，定睛一看，我手裏的凳子只剩兩塊木板了，一塊給打飛了。至此我們各自鳴金收兵，我拿着剩下的兩塊木板回到家裏。

　　媽媽晚上下班時，看見凳子只剩兩塊木板，無奈地說：「好吧，」媽媽似乎屈服了，「如果你真不想上學，就算了。」

　　我簡直不敢相信自己的耳朵！第二天我就又回到隊伍，每天跟林不點兒、大王和其他小朋友黏在一起，幹那些冒險而又刺激的活

動。生活依然美好！

其實，媽媽心裏另有一個打算。美好的日子僅僅持續了一個星期，媽媽告訴我，想送我到上海跟姨媽一起住。「為什麼我要到上海去？」我問我自己。這不等於失去了我在這個世界最寶貴的東西嗎？要離開我的小夥伴，離開我每天玩耍的樂園。心裏這麼想，終究沒能說出口。

母親對我一直管得不嚴。以前有父親在，媽媽不需要來管我；現在父親蹲監獄，媽媽又沒有時間和精力來管我。她指望的就是我們做兒女應該有的孝順和順從，沒有多想別的。所以我從小都不怕媽媽。

但是，不怕歸不怕，這也沒有啥用。我不可能不聽媽媽的安排。如果我不聽話，媽媽可以用不讓吃飯來懲罰我，而且她也可以強行讓我坐火車去上海。此時，我還不知道，媽媽已經安排了一個以前的家裏僕人帶我到上海去。

心裏想到要離開樂趣無窮的地方，離開朝夕相處的好朋友，又沒有辦法違拗母親的決定，我情不自禁地哭泣起來。我幾天不說話，眼裏總是噙着淚水，不願意到上海去。

媽媽是個冷靜而有頭腦的女性，總是找些溫和的辦法來解決棘手的問題。她開始找好聽的話來哄我，說我的姨媽在上海擁有一套漂亮房子。「何琳姨媽沒有結過婚，」母親平靜地說，「她很想抱養個孩子，所以她會疼你的。」然後母親又補充道：「何琳姨媽每天會給你買好吃的。」

這一下吸引住了我。

食品，特別是美味的吃食，在中國文化裏佔有舉足輕重的地位。美味佳肴有太多的誘惑，勝過所有其他的物質需求，民以食為天嘛。不論何時何地，只要有中國人聚集的地方，吃飯總是佔中心地位。兩個朋友相見，是這樣打招呼的：「吃了嗎？」

　　住在貧民窟的日子，吃不到可口的飯菜，常常讓我心裏很不高興。我雖然不常抱怨，但是一直嚮往着能吃到香噴噴的飯菜。我和小朋友到城裏玩時，望着售賣的各種各樣的食品，總是饞得直流口水，讓我想入非非，長時間望着不願意離開。就像一個一輩子沒有吃過肉的傻子那樣，呆呆站在食品街那裏，飽了一番眼福後，還得強制自己離開。

　　「想通了嗎？」幾天後媽媽又問我。她的眼裏似乎有一種勝利的喜悅。我遲疑了一會兒，也覺得抵抗是沒有用的。美食的誘惑太大了，讓我終於屈服了，雖然有點兒不那麼情願，但是終究還是接受了媽媽的決定，就輕輕地點了點頭。

　　「好，就這樣定了，」媽媽說道。

　　一星期後，我來到了上海。

第二部

上海

1946
～
1950

何琳阿姨

何琳阿姨是復旦大學的經濟學教授，她個子很高，把齊脖的頭髮在腦後扎了一個結，這是那時單身女性的典型髮式。到家裏的訪客都很尊敬何琳阿姨，她說話似乎很有權威。我那時才六歲，何琳阿姨已經快五十歲了，儘管這麼大的年齡差距，我還是能感覺到她說話的邏輯和行為有些反常，也不切合實際。

「耶穌愛我們。共產主義行將就木！」何琳阿姨對我宣稱道。我搬來上海跟她住不久，就聽到這些讓我丈二和尚摸不着頭腦的話。

1946 年時，國共內戰開始，共產黨的軍隊捷報頻傳，國民黨節節敗退。可是國民黨得到美國的支援，軍事裝備遠比共產黨部隊的精良。國民黨的軍隊擁有大量坦克和裝甲車，有一支海軍艦隊，還建立了一支裝備當時最先進的戰鬥機 P—50 和重型轟炸機 B-23 的空軍。然而共產黨的軍隊裝備十分落後，主要都是步兵，沒有海軍，沒有空軍，也沒有機械化部隊。他們的士兵甚至連鋼盔都沒有，只能戴着鑲有紅五星的布帽子，而且也穿不起軍靴，行軍打仗只能穿手做的布鞋。他們主要的武器就是土製手榴彈，就像一根木棍上綁一個鐵錘子。共產黨部隊的現代化武器大都是從國民黨軍隊那裏繳獲的。

儘管如此，國民黨的軍隊還是連連吃敗仗。

二戰後期，日本投降，蘇聯軍隊佔領了東北地區，將其轉交給共產黨。兩年內，共產黨的軍隊風捲殘雲，橫掃大半個中國，佔領了北方的大部分城市，而且直逼上海一帶。當時上海的大部分居民還不了解共產黨，他們很擔心害怕。上海當時已是中國的商業中心，擁有大量的銀行家、企業家和工業寡頭，還有與國民黨絲絲相連的政治野心家，他們都十分擔心自己的財富和地位會付之東流。

何琳阿姨痛恨蔣介石政府的腐敗和無能，但是她更不贊成共產主義，這主要是因為她的宗教信仰。

何琳阿姨是個虔誠的基督教徒，每天吃飯前和睡覺前都要禱告。她要我背誦主禱文，讓我記住十誡。有時候她飯前禱告時，也讓我低下頭來，跟着她誦讀禱詞。我十分反感，這不僅是因為我急不可耐想吃飯，也是因為她的禱詞不知所云。每次我只能跟着何琳阿姨走走形式，覺得很尷尬很難為情，就跟一個智障小孩一樣，重複她對上帝說的隻言片語。

每個星期天上午，何琳阿姨都要到附近的教會禮拜，她每次都帶上我。禮拜的地方是個巨大的帳篷，有數以百計的教徒參加。對於一個六歲的小孩子來說，這是最折磨人的事情了，只見大人們反反覆覆地重複幾個動作，起立，坐下，閉上眼睛，誦讀單調乏味的聖經。這種令人窒息的沉悶一直持續到活動快結束時，此時人羣裏開始傳遞着一個紫紅色燈芯絨袋子，每個教徒開始向裏邊捐錢。這時何琳阿姨會給我一個硬幣，讓我投入袋子。當這個袋子傳遞到我手裏的時候，我真想抓一把錢出來，別人也不會覺察到。但是，我也不敢做這種不道德的事情。

讓我最受不了的是牧師講道。他在台上喋喋不休，我幾乎控制不住自己想大聲尖叫起來。此時，我努力控制自己，竭力讓自己進入幻覺狀態，想像在南京貧民窟與小夥伴們玩耍的美好時光。

何琳阿姨時不時地會冒出那句話：「耶穌愛我們。共產主義將

要死亡！」我一直都沒有想明白兩者之間有何關係。「愛」這個字在牧師的傳教中，在何琳阿姨每日的祈禱中，被反覆重複着，自然這是美好的、人們想得到的東西。然而，我在南京的貧民窟，在上海的大街上，經常看見「死亡」。儘管我見多了，不再對人的死亡感到驚恐，但是也知道這不是什麼好事情，人們也不願意遇見它。為什麼何琳阿姨會把好事和壞事羅列在一起呢？

一次，何琳阿姨正在看一封信件，突然大聲嚷道：「銀行搶劫我們。可是我們也離不開銀行！」

何琳阿姨經常說這種東一榔頭西一棒子的話，叫我莫名其妙。有時她似乎是自言自語，不像是在跟我說話。當然啦，她是看着我說的，我只能認為我就是她談話的對象，因為屋子裏除了我，再沒有別人了。

她說話時，我都是機械地點點頭，表示贊同她的看法。但是我常常不知道她在說些什麼，但是我也意識到，像何琳阿姨這樣有學問的人，說的肯定都是些深刻的道理。我時時提醒自己，不要質問她說話的邏輯，不要懷疑她的話的真實性。

一天晚上，她又莫名其妙地嘀咕道：「可憐的小訥！你爸爸蹲監獄，這對你是一件好事。」我不明白她為什麼會這樣說。這一直是隱藏在我心裏的一個祕密，對父親在我生活中的消失，我的確不感覺到有什麼遺憾。在南京貧民窟的那些日子，看不見父親嚴厲的眼神，我自由自在，快樂無比。但是我沒有跟任何人這樣說過，即使對我的家人也是如此。否則的話，這就是對父親的不孝，會有一種強烈的犯罪感，要受到社會的譴責。

父親的情況的確是我童年的一個心靈缺失。在學校裏，我從來都迴避任何關於「父親」的話題，因為這會讓我感到尷尬難堪。學校裏的小男孩們最喜歡吹自己的父親，炫耀自己的父親如何有地位，如何有成就。有時候，這種吹噓會演化成一種拳擊擂台賽，

其中一個小男孩大聲爭辯道，他的父親最屬害，比別人的父親都牛。當其他小男孩爭辯這些的時候，我就悄悄地溜走，想方設法避免在別人面前提起自己的父親。當然，我也很想在別人面前吹吹自己父親過去的風光，但是很擔心叫別人知道，他現在就是南京虎橋監獄裏的一名囚犯。讓別人知道自己是罪犯的兒子，對我是最大的恥辱！

我感到很震驚，何琳阿姨怎麼會說這樣的話，「你爸爸蹲監獄是一件好事」？但是她說這話也沒帶什麼惡意，不是在故意傷害誰，僅僅是她另一個奇談怪論罷了。

一個星期天上午，我耐心地陪何琳阿姨做完禮拜。作為獎勵，她帶我到黃浦江邊參觀，那裏離長江入海口不遠。黃浦江邊是中國最繁忙的港口，放眼望去，只見密密麻麻，有各種船隻，如舢板、帆船、拖網漁船、摩托艇、輪船、油輪等，還有海軍護衛艦和驅逐艦，軍艦上的炮台威武雄壯。我出神地望着各種各樣大大小小的船隻，浮想聯翩，夢想未來能有一天，乘坐輪船到很遠很遠的地方……。

何琳阿姨看出了我的心思。「大海浩淼無邊。水手們都是些動物！」她好像在吟誦某一首詩，但是她對我皺着眉頭的樣子似乎在警告着我，千萬不要坐船到大海上去。

從很遠的距離，我就能看到船上的水手都是正常的人，我很自信能夠辨認出他們不是什麼動物。我覺得，何琳阿姨的話太怪異了。「大海也會吞掉輪船。」何琳阿姨看到我沒有被說服，又補充了一句。

可是，整整一個下午，直到太陽已經落下去了，我也沒有看到一條船被大海吞掉。我不理睬她的警告，也不認同她的說法，所以她這樣說時，我連頭也沒點一下。

何琳阿姨不放過任何一個機會來教育我。媽媽是何琳阿姨的妹

妹，她們姐妹兩個的性格很相似，都是性情溫和，不讓人害怕。何琳阿姨對我很關照，這讓我很感激她。所以，儘管我不太理解她，也不總是同意她的看法，我也很少當面反駁，惹她不快。

從童年開始，何琳阿姨就十分害怕大水，患有恐水症。她和我父母的家鄉都是山東，出生於黃河岸邊的一個鄉村。黃河自古以來經常氾濫，一旦發生決堤，就會造成千萬人死亡。何琳阿姨很小的時候，家鄉曾經遭遇洪水，成百上千的人都死於這次災難。

長大後，她又曾住在蘭州，這是中國西北部的一個大城市，那裏離沙漠不遠。她在這裏的一次經歷，更讓她對大水產生了恐懼，這個心理陰影一直揮之不去，以致她後來看到河流、湖泊、大海，就會情不自禁地心生驚悸。

黃河從蘭州市區蜿蜒而過。為了工作和生活，城裏的很多人每天都要過河。那時候的主要過河工具，就是羊皮筏子，把幾隻羊皮縫製成封閉袋子，然後用嘴吹滿氣體，上面綁上幾塊木板，有個三米見方的平面，讓人坐在上面，由船公划過黃河。

夏天的時候，黃河發大水。一次何琳阿姨坐着羊皮筏子過黃河，行到河中間，突然小船被捲進一個急速的大漩渦，失去了控制，猛然沖向下游，不見了小船蹤影。事出突然，來不及救援，河岸上的人以為小船上的人都被沖走淹死了。

奇跡發生了，在幾百米處的河流轉彎處，羊皮筏子撞上一塊巨石，碰撞的力量把船上的幾個人猛然甩到河邊的鵝卵石淺水區，所有的人都獲救了。人們驚魂未定，只見有的皮膚被劃破，有的皮膚被擦傷，然而大家都慶幸撿回了一條命。

後來，每次何琳阿姨回憶起這次意外，仍然驚悸不安，說那次坐羊皮筏子是到地獄之門轉了一圈，差點兒進去。

了解何琳阿姨這些可怕的經歷，就知道她的恐水症是如何來的。我也可以理解她為何會說「大海吞噬輪船」之類的話。此外，

那時何琳阿姨也聽說了英國鐵達尼號游船失事的悲劇，我還不知道這些事情。

復旦的冒牌教授

多年以後，我從親戚那裏得知，何琳阿姨七歲那年，在山東老家得了一場嚴重的天花，自那以後她的言行舉止就變得有些怪異。

天花的致死率非常高，一旦得上這種病，十有八九都活不下來。患病小孩都會發高燒，大人們為了防止傳染給別的小孩，就把患病孩子禁閉在一個小房間裏。那時也沒有什麼醫療條件，得病的小孩往往很快就會死掉。個別小孩也能奇跡般活下來，但是他們在病重期間亟需大人的照顧和關愛時，卻被禁閉拋棄了，這對他們的心靈會造成永久性的創傷。即使有幸逃過一劫，病好後，小孩子的臉上會留下很多麻子坑兒。得過天花病的女孩子都很難嫁出去，因為疾病讓她們毀了容。

何琳阿姨就是這少數的倖存者，她的臉也因天花而留下了很多麻子坑兒。

關於何琳阿姨，還有更加令人震驚的祕密，這是後來我到香港後，父親告訴我的。

不知因為什麼原因，父親特別厭惡何琳阿姨。他給我講的故事，可能是為了割裂我對何琳阿姨在情感上的依賴，是真是假，無從考證。這種事情，父親都能做得出來。

在上世紀 30 年代，何琳阿姨得到一個美國傳教士的幫助，到匹茲堡大學留學。通過五年的刻苦努力，克服語言上的巨大障礙，她獲得家政經濟學專業（home economics）的學士學位。二戰前的美國大學都設有這個專業，目的是培養家庭主婦的，讓她們更好地處理家裏的日用開銷，同時這些婦女擁有一個大學學歷，可以得到

家人和鄰里的更多尊重。回國後，何琳阿姨就設法把畢業證書上的「home（家庭）」一詞塗掉，讓自己變成一個經濟學專業畢業的洋大學生。

二戰後，經濟學成了一個新興的熱門專業，有着美好的就業前景，年輕學子爭相選學。何琳阿姨憑着這張「改造」的美國大學畢業證書，竟被著名的復旦大學聘用。

實際上，何琳阿姨對經濟學一竅不通，但是她能說一口流利的美國英語，別人一聽她講英文，就知道她留過洋，因而也沒有人懷疑她學歷的真假。她把美國大學的經濟學入門課的教材一頁一頁地翻譯成中文，上課時就照本宣科地唸給學生聽。

她在講台上大聲念着自己翻譯的經濟學入門課，學生在下面一個字一個字忙不迭地記筆記。大多數時間，何琳阿姨和她的學生，誰也不懂她念的內容。但是這個不要緊，學生常常抱怨自己的底子差，理解不了這種新學科。一般人的邏輯是，美國畢業的大學教授，所講授內容肯定權威高深，學生只恨自己天資不夠，跟不上老師所講的內容。這是東方學生的一種普遍現象。當然，在這樣的教育環境中，沒人懷疑像何琳阿姨這樣的教授的專業水準，更沒人敢質疑她也不知道自己在說什麼。

何琳阿姨在復旦大學教了四年的經濟學。她這份工資在那個動盪的年代，是相當不錯的收入，讓我們在上海這個大都市過着相對優裕的生活。

何琳阿姨常常語無倫次，行為反常，但是我跟她在上海住的那四年還是很愉快。她人很隨和，從來不無理限制我的自由。她看起來很自信，很有尊嚴，外表絲毫看不出她童年時遭受的心靈創傷，只是當她偶爾說出些莫名其妙的話時，人們才會覺察到她的怪異。別的女士都是盡力保持儀態端莊，穿着精緻，而何琳阿姨則是大大咧咧，走起路來呼呼生風，說起話來粗聲大氣，給人一種很有權威

的印象。

何琳阿姨非常疼愛我，總是給我買好吃的東西，我很感激她的呵護。

上海的大哥

從二十世紀初開始，上海已成為金融中心，與此同時也變成了犯罪的天堂。這裏盜賊雲集，黑幫林立，奸商猖獗，暴徒肆虐，掠奪成風。位於長江出海口的黃浦江港口成了國際貿易的中心，是西方殖民者向亞洲運送貨物的集散地。此時，城市的大部分地方都割讓給西方列強，作為他們的租借地。每一塊外國租界，都有自己的政府、法律和保安，受制於各自的宗主國。中國政府無權過問外國租界的刑事法律事務。如果發生了針對歐美人的犯罪，租界的這些外國政府就互相合作，抓獲罪犯，繩之以外國的法律。如果犯罪是針對中國人的，就無人追究。這些租界的外國人也常常參與搶劫、盜竊，他們把拐騙綁架來的中國年輕人用輪船送到國外做苦力，就像對待牲畜那樣販賣人口。大部分人都認為上海是個繁榮的大都會，上海人狡猾善變，算計精明。二戰後，中國政府收回了上海的外國租界，但是這個城市仍然是不法分子的樂園，外地人對上海人都沒有什麼好印象。幾年後我到香港，受說粵語的一幫男孩子的欺負，就是因為我不小心跟一個小孩說上海話，他們誤認為我是上海人。

在大都市上海，生活節奏快，缺乏人情味。我剛來到這裏的幾個月，集中精力學說上海話。何琳阿姨不會說上海話，所以她到商店買東西，經常被人坑，花冤枉錢。那時候也沒有市場監督機制，無處投訴。她也無奈地接受上海人欺生的風氣，誰讓自己不會說上海話呢？

　　我則不一樣，不得不學習上海話，因為學校裏的老師都是用上海話講課的，小朋友們也只用上海話交談。在解放前，雖然國民政府推行國語，但是成效不佳，各地的人主要是以自己的方言作為交際工具。中國有數以百計的方言，相互之間無法直接溝通。那時候人口流動很少，大部分人都是在自己的家乡生活一輩子，也就不需要學習國語或者其他方言。但是你如果從小地方搬到大城市，就不得不學習那裏的方言。

　　幾個月後，我就能用流利的上海話與其他小朋友交流，也逐漸習慣了大都市里形隻影單的生活，大部分時間都是上學，或者在家裏做作業。何琳阿姨的住處，原來是法國租界，那裏的小孩不多，他們放學後大都呆在家裏做作業。父母不讓小孩子在大街上閑逛，因為街上不安全。所以，即使我沒了語言障礙，也很難交到朋友，也就沒有什麼課外樂趣。

　　我十分想念在南京貧民窟的日子，那裏有我的好朋友，有我們玩耍的樂園。上海到處都鋪着柏油馬路，水泥建築琳琅滿目，商業店舖目不暇接，到處都是熙熙攘攘的人羣。這裏沒有蟋蟀，沒有蜈蚣，沒有桑蠶。不要說我在這裏找不到朋友，即使有朋友，跟他們一起出去，也不知道在大街上能做什麼。

　　白天不上學時，我就一個人在家裏胡思亂想，似乎是在白日做夢，有時呆呆地望着窗外，幾個小時一動不動。在上海的孤獨的日子裏，我時常夢想着有一天到很遠很遠的地方去，儘管我也不知道這個地方在哪裏。我憧憬的那個地方，一派平靜的田園風光，樹木茂盛，鮮花盛開，大片的草地上生活着各種各樣的動物，當然，那裏還有美味可口的飯菜。我幻想自己長出兩個翅膀，自由飛翔，到各處探險獵奇。但是，我最希望得到的還是有一幫關係很鐵的小朋友，大家相互幫助，擁有共同的興趣，都有探險的精神。

　　我夢想飛往遠方，但這並不是因為何琳阿姨的緣故。她把我照

顧得很好，總是和藹可親。

　　我意識到，自己想到遠方去的這個想法有點兒離經叛道。我學校裏的小孩子沒有人跟我有相同的願望。他們都很喜歡談自己的家庭，炫耀自己的父母如何了得，打算跟自己的家庭一起生活一輩子。如果有小朋友講起自己的生活目標，都是離不開自己的父母和家庭。男孩子大都希望跟隨他父親的腳步，幹同樣的職業，將來跟父親一樣成功。沒有人考慮長大後要到遠方去。我有着與周圍其他小朋友如此不同的願望，這使得我覺得自己不隨羣，徒增我的孤獨感。如果別的男孩子知道我的想法，一定會覺得我是個怪物。

　　我也知道自己的想法有些另類，時常為此傷感，因為周邊的同齡孩子都不理解我。我想，自己的與眾不同可能是命中注定的。即使在南京的官邸，跟我的家人一起生活時，我也沒有一種家庭歸宿感。只有在南京貧民窟那一年裏，我才找到了這種感覺。在那裏，我屬於這幫小夥伴們組成的一個關係緊密的團體，我們都叫自己「小人」，因為我們的個子小，年齡小，在家裏和社會上也無足輕重。但是我們並不害怕「大人」，因為我們覺得自己擁有這個世界。

　　我剛到上海的時候，確實覺得自己像個鄉下來的土包子。我看上去呆頭呆腦的，不機靈，沒眼光，不善於算計，這與上海小孩子格格不入。為了適應當地的生活，我在學校裏學習的第一課並不是語文、數學什麼的，而是如何做生意，如何通過買賣交換來盈利，這些都是學校裏同學的每日必修課。

　　那個時候，一個小學生的書包裏，最值錢的東西就是墨錠。學校要求學生每周寫一篇作文，而且要用毛筆書寫，這就要自己研磨墨錠製墨水。所以，每個家裏都要給自己的孩子至少買一塊墨錠。

　　研墨是一種技術活。在石頭墨盤裏研墨錠，墨水太稠了，就會把毛筆黏住，寫不好字。太稀了，墨水就會在綿紙上到處滲，不僅字變成了一團黑，綿紙也很容易濕破。

舊社會的讀書人，都要學會研磨墨錠這種技巧，因為那個時候學校大都要求用毛筆寫作文，這是每個小學生的必修課。有一手好的毛筆字，也是那個時代知識分子的必備技能之一。所以墨錠的質量品牌非常考究，生產廠家也把自己的產品包裝得很漂亮。最好的墨錠價錢也不菲，有的甚至跟金銀財寶差不多一樣珍貴。

小學二年級就有作文課，第一節課我們學習如何研製墨水。課後一個同班的男生提出要跟我做個交易：他用一塊墨錠，再加上一支毛筆，換我的一塊墨錠。我覺得挺划算的，不僅他的墨錠比我的大，而且我還可以多得到一支毛筆。

我回到家裏，告訴了何琳阿姨這件事，她看了一下我換來的墨錠，感歎道：

「你被騙了。」

我換來的這塊大一點的墨錠是次品，而我的那一塊貨真價實，質量上乘，價錢也貴得多。

何琳阿姨脾氣好，也沒有訓斥我。騙我的那個小男孩才七歲，我覺得自己真傻，這次教訓刻骨銘心。

很多上海的小孩，自打上小學起，就開始培養自己的生意人頭腦，鍛煉買賣技巧。除了墨錠，他們還交易手中的各種東西，包括彈球、郵票、舊幣、鉛筆、文具盒、筆記本、尺子、橡皮等，有時候甚至還交易身上穿的衣服。

課間休息時，學校的操場成了一個喧囂的貿易市場，有買的，有賣的，有以物易物的，有大聲吆喝的，有檢查物品質量的，有哄騙引誘的，有要價還價的，還有相互貶低對方的物品質量的。真是熱鬧非凡！

課間時，學校的操場熙熙攘攘，仔細一看，沒有一個小學生在玩耍。蹺蹺板靜靜地躺在那裏，滑梯上安安靜靜，沙地裏空無一人。從一年級到六年級，每個小學生都熱衷於某種交易。他們在磨

煉自己的說話技巧，相互模仿對方的精明，提高自己的分辨能力，學會控制自己的面部表情，不讓對方看出你的真實想法。

小孩子們虧了錢，從來不哭鼻子，也不會發脾氣。他們認為，賠錢是交給學習做生意這個技能的學費。賺到錢的小孩，讓人刮目相看，被認為有生意頭腦，因而也受到人們的讚賞尊重。

外地做買賣的都怕上海的商人。香港商人都自愧不如上海同行，他們與上海人打交道，都神經繃得特別緊，擔心一不小心就會吃虧，上當受騙。

解放時期，大批上海企業家移居香港，這是香港轉型的第一推動力。香港從一個不倫不類的第三世界殖民管治的城市，變成一個熠熠生輝的世界級大都市。上個世紀 50 年代，香港的主要產業是紡織服裝製造，緊接着又興起了電子產業。60 年代後，香港又發展成了世界商業中心。

解放以後，不允許私營企業，上海的國際商業地位也隨之消失，但是它的重商的民風猶存，一直在民間休眠了三十多年。改革開放後，鄧小平提出了著名口號：「不論白貓黑貓，只要逮住老鼠都是好貓。」私營企業重新抬頭，上海的經濟又開始蓬勃發展起來，迅速又成為中國的經濟中心，而且在國際商業中也佔有舉足輕重的地位。

別的小學生都熱衷於磨煉他們的經商技巧，那個小男孩主動跟我交換墨錠，結果我吃了虧，這件事也讓我意識到，跟上海這裏同齡的小孩相比，自己確實是個另類。我來到這個城市已經三個多月了，也可以說一口流利的上海話，逐漸習慣了跟何琳阿姨一起生活，覺得這裏的居住條件和飲食都不錯。但是，我仍然非常思念南京那些小夥伴們。

一個冬天的下午，天氣很冷，我放學後沿着學校旁邊的一個荷花池塘邊的小道走着，突然看見冰上有一個彩色的東西，離岸邊不

到兩米。定睛一看,原來是一張紙幣。上海的冬天偶爾也會降到零下,但是池塘裏的冰都結得不厚,人一般不敢上去踩。此時唯一的辦法就是冒險踩上薄冰,把錢撿過來,否則如到別處找工具,這期間那張錢很可能被別人發現撿走。

我很想撿到這張錢,但是冰下的水寒冷刺骨,而且池塘很深有危險。我站在岸邊,估摸着冰層厚度。只見十步開外有一個比我大的男孩正向我走來,他也看見了冰上的錢。立刻,他一隻腳踩在岸邊,努力保持身體平衡,另一隻腳小心翼翼地伸向冰上,嘗試把紙幣勾過來。我看到這個男孩的塊頭比我大,肯定也比我重,但是他的一隻腳踩上去,冰層並沒有破裂,我說時遲那時快,一個箭步衝過去,以迅雷不及掩耳的速度,把那張紙幣撿到了手,就像一陣小旋風似的,安然回到岸上。

那個男孩一下子驚呆了,突然連連鼓掌道:「恭喜!恭喜!真嚇人。」他接着說:「你這樣莽撞,有可能掉到冰下淹死的。」「可是,我看到你的一隻腳踩上去試了試,」我解釋道,「你比我個子大,身體重,你踩上去後冰層並沒有破裂的響聲,我就知道可能沒有什麼危險,所以才飛奔過去,把錢撿到手。」他點了點頭,沒有吭聲,但是他的表情和肢體語言告訴我,他很佩服我。

我們互通了姓名,一路回家,邊走邊聊。他叫陳福運,比我大五歲,讀五年級。他在同齡孩子中是中等個子,長得眉清目秀,十分健談,是個百事通,我們一路上看到的各種事物,他都能說出個頭頭道道來。

「你來這裏多長時間了?」他聽出我不是上海本地人,就問道。

「三個月了。」

「哇,才三個月?你的上海話說得真不錯呀!」

「嗯,我還在學習,」我承認道。「上海話不容易說好。」

「我來幫你,」他自告奮勇。「上海這個地方,很多人適應不

了。可是，你一旦熟悉了這裏的規矩，這是個難得的好地方！」

我很激動，這真是天上掉餡餅，一個機靈的男孩主動跟我交朋友，他個子比我高，知道的也比我多。一路上，我興高采烈。

結識了陳福運，多麼幸運哪！那天晚上回到家裏，我按捺不住喜悅的心情，很想把這件事告訴何琳阿姨，但是又擔心，她聽說我突然結識了一個陌生的朋友，他會如何反應呢？又想到我踩着荷花池的薄冰撿錢的事，何琳阿姨肯定會說我又做了危險的傻事，所以最終也沒有跟何琳阿姨說這件事。我高高興興地上牀睡覺了，不再那麼擔心人生地不熟，對未來充滿着希望。

自打那以後，每天放學時，我都在校門口等着福運一起回家。我們漫步在回家的路上，觀望着路邊的各種事情，欣賞着商店裏的各樣東西，有說有笑。到了不得不分手回各自家的地方，總是依依不捨，覺得路太短了，怎麼這快就要到家了。一起跟福運回家，是每天最美好的時光。起牀上學的時候，就盼望着放學跟福運一起回家，享受着我們一起走時每一步所帶來的快樂。

我們相識幾周後，我就稱呼福運「大哥」。這也是我發自內心對他的敬重。

我和大哥很喜歡在一起閑聊，無所不談。話題包括學校的老師，同學，商店，工廠，兵器，街上的小販，便衣特務，正在大街上巡邏的警察或士兵，如此等等。我們也很喜歡損人，特別愛貶低取笑那些有權勢者。

我們倆都最受不了那些無能的老師。我們都痛恨老師對學生的絕對權力，如果這個老師真是個好老師，很有知識，會教學生，我們也服氣他。可是我們實在無法忍受那些笨蛋老師，他們還裝着自己很有學問的樣子，擺出一副權威的姿態，真令人作嘔。有些笨蛋老師簡直就是虐待狂，體罰起學生來心狠手辣。但是，中國的教育傳統是要求學生盲從老師。

　　那個時候，老師可以隨便體罰學生，很多老師手裏拿着一塊一寸厚的短板子，就是打學生用的。那些比較理性的老師，只是用板子打學生的手。如果我們說什麼話出格，或者做什麼事情不合適，老師就命令我們走到他跟前把手伸開，根據情節嚴重程度決定打幾下，通常是一下或者兩下。一次我在課堂上說俏皮話，老師認為情節嚴重，要打三下板子。為了不讓手掌被板子打得太疼，我吐了一點唾沫在手心兒，兩隻手搓了搓，然後把手伸給老師等着捱打。因為我在南京貧民窟時聽說，唾沫有止疼功效，你看，動物受傷後就會用舌頭舔自己的傷口。長大以後才明白，這沒有什麼科學道理，純粹是一種心理作用。老師看到我在打板子之前這個吐唾沫的準備動作，頓時火冒三丈。本來說好是只打三下，而且也是普通的捱板子，可是老師死命地狠狠打了五板子，把我的手都打腫了，幾天疼勁兒還不消。

　　有些不講道理的老師，用各種辦法體罰學生，有扇耳光的，有擰耳朵的，還有敲腦袋瓜子的。我們學校的一個老師是虐待狂，懲罰學生時，用手指使勁兒按小孩子耳輪後、顎骨與頭骨接觸處的軟組織。他從學生的後面突然用兩個大拇指像一把老虎鉗子一樣，猛夾學生兩邊耳後的軟組織，擠壓得學生疼痛難忍，覺得腦袋像要爆炸了似的。

　　我和大哥都覺得，那麼多漢字需要一個一個記住，實在不容易。每個漢字都像一幅圖畫，有的要二十多筆劃才能寫成。書寫時筆劃還不能亂，要按照一定的筆順寫，在什麼地方以什麼角度撇捺，否則寫出的字就很奇怪，別人也難以辨認。如果你不按照筆劃順序來寫，老師一眼就能看出來，批評你，要你改正。

　　要獲得讀寫能力，我們必須首先記住數以千計的漢字。這是每個小學生的巨大記憶負擔。大陸解放以後，中央政府為了掃除文盲，推廣了簡化漢字方案。但是繁體字仍在香港、台灣和其他海外

華人社區中使用，能寫繁體字被人認為是一種有文化有修養的表現。

大哥很幽默，愛取笑挖苦別人。我們不論碰見什麼人，他總是愛用嘲弄甚至有些褻瀆的語言來形容他們，說這個長着「蒜頭鼻」，稱那些大搖大擺在街上走的官員是「屎拉到褲子了」。對於大哥來說，那些醜腮撅嘴的女士是「患了便祕」，道貌岸然的警察是「寄生蟲」，巡邏的士兵是「機器人」。在大哥的薰陶下，我也逐漸變得聰明伶俐，說話也有些尖酸刻薄。

有時候我們這樣在背後議論人，諷刺挖苦人家，不巧被對方聽見了，他們也會來追打我們，說要教訓我們一番。此時我們拔腿就跑，逃之夭夭。

大哥特別有知識，了解各種商品，知道它們的價值。從他那裏我學到了如何辨別墨錠的質量，不僅如此，我還懂得各種商品的質量和價值，諸如漆盒子、毛筆、圓珠筆、衣服、鞋子等，還有傢具、自行車、洋車、甚至汽車的品牌。他告訴我各種傢具的差別，是軟木的還是硬木的，是油漆的還是染色的，是國內的還是進口的。我們回家的路上有很多傢具店，他常指着一件傢具，告訴我它的木料是什麼，值多少錢。大哥知識真淵博，似乎什麼都懂，我很尊敬他，也很崇拜他。

我們看着路上的自行車，夢想將來長大後也擁有一輛。此時大哥就開始滔滔不絕地談論它們的產地和價值，解釋自行車的框架結構，把手的形狀，輪轂中的滾珠軸承的質量，輪輻的大小等。我明白了國內生產的自行車質量不佳，英國製造的「羅力」牌自行車聲譽最好，美國生產的自行車質量還馬馬虎虎。

即使我們做夢也不敢想自己將來會擁有一輛汽車，大哥還是津津樂道各種汽車品牌，車體設計，生產國家，引擎馬力等。這樣我就能夠辨別駛過汽車的品牌，英國進口的有莫里斯（Morris）、奧斯汀（Austin）、沃克斯豪爾（Vauxhal）、MG、捷豹（Jaguar）等各

種品牌的汽車，美國進口的則有福特（Ford）、道奇（Dodge）、德索托（DeSoto）、漫步者（Rambler）、史蒂貝克（Studebaker）、雪佛蘭（Chevrolet）、帕卡德（Packard）⋯⋯

這時我第一次搞清楚了父親在南京官邸時坐的豪華轎車是美國的別克牌。這個我沒有告訴大哥，因為我不想讓他知道我父親現在正在蹲監獄一事。對於童年的我，關於「父親」的話題是我的忌諱，大哥似乎覺察到這一點，從來不問我關於我父親的事。

我對別克車型特別關注，發現這個品牌的前輪保護片上的鍍鉻孔數量不同，鍍鉻孔越多，它的檔次就越高，而四個孔的是最高檔次的。

大哥很認同我的觀察。這也滿足了我長期以來的一個好奇心，終於弄明白為何父親的別克車上有四個鍍鉻孔。

跟大哥在一起的日子，時間過得特別快。有了大哥的保護，我也變得越來越愛說話了，慢慢也適應了大都市的生活，覺得沒有我原來想像的那麼難。但是我仍然與學校裏的其他同學有種隔膜感，他們都知道我是外地來的，也沒有人主動想跟我交朋友。漸漸地，我不再那麼思念南京那些小夥伴們了。我時常還會想到他們，但是我也逐漸習慣了上海的生活，每天都能見到何琳阿姨、學校和大哥，還有大都市五光十色的景致。

我跟大哥相識一年後的一天，學校放學時，我還像往常那樣在校門口等他一起回家，只見大哥突然發瘋似的跑來：

「李訥，你得幫我一下，」他急迫地說道，「快，跟我一起跑！」我從來沒見過他如此慌張，他本是個很冷靜、很自信的人。「發生了什麼事？」我看他上氣不接下氣的樣子，就問道。「等會兒再跟你說，先跟着我跑，越快越好。」

我們倆就像兩隻箭一樣飛跑而去，沿着街道向前衝，超過自行車，穿過公共汽車，左閃右躲免得撞着行人，搞得行人尖叫斥責聲

不已。最後我們跑到一棟建築物前，只見那裏黑壓壓擠了一大片人，人們情緒激動，狂吼亂叫，不知發生了什麼事情。

「擠到人羣的前面去，從人腿下鑽過去。」大哥命令道。

我們利用自己身體小的優勢，拚命往前鑽，但是十分危險，極有可能被踩死在下面。但是大哥不顧一切地往前鑽，不論多危險，我也不能落下。我對大哥那是忠心耿耿，矢志不渝。

終於擠到了大廳裏邊，整個大廳塞滿了羣情激憤的人們，他們揮着拳頭，大聲吆喝呼喊。我們的眼前全是人腿，沒有一點空隙，再也往前走不了。腿與腿之間密不透風，我被死死地卡在中間。我的胸部似乎要被壓碎，呼吸困難，感到要癱倒下去。大哥發現我生命垂危，猛然抬起頭叫道：「抓他們的褲襠！抓他們的褲襠！」

我用兩隻手拚命地抓周邊人的褲襠，不分男女。只聽到周邊一片驚叫，人們拚命閃躲，我身體的壓力這才緩和了些。「我們趕快離開這裏。」大哥決定不再往前去。一點一點地，我們慢慢向右移動，最後終於鑽出了人羣，又回到大樓外邊。「他娘的，真是一個災難！」大哥罵道。他的臉色鐵青，情緒沮喪。我強忍着不要問他。我們走過了幾個街區，誰也沒有說一句話。突然，大哥在一家冰淇淋店前停了下來。「讓我們慰勞一下自己吧，」他一邊讓我進去，一邊咕噥道。

大哥的口袋裏總裝着錢。我從沒有問過他錢是從哪兒來的，他也沒給我解釋過。我想，這都是命運不同吧，大哥生來就有財運，而我則沒有。我有時也想，大哥有神奇的魔力，口袋會自動生錢。

在1947年的上海，冰淇淋可是時髦的、前衛的奢侈品。那時南京還沒有這洋玩意兒，在追求前衛消費上，南京總是比上海慢一拍。上海的冰淇淋店裏裝修也很考究，有沙發和玻璃桌子，供顧客吃冰淇淋時享用。來這裏吃冰淇淋是種奢華的消費，象徵着一個人的財富和地位。

大哥要了兩個冰淇淋聖代杯。

對我來說，香草冰淇淋，上面再撒上些巧克力碎片，這是只有天仙才能享受到的珍饈。我想，只有上帝才能吃到這種東西吧？我用小勺挖着吃完後，又用舌頭舔乾淨了杯壁上殘留的冰淇淋，再用食指摳出杯底上殘留的冰淇淋。

「你知道嗎，李訥，這是一個巨大災難！」大哥用勺子攪着杯子裏正在融化的冰淇淋，悲傷地說道。「剛才我們擠進去的那個地方是一家銀行。它關閉了。今天早上班裏的一個同學說銀行要關閉了。我本來期待我存錢的那家銀行不會關得這麼快，還能來得及把錢取出來。」他感歎道。「但是我們去得太晚了。剛才看到的那些人都是跟我一樣的情況。我的錢全被這家銀行坑了。」

「那家銀行為什麼要關閉？將來還會不會重開？」我也不知道我提的問題有啥意思。事實上，他說的事情我也不大明白。「我也不知道銀行關閉的確切原因。」大哥沉思道。「我原來只知道這家銀行的存錢利率很高。所以我才把錢存到那裏去的。」

我不知道什麼是利率。我只知道銀行是人們存錢的地方。此前我也聽到何琳阿姨的幾個朋友爭辯說，他們寧可把錢放在自己家裏的保險櫃裏，不願意存銀行，因為銀行不可信任。何琳阿姨同意銀行有欺詐，但是她卻不主張把錢放在家裏，她最後的結論是：「保險箱裏的錢不會生利息。」

大家都知道何琳阿姨是美國大學經濟學專業畢業的，覺得她的話應該是權威的，所以都不再跟何琳阿姨爭辯什麼。從何琳阿姨跟她的朋友談話中，我猜利息肯定是種好東西。我推想，大哥說的「利率」也應該是人們都想得到的東西吧。我能感覺到大哥的痛心，也就不再問他什麼了。大哥平時說的一些話，我也不大能懂。

「你知道嗎，李訥，我存在這家銀行的錢是我這個學期的學

費，」大哥向我解釋道。「這個學期開學時，我爸爸讓我把學費錢交給學校的財務處。我跟財務處的官員說謊，告訴他們我爸爸突然遇到經濟困難，希望能夠推遲一段時間再繳學費。財務處的人同意了，這我才把錢存到那家銀行去。現在這筆錢沒了。我不知道爸爸會怎麼樣。」

他說話的樣子像個大人，語帶哭腔，似乎在沉思着什麼。

我瞪着眼看着他，不知說什麼是好。我也很擔心，他可能會發生什麼不祥的事情。

此時此刻，有一點很重要，我意識到一個問題，長大成人不再有什麼魔術般的神祕感。站在我面前的大哥，他已經十二歲了，通曉大人世界的事情，仿效他們去賺錢。現在，災難卻降臨在他頭上，不過我也不大明白災難從何而來。我並不能完全明白事情背後的錯綜複雜的因素，但是我認識到，長大成人並不能保證一個人有智慧躲開災難。再看看父親的遭遇吧，昨天父親還是個前呼後擁的大人物，今天就變成了一個被特務押走的失魂落魄的囚徒。難道能說這是睿智的人生選擇嗎？

我在沒有認識大哥之前，總以為長大成人代表一種特殊的地位，具有比小孩子高的能力。我們小孩子得尊敬大人，聽大人的話。他們可以隨心所欲地拋棄我們。小孩子不孝順，不聽大人的話，被認為是不道德的。但是，在傳統文化裏，大人應該如何對待小孩，並沒有任何道德約束。大人可以過繼自己的孩子給別人，他們遇到困難時還可以賣掉自己的孩子。正常日子裏，大人總是享有特權，包括飲食、舒適和自由，都優先享用。大人可以隨意管束孩子，孩子必須無條件接受。總之，大人擁有無尚的權威，小孩子任其擺佈。

大哥的行為告訴我，大人和孩子之間並沒有絕對的差別，也沒有什麼神祕感。他們能做的，我們也能辦得到。關鍵問題是知

識，知識能讓一個人有力量，有地位。大哥的所作所為很能說明道理。

那天，吃完冰淇淋後我們就要分離，大哥垂頭喪氣，神情黯然。我很想安慰安慰他，但不知說什麼是好。他站起來轉身慢慢走開，我靜靜地站在街上望着他，直到他在一個拐彎處消失。我心裏充滿悲傷，一個人呆呆地站在那裏久久不能離開。

第二天，大哥沒有來上學。從此以後我再也沒有見到大哥。

國民黨敗退

大哥已經消失了好幾個月了，我朝思暮想着能夠再見到他。每天放學的時候，我都來到校門口停一會兒，這是以前我們兩個每天相遇的地方，希望看到大哥出現。但我都是失望而去。

失去了大哥，我傷心欲絕，萎靡不振。對大哥的思念逐漸變成我向上的動力，下決心努力學習，將來也成為像大哥那樣見多識廣有文化的人。

大哥消失後不久，盛傳解放軍很快就要到來。國共在其他地方正在酣戰，但是上海這個地方未見戰爭的硝煙，仍然是個安靜的大後方。

雖然戰場不在上海，但是這裏的百姓同樣遭受戰亂的苦難。在國民黨敗退台灣之前的幾年裏，人民遭受了種種災難，通貨膨脹完全失去控制，社會陷入無序混亂狀態，地方惡霸無惡不作，蔣介石政府的特務橫行霸道。

一個月之內，貨幣的購買力就跌落了 30%。蔣介石政府應對通貨膨脹的辦法就是狂印鈔票。人民對錢幣失去了信心，就開始囤積糧食、食油和不易腐爛的其他食物，這又進一步加劇了通貨膨脹。通貨膨脹和囤積食物進入惡性循環狀態，整個經濟體系面臨崩潰。

周邊的農民開始拒絕售賣他們的產品換錢，要求以物易物。這樣上海的城市居民不得不用銀子、金子、鑽石、衣物或者其他有價值的東西，來換糧食活命。

我和何琳阿姨還算是幸運。她利用與美英傳教士的關係，買來很多罐裝食品。她從基督教的白人朋友那裏，可以買到盒裝火腿、沙丁魚罐頭、蔬菜罐頭等。每個月第一天，何琳阿姨發工資，她整天都忙着從各個地方買食品回家，這一直可以吃到月底。

大家都活在恐懼不安之中，害怕解放軍打過來。何琳阿姨還像往常一樣，在復旦大學講授經濟學，但是始終處於警覺和憂慮之中。她每天愁眉不展，很少參加外邊的社會活動，也不再大聲說什麼「共產主義必死」之類的話。她經常一個人對着天花板發問，特別是看報紙的時候更會如此：

「蔣介石怎麼這麼無能？」

「為何美國不直接派兵來支援蔣介石？」

「毛澤東是有神奇的本領嗎？」

「難道上帝要拋棄他的子民嗎？」

她的問題不是說給我的，似乎也不是說給任何人的，但總是讓我很納悶，令我很驚訝。我在屋裏做作業，突然她就會冒出一個問題。我抬頭莫名其妙地望着她，她絲毫也不理會我的反應。

解放軍到達上海的前幾周，國民黨政府已經開始土崩瓦解。水、電和燃氣供應在沒有任何通知的情況下時常中斷。公共汽車和電車突然停止運行幾個小時。學校不確定哪天就停課，事先也不通知我們一下。有時我到學校去上學，上午十點老師就讓我們回家。

在學校提前放學時，我並沒有立刻回家。只有到了中午的時候，何琳阿姨才會在家裏等着我回去吃午飯。在這兩個小時裏，我就在大街上閑逛，看熱鬧，觀景致。

那時最常看到的是便衣特務突然逮捕一個手無寸鐵的平民。受

害者被便衣特務逮捕時，會大聲地瘋狂喊叫，聲稱他們是無辜的：

「我不是共產黨！我沒有犯罪！」

便衣特務火了，開始打罵，然後把他們戴上手銬帶走。

最令人驚恐的一幕是，國民黨特務警察在大街上槍決被他們懷疑是共產黨的人，他們這樣做的目的就是恐嚇其他老百姓。他們通常選擇一個熱鬧的十字路口，讓車輛都停下來，把一個五花大綁的人押過來。行刑隊是由國民黨士兵和警察組成的，他們拿一個手提擴音器，向四周圍觀的羣眾宣佈當事人的名字和「罪行」，然後把所謂的罪犯按到在地，讓士兵舉起步槍，零距離直射槍決。看到囚犯被子彈打中時身體上下猛然顫動，然後躺在血泊中，我也被嚇得直抽動。

不時看到表情嚴肅的國民黨士兵一隊一隊通過，他們肩扛上刺刀的步槍、機關槍，編隊行軍，步伐整齊，腳步聲有節奏地迴響在大街兩旁。我猜想，他們應該是開赴前線去打仗的。

我還看見過國民黨的機械化部隊經過，有坦克，有炮兵部隊，還有裝甲運兵車。這是我那時見到的印象最深的景致。這些都是蔣介石嫡系部隊的武器裝備。路過的市民此時大都會駐足觀看。

我還常看到由警車護送的黑色豪華轎車車隊迅速駛過，有金髮碧眼的洋人坐在裏邊。這種狀況沒有機械化部隊路過時那麼引人注目，但是更加常見。每到此時，我都特別關注這些轎車裏有沒有別克牌的，心想，它們其中的一輛會不會是父親以前坐過的那輛？

街上的行人大多數神經繃得很緊，都非常警覺，總是四處張望。他們仔細觀察有無異常現象，細心聆聽是否有不尋常的嘈雜聲，小心遭遇災禍。我跟這些大人們則正好相反，哪裏有槍聲，哪裏有反常的嘈雜聲，我就跑向哪裏，去湊熱鬧看景致。

我在大街上走時，有時會突然看到一個人被不知從哪裏射來的

子彈擊中，那人往前猛然趔趄幾步倒下，鮮血流了一大灘。既沒有救護車來搶救，也沒有警察來現場勘察。其他行人木然繞過倒在血泊中的人，似乎什麼都沒有發生。過會兒我再回來看時，屍體不見了，地上留下一大片血跡。

謠言四起，說什麼共產黨來後，要處決所有跟蔣介石政府有關的人，基督教徒、商人、資本家也危險了。1948 年底，銀行家、企業家、紡織大亨、房地產巨頭紛紛逃離上海，有的去了香港，有的到了國外。到那時，政府的各個機構都基本停止運作了。

救火隊趁火打劫

一天下午做晚飯的時候，我和何琳阿姨住的那棟房子的一間廚房突然失火。這棟房子還住着其他五戶人家，房子共有三層，水泥建築，是前法國租界的建築。我在屋裏睡覺，突然被驚醒，懵懵懂懂還搞不清什麼情況，慌裏慌張與同樓的人跑到大街上。只見黑煙從一樓的窗戶冒出，住在這棟樓裏的幾個人癱坐在路邊，被嚇得驚慌失措，有的開始抽泣起來。

那時候中國還沒有保險公司這種業務。如果你家的房子不幸被燒掉了，你就變成了一個無家可歸者。政府不會給你任何救助，也無慈善團體來拯救你。

幾分鐘後，整個樓的人都跑到大街上來，很快就聽到救火車的警報，一輛救火車開來了。救火隊長從前門跳下來，後面跟着幾個救火員。他們沒有馬上投入救火行動，既沒有抽出噴水泵，也沒有拉水管。他們甚至也沒有看一眼正在燃燒的房子。相反，他們卻朝我們這羣驚慌失措的人走來，我們每個人都呆呆望着從房子裏往外冒的火苗，都被嚇傻了。

「我們給你們滅火，你們能給我們多少錢？」滅火隊長用很輕

89

鬆的語調問道，還面帶着笑容。

我們都陷入驚恐之中，沒有時間細想，沒有時間討價還價！耽誤每一秒，就會燒掉更多的財物；拖延得稍長一點兒，整棟房子都要燒沒了。在這個節骨眼兒上，救火隊長說啥算啥，咋說都行。

「你們要多少，我們給多少。求求你們，趕快滅火！」有幾個人乞求道。救火隊長張嘴笑了，然後轉過身來向他的隨從點了點頭。

火很快被滅掉了。幸好，損失還不是太大。隊長說，他們要收整棟房子價值百分之五的救火費。百分之五聽起來還不算離譜，但是房子的價值是由這個救火隊長和他的隊員評估的。他們用嫻熟的眼光，繞房子看了一圈，又丈量一下房內面積，看了看這羣住戶，最後開出了一個價碼。

「明天下午把錢準備好，」救火隊長跟我們說。「我們來取。如果不如數付清，我們會再把你們的房子點着火。」

撂下這幾句話，救火隊長帶着他的隊員坐上救火車走了。

當天晚上，幾家住戶爭吵了幾個小時，決定各家應該付多少錢。他們情緒激動，憤憤不平，相互斥責，有兩個男的差點兒打起架來。最後終於達成了一個協議，何琳阿姨需要把她所有存款的一半拿出來，付給那幫救火者。

解放軍進上海

戰爭一步一步地逼近上海，政府官員趁火打劫，到處是腐敗，時時有勒索。救火人員和警察還不是最壞的，還有更多更壞的人，老百姓受盡了苦難。司法部門失去功能，社會秩序不復存在，這些所帶來的災難和危害比腐敗尤甚。

解放軍要到的風聲越來越近，國民黨在上海的各個政府機關開

始瓦解。在有人看到帶着五角星軍帽的解放軍到來的前三天，國民黨的警察和市政機關都已經關閉。維護城市治安的蔣介石的重裝備部隊消失得無影無蹤。

國民黨的警察、士兵和辦公人員逃離了他們的崗位向南撤退，他們也帶走了他們辦公室和基地的全部有價值的東西。

這些人撤離後，大街上成了流氓暴徒的樂園，他們明火執仗，公然搶劫盜竊。

盜賊的首要目標是公共大樓和政府辦公室。然後轉向繁華的商業街衢，那裏一片狼藉，街道地面上都出都是被丟棄的物品。不少普通市民也趁火打劫，湧進銀行、警察局、消防站、郵局、百貨商場以及各種大大小小的商店，搶走他們所有能拿的東西。政府大樓和商業街附近的街道上，到處都是人，男女老少慌裏慌張，急急忙忙，抱着拉着，扛着抬着，所搶的東西有椅子、桌子、凳子、食品、衣物、工具、照明設備、辦公用品等，甚至還廁所的抽水馬桶也被人搬走了。跟那些趁火打劫的小民相比，蔣介石則是十足的大盜，他命令軍隊搬空了國庫裏的金條，運走了國家博物館裏最有價值的藝術品和古董，把這些東西裝上軍艦，運往台灣。

整整三天，上海這個大都會完全陷入無政府狀態。任何人都可以為所欲為，幹各種不法行為，而不用擔心會受到法律的制裁。暴徒、盜賊、黑社會等更是無法無天，殺害、搶劫、強姦、報仇，無惡不作，令人髮指。

上海變成了人間地獄。每天市民都把家門反鎖，躲在自已家裏，顫慄發抖。

在我們住的樓裏，大人們扣上所有的窗戶，不僅從裏邊反鎖了大門，又搬來桌子和其他重東西頂住。他們祈禱着菩薩、耶穌或者上帝保佑平安。每隔幾個小時，何琳阿姨都要跪在房間裏的地上，大聲呼叫：「恩慈的主啊，快來拯救我們吧！」

整個樓裏充滿恐懼，人們都已經魂飛膽喪，誰也顧不了誰。有人害怕得眼淚汪汪，有人說話帶着哭腔，有人精神幾乎崩潰。我就在自己的牀上玩玻璃球來消磨時間。我出屋門必須要何琳阿姨陪着，躡手躡腳，生怕驚動了像熱鍋上螞蟻的人們。

在那恐怖的三天裏，沒有人敢到外面去。第一天，一幫大人圍着一個短波收音機，聽新聞播報。

蔣介石的廣播電台播報的多是政治宣傳和輿論煽動，充斥着國共戰爭的假消息。他們宣稱，國民黨軍隊奮勇戰鬥，很快就會打敗解放軍。那時候共產黨還沒有自己的電台，但是每個人都知道，毛澤東已經派軍隊到來，因為大家都看到國民黨軍隊從他們眼前逃亡。有一部分人，也包括何琳阿姨，還癡心妄想，盼望着蔣介石的鐵杆兒盟友美國派軍隊介入，與解放軍直接交手。

第二天，水電停止供應。樓裏的大人也聽不到收音機的新聞廣播，這更令他們害怕擔心。大家一言不發，早已魂飛魄散。有人因恐懼而抽搐，有人嘗試看點兒書壓驚，有人控制不住自己在房子裏不停走動，有人似乎要精神崩潰失常。整棟樓被封堵得像個堅固的地堡，散發着濃重的糞尿惡臭。

第三天早上六點鐘左右，「呼呼」的敲門聲把我從睡夢中驚醒。我起牀到屋外一看，只見大人們向反鎖的大門方向亂竄。

住在二樓的人可以從窗子看到街上的情況。他們大聲吆喝：「是解放軍在敲門！」此時人們別無選擇，只能把門打開，沒有人可以阻擋住接連勝利、乘勝前進的軍隊的士兵。

幾個大人渾身顫抖，勉強開始搬離頂着門的傢具，他們嚇得臉色灰白，都心緒錯亂，精神分裂，心裏重複着那些話：

「我們中國人的命真苦啊！」

「共產黨的軍隊，是不是跟國民黨的一樣，他們都會殺戮搶劫我們這些無辜的老百姓？」

「為何國共不停止打仗，他們把中國各佔一半不就得了嘛？」

「我們這次是在劫難逃嗎？」

「菩薩呀，快來救救我們吧！」

那些亂七八糟頂着大門的物件被清理了一半左右時，大部分的大人都蜷縮到離大門最遠的一個角落，眼睛直勾勾地看着大門，人們出奇地安靜，情形也異常地尷尬：哪個人自告奮勇去把大門打開？

此時，幾家之中一位最年長的男士覺得自己責無旁貸，邁步向前去開大門。他先深吸了一口氣，穩步走到大門背後，一隻手按着門把手，慢慢拉開門栓。何琳阿姨屏住呼吸，緊緊把我按在她身邊。

門開了，每個人都呆若木雞。只見門外站着三個解放軍，軍裝襤褸，肩扛步槍，笑容滿面，先向我們深深地鞠了一個躬。

人們都不敢相信自己的眼睛。難以置信，一支驍勇善戰、接連勝仗的軍隊的士兵，怎麼會向普通百姓微笑鞠躬呢？通常來說，勝者一方的士兵會肆無忌憚殺戮、掠奪，會幹出各種暴行。

「你們能不能行行好，給我們些水喝？」其中一名士兵用非常有禮貌的口吻問道。

原來害怕得魂飛魄散的人們，被這突如其來的文明禮貌弄得不知所措，大家瞪着眼睛，直勾勾看着這三名解放軍，嘴巴大張，站在原地一動不動。此時此景，從樓梯高處往下看，就如同正在放映的電影，突然膠片被卡住，熒幕上的圖像停止不動。那幾秒鐘特別長，令人窒息。我伸頭看一看站在門口的解放軍，再看看驚魂未定的人們。最後，一位年輕的婦女如夢初醒，飛快跑到廚房裏，拿出一瓶白開水給那三位解放軍戰士送過去。

三個解放軍看起來都很渴，他們喝完水後，其中一個又說道：「非常感謝！我們本不想打擾你們，但是你們如果有多餘的食物，

不論什麼，可以給我們一些吃，我們感激不盡。如果你們沒有，我們就走了。我們本不想打擾市民，可是昨夜我們急行軍了一百多里地，沒有吃飯，沒有喝水，也沒有休息。我們現在又饑又渴，也精疲力盡。」

我們簡直不敢相信自己的耳朵，不敢相信自己的眼睛。那幾個士兵沒有大聲吆喝，非常客氣有禮貌。他們沒有強行進入我們的房子，沒有拿我們任何東西，更沒有揮舞着武器嚇唬我們。那個年代的軍人，不論是國民黨的，還是軍閥的，即使不是強盜，也是老百姓的爺。可是眼前的這三位解放軍，如此有禮貌地請求我們給他們些水和食物。

眼前發生的事不僅令我們感到震驚，也讓我們的情感發生了錯亂。國民黨一直宣傳說，解放軍就是魔鬼，他們濫殺無辜。每天街頭的告示、國民黨的報紙和收音機廣播，鋪天蓋地地宣傳，以致一般人對解放軍都有些談虎色變。此時此刻，我們仍然心存餘悸，但是我們油然而生對解放軍的同情和尊重之感。

大家把三個解放軍請進樓裏，拿出蒸饅頭、米飯、腌菜以及所有昨天晚上剩下的飯菜給他們吃。解放軍臉上洋溢着笑容，一邊連聲道謝，一邊狼吞虎咽地吃起來。在他們離開之前跟我們說，不會再有別的士兵來打擾我們了，因為他們的軍隊把士兵分成三人一組，分別到不同的房子請求市民們幫助，同一棟房子不會有兩撥人來找水和食物吃。

解放軍離開了，大家幾天來緊繃的情緒頓時沒了，如釋重負。直到此時，大家才開始能說出話來：

「難以置信！」

「我從來沒有見過像解放軍這樣有禮貌、有紀律的軍人。如果是國民黨的士兵，他們就會來搶劫我們，一定會如此！」

「解放軍不像宣傳的那麼壞！」

「你啥意思？解放軍是真好！你以前見過有這樣文明的軍隊嗎？」

「三個人分成一組，向市民們要些水喝，要些東西吃。他們真有紀律，真有組織！」

「我們真是因禍得福！」

這天晚上，樓裏的婦女們把廚房裏剩下的東西都拿出來，一起做了一頓晚飯，大家一起慶祝，國共戰爭結束了，都挺過來了。無人受到傷害，也沒有東西丟失。我們的房子完好無損，大家都很驚奇，親眼看到了解放軍，頓時感到一種強大的安全感。男士們把平時存的好酒拿出來慶祝，其中一位拿出了一瓶玫瑰露讓大家痛飲一番。

解放軍如同上帝派來的天兵，迅速結束了三天來的恐怖和無政府狀態。越來越多的軍隊開進城來，他們開始頒佈命令，到處設立崗哨，接管政府大樓，指揮交通。他們的民政服務部門立即採取行動，迅速恢復了水電供應、公共交通，並很快清理掉多日積壓的垃圾。不到半個月的時間，暴徒和黑幫消失了，大街上再看不到違法犯罪行為。

解放軍佔領上海不久，共產黨很快就控制了整個大陸地區。丟失南京和上海是對蔣介石政府的致命打擊。南京距上海有三百多公里，是國民黨政府的所在地。上海是那時中國最重要、最繁榮的大城市。蔣介石已經敗逃台灣。當時解放軍沒有空軍，也沒有海軍，無法渡過台灣海峽解放全中國。

1949 年 10 月 1 日，毛澤東主席在天安門城樓上，向全世界莊嚴地宣佈：中華人民共和國成立了。首都設在北京。

不到幾個月，上海脫胎換骨，煥然一新。

人們歡欣鼓舞，法律和秩序替代了腐敗與無政府狀態。解放軍就是和平使者，保護市民，服務市民。政府機構沒有敲詐勒索，商業界也不見欺詐行為。政府命令，人們不得囤積食物，通貨膨脹也

隨之停止。米、面、油和肉由政府統一定價,在國營商店銷售。雖然那時物資短缺得厲害,每個人分配到的生活必需品不算多,但是人人有份,避免有人鬧饑荒。幾十年來,人民遭受政府機構和不法分子的雙重迫害,兵荒馬亂,動盪不安,天災人禍不斷,現在人們第一次感覺到有了保障,天下重新恢復了太平。

第三部

香港

1950
～
1957

驚魂香港路

我的學校沒有什麼大的變化。共產黨接管上海不到一個月,我們的小學就又開學了。我第一天來到學校,只見每個教室的黑板上面都掛着一副毛主席畫像。我們每個班級的學生都要學唱革命歌曲,給我印象最深的是新國歌,要用我們的生命保衛我們的祖國。另一首我們大家都要唱的歌就是《東方紅》,歌曲唱到「毛主席是我們的大救星」,「您就是那不落的太陽,永遠照在我們心中」,鼓勵我們永遠跟黨走。很多革命歌曲的內容,我們還不大能理解,但是曲調特別好聽,很有藝術感染力。其中有一首這樣唱道:啊,蔣匪幫,蔣匪幫,真是一團糟!

每天我還是步行上學。街道上變得很平靜,看不見突發的可怕事情。聽不見了槍聲,看不到了當眾處決犯人,沒了便衣特務抓捕的場面,不見了黑幫之間打架鬥毆,也遇不到坦克、拉大炮卡車從城市裏穿行。絕大多數的黑幫組織被打掉了,公然的暴行消失了。所有的商業活動都由政府統一管理,商店都變成了國營的。那家冰淇淋店也不見了,大哥以前曾在那裏招待過我一個聖代,也是我第一次吃到冰淇淋的地方,所以我有些傷感,特別想念這家店舖。

我的生活按部就班,很有規律。每天放學的時候,我還是經過那個荷花池,那裏是我和大哥相識的地方,令我流連忘返。

初夏季節,粉白色的荷花素雅高緻,嬌嫩潔淨,疏落明麗,令

人賞心悅目，心曠神怡。我喜歡蹲在荷塘邊，用手撩起水，灑向池邊碩大的深綠色的荷葉上。荷葉表面有一層天然的油質，水落在上面會形成一個個銀色的小水珠，滾向每個圓圓的荷葉的中心。此時田田的荷葉中似乎出現了一個個水銀柱，晶瑩透亮，靈動可愛。

有時放學後，我在荷塘邊一蹲就是半天，呆呆地看着那一朵朵荷花，望着荷葉上的水珠，心裏思念着大哥，現在他在什麼地方？他在做什麼事情？我思念大哥。

1950 年夏季快要過去的時候，何琳阿姨突然跟我說，我們要離開上海到香港去。到這個時候，我已經在上海生活了四年了。

「香港在哪裏？為什麼要去香港？」我問道。

「香港在中國南部，是英國殖民統治下的一塊地方。你的父母去了香港，我帶你去跟他們一起團聚。」

她的回答讓我十分驚訝。

「我爸爸不是在南京的虎橋監獄嗎？」

「出來啦！蔣介石敗退南京時，你爸爸被放出來了。到了香港，你之後要跟你父母一起生活。」

我沒有再往下問。何琳阿姨是大人，一定比我知道得多。幾年前母親送我來上海時，她確實跟我說過，這只是權宜之計，臨時的安排，並不是要把我過繼給何琳阿姨。

幾天後，何琳阿姨帶着我，坐上到廣州的火車。火車頭是老舊的燃煤蒸汽機車，車廂裏擠滿了人。火車鳴叫一聲，喘着粗氣，冒着黑煙，緩慢地離開了上海車站。火車每次停站後啟動，就會激烈地前後抖動一下，然後轟鳴着再緩慢出發。車窗的枱子上，小桌子上，落了一層黑黑的煤灰，這都是從火車頭煙囪裏噴出來的。

車廂裏，只有大人才有座位，他們肩膀靠着肩膀，每排沙發椅子都擠得滿滿的。小孩子只能躺在木椅子下面睡覺。

那時的天氣炎熱潮濕。不少大人就脫掉了鞋子襪子，光着腳丫

子涼快。我躺在車廂的地板上，一邊有一塊木板把我跟另一個男孩隔開，我的另一邊全是光腳丫子。

臭氣薰天，比我在南京貧民窟的茅房還要難聞。車廂裏瀰漫着汗味兒，臭屁味兒，腐爛的食品味兒，令人作嘔。有人患了腳氣，腳趾已糜爛，這讓我想起南京貧民窟的一個腿上患了寄生蟲病的小孩：他後來死於敗血症。

從上海到廣州有一千公里多一點兒，我們坐的火車整整走了兩個晚上和三個白天才到。在平原地帶，火車緩慢爬行；到了向上坡度的山區丘陵地帶，火車似乎趴窩走不動了。車廂裏瀰漫着各種氣味混合在一起的惡臭，幾乎讓我窒息。幾天的行程中，大部分時間我都是蜷縮在椅子下面。行李架的空間不夠，車廂的走道上也堆滿了大大小小的行李。每次我穿過行李去車廂兩頭上廁所，坐在兩邊椅子上的大人都用狐疑的眼光盯着我，懷疑我是個想偷東西的賊，要抓起他們的東西，從窗子跳下火車跑掉。

終於到了廣州，心裏一下子輕鬆下來了。

但是，我們還必須換成另一輛火車才能到達香港的邊界，這中間還有一百多公里的路程。火車的站台上是一大片黑壓壓的人羣，他們都是要乘坐到香港邊界這趟火車的。人們擠滿了站台，很難找到站立的地方。這時站台的擁擠狀況，讓我想起了幾年前大哥帶我到銀行時的情景。人羣無序混亂，擁擠不堪，誰也顧不上誰。

何琳阿姨一手提一個行李箱，我拿着一個裝着我自己東西的小包，緊緊拉着她的胳膊。我們身不由己地被人羣推着前移，漸漸靠近前往香港的火車。每個車廂的門口，都有一大堆拚命擁擠上車的人們。越靠近那車門，人擠得就越厲害。每個人肩扛手提，使出渾身解數，推着擠着，掙扎着嘗試登上這列火車。

我拚命拉緊何琳阿姨的胳膊，但是擁擠上來的人羣把我們扯開了。何琳阿姨被瘋狂的人羣向前推擠，一步一步接近車門口，

而我卻被擠到後邊。她無法回頭找我，我無法上前抓住她。「李訥！」我聽到何琳阿姨大聲地哭叫着，她已經被人羣擁擠進了車厢裏。

我聲嘶力竭地哭着：「阿姨，阿姨……。」我拚命地往前擠，沒人給我讓路，一步也走不動。

何琳阿姨在車厢裏邊，從窗戶口拚命向我招手，拚命向我喊着。我看到她的嘴在動，眼睛驚恐圓睜，但是我聽不清她在說什麼，她的聲音被淹沒在人羣的叫喊聲之中，火車轟鳴聲之中。火車突然前後抖動了一下，開始啟動了。沒有登上火車的人們，為了躲避開動的火車，突然向後閃躲，把我撞倒在地上。當我從地上爬起來時，火車走了，何琳阿姨就在緩緩遠去的車上。

我站在依然擁擠的站台上，周邊都是些身心俱疲的人，他們絕望地趴在自己的行李上，每個人都是一臉無望的痛苦焦急，不知道下一趟火車什麼時候才能來。我站在這茫茫的人海中，從來沒有感到如此絕望害怕。

我極度恐慌害怕，手裏死死抓着我的小包，在站台上漫無目的來回走動。我忘記了時間，忘記了我在哪裏，心裏只有一個念頭：我生來就是個倒霉蛋，不幸的事都會落在我的頭上！我感覺到自己似乎被這個世界拋棄。是的，我覺得失去了一切，絕望無助，胡思亂想。我現在身無分文，身邊也沒有大人，在一個完全陌生的地方，突然意識到自己很可能被綁架，被殺掉，被剁成肉餡做包子。我因恐慌而陷入幻覺之中。

我開始不能控制地發抖打顫。

就在此時，我突然聽到有人好像是在叫我的名字。我想這也許是幻覺。接着又聽到了一聲。

「這不是李訥嗎？」

我轉過頭來，看到何琳阿姨在上海的一位老朋友正向我走過

來。這個人曾多次到何琳阿姨家裏來，我認識他。他臉圓乎乎的，年紀比較大，穿着傳統服裝，盯着看着我，一臉的驚訝與困惑。當我看到他時，淚如泉湧，幾乎看不清他的輪廓。

「你阿姨去哪了？」

我不禁哽咽起來，一句話也說不出來。他走向前來，用手扶住我的肩膀，又問我阿姨去哪了。我泣不成聲地勉強告訴他是怎麼回事，此時我突然覺得精疲力竭，完全被一種力量控制，情不自禁地牙齒打顫，渾身發抖。

那時，我也記不起這個人的姓名，只能稱呼他「伯伯」。這位伯伯告訴我說，他也是到香港去的，可以帶着我去找何琳阿姨。他安慰我說：「別擔心，李訥！我們會到香港找到你何琳阿姨的。」

幸運的是，幾個小時後，這位伯伯帶着我乘上另一趟前往香港邊界的火車，我們一下車就看到何琳阿姨在香港邊界處等着我呢。

這個短暫而又驚恐的分離結束時，我們沒有感到絲毫的輕鬆，沒有一點兒的歡樂，更沒有心情慶祝一下。我們都耗盡了最後一點力氣，無力做任何事情。

很順利地過了香港海關。此後沒有幾天，英國人就關閉了這個口岸，切斷了大陸和香港兩邊人員的往來。

我們走過一座橋，橋下的這條河是香港和大陸的分界線。我注意到香港警察的服裝與上海的警察完全不一樣，他們穿着黃褐色的短褲短袖，一雙灰綠色的及膝襪子，一雙鋥亮的黑皮靴，胳膊一邊黑色皮套裏裝着一把手槍，頭上戴着一頂圓形、硬硬的、鑲着黑色塑料邊的帽子。警察後邊是一個地堡式的辦公室，有一個人檢查着通關的人們，他穿着軍隊制服，扣着一排亮亮的銅釦，筆挺的襯衫，黑色的領帶，斜紋的寬褲。他左手拿着一條黑色警棍。他是一個金髮碧眼的洋人。

辦公室的屋頂上，一面英國旗幟隨風飄揚。

與父母團聚

我們坐火車到了九龍火車站，何琳阿姨叫了一輛出租車，把我們送到我父母位於新界的住所。的士沿着狹窄彎曲的山路行駛着，山上樹木茂盛，山谷植物葱郁，幾棟房屋錯落其間，幾個行人漫步在林蔭道上。我深深地被這種景觀吸引住了，香港新界就是一片淨土。幾天之前，我還在上海，那裏車水馬龍，人羣熙熙攘攘，塵土飛揚，完全是另一個世界。

我的父母住在一棟四方形的大房子裏，建築是水泥的，四周種着竹子。住所位於一條河流的入海口，清澈見底的河水從那裏注入海灣。的士在河邊的一條土路上停下來，何琳阿姨帶着我跨過一個窄窄的長石橋，越過寬寬的河流入海口，來到那棟灰色水泥建築前面。

這是我與父母分離五年後的第一次重逢。我跟着何琳阿姨，踏着堅硬而清冷的水泥台階，一步一步走向我父母住的房子。我覺得有些奇怪，此時我的心情很平靜，既不期待着什麼，也不擔心着什麼。此時此刻，我既沒有感到興高采烈，也沒有覺得消沉鬱悶，這不是因為我內心冷漠。這些年的經歷，我的情感已經變得麻木了，習慣了生活的巨變，住所的搬遷，環境的不同。我童年遭受的最早打擊就是奶媽被父親辭退，接着被蔣介石政府驅逐出父親官邸，搬到南京貧民窟，爾後不久又被送到上海與姨媽一起生活。我有時候覺得自己就像棋盤上的一個卒子，被一隻看不見的手任意擺佈着。來香港只不過是大人們對我這個小卒子的另一步安排，由不得自己做主。

我在上海住了五年了，很少想到父母。只有當何琳阿姨偶爾提到他們時，我才會意識到自己也有父母這回事。我印象中的父親，個子很高，身材瘦長，表情嚴肅，冷漠而不易親近。他別的事情，我就記不清楚了。我對媽媽的印象更淺了，她一直很遙遠，很神祕。她一點兒也不兇，但是如同遙遠天空的一顆星星，閃爍着微

光，迷人而遙不可及。

母親帶我們進了房子。一進門就是用餐小客廳，客廳的寬度大概是父親南京官邸走廊的一半左右。客廳的一側有個小門，裏邊是父親的一間小小的臥房。只見父親就坐在他臥房的一張桌子旁邊。進門後，母親站在大門口，父親坐在他臥室的書桌前紋絲不動，沒有搭理我們。我深深地舉了一個躬，叫道「爸爸」「媽媽」。這是中國傳統的禮儀，表示孩子對父母的尊重和孝順。父母沒有擁抱我，更沒有親吻我，父親對我和何琳阿姨的到來完全無動於衷，沒問一句我們路途辛苦，也沒有表示出我們能安全到來而放心的樣子。自始至終，父親一直坐在他臥房裏的藤椅上紋絲沒動，也沒有說一句話，而他可以清清楚楚看到我和何琳阿姨進來，然後我們一直在小客廳裏站着。

何琳阿姨跟媽媽站着說了一會兒話。這期間我一直站在門口，完全是個局外人，感覺很不自在。幾分鐘後，何琳阿姨就離開了，她好像是完成了一項貨物運送的生意，交接完貨物就完事了。我看着何琳阿姨走了，心裏頓時一陣悲痛欲絕，但是什麼也沒說，既沒有挽留何琳阿姨，也沒有多問她要去何處。

我感到很驚訝，自始至終父親都沒有跟何琳阿姨說一句話，母親也沒有要何琳阿姨坐一下喝杯茶。當然，這都是大人們之間的事情，我不應該去多問，也不知道究竟他們之間發生了什麼事。何琳阿姨與父母短短見了幾分鐘的面，他們之間的關係似乎比陌生人相遇還要冷漠，這確實讓我困惑不解。

我看着眼前的父母，我對他們的記憶已經變得十分模糊。接下來我就要跟這兩個人生活在一起了，每天面對的人由何琳阿姨變成了他們兩個。

父親一直坐着，仍然顯得瘦高，很有威嚴。他沒有什麼變化，眼神依然可怕，表情嚴峻，服裝還是灰暗調。他朝我站的方向瞟了

幾眼，算是表明注意到了我。

母親也沒有什麼變化，仍然漂亮、嫻靜、不易親近。

他們都已經五十多歲了，過去這些年經歷了那麼大的災難，可是一點兒也看不到因磨難而帶來的滄桑。他們的頭髮還是那樣又密又黑，臉上沒有任何皺紋。父親蹲了幾年監獄，母親也在貧民窟住了好幾年，這些都沒有給他們外表上留下任何歷經苦難的痕跡。

父親轉過身子繼續寫他的東西，母親擺手讓我跟她穿過客廳，來到一個陽台上，從那裏可以進入另外一個小房間，裏邊放着兩張窄牀，擺着兩張小桌子。

「你哥哥和四姐睡在這個屋裏，」母親解釋道，「你先睡在地板上。隨後會給你和哥哥買一張雙層牀。」

剛來的那兩個星期，晚上我就睡在哥哥書桌下的一塊布墊子上。我們這套房子一共有三個小房間，一間是我父母的，他們的牀邊還放着一張書桌；一間是我四姐和哥哥的；還有一間連着父母的臥房，地方狹小，是吃飯坐人的地方。房東也住在這棟樓裏，還有其他幾戶租客。

晚上，父親開始教育我，他的聲音低沉而粗暴，他的表情灰暗而冰冷。他沒有任何開場白，對我這個家裏新添的成員也沒有做任何介紹，單刀直入開始發佈他的指示：

「我們一家正處於艱難時期，」他望着天花板，平淡地說道，「希望困難會很快過去。每個人都必須盡自己最大的努力，讓我們的家庭走出這突如其來的困境。」

我不明白父親所說的「突如其來的困境」是啥意思，也不敢問他。我心裏有一種說不出來的難過，我們分離了五年了，可是父親沒有問我這些年在上海是怎麼過的，也沒有提任何過去這五年分離的事情。

最後他用命令的口吻說道：「我送你到一所中文中學唸書。」

他用冷峻的目光盯着我,「你必須努力學習,以優異的成績為我們家庭爭光。」

父親的這種期待預示着一種不祥之兆。

我在上海只讀完了五年級。即使在五年級裏,我的年齡都比其他同學小一些,身體也瘦弱,不論在學習上還是社會活動上,都很吃虧。另外,我從小患有好動症,一整天呆在學校裏,注意力很難集中。一節五十分鐘的課,一天要上七節,一直坐在椅子上不動,對我來說是個巨大折磨。大部分時間,我都想跑出去玩,就像在南京貧民窟那樣。在上海讀小學,無法跑出去,所以我特別渴望在木椅子上動一動身體。但是在座位上亂動被視為嚴重違反課堂紀律,要被老師打板子或者罰站。上課時,即使不經意扭動一下身子,也會招來老師的一頓辱罵呵斥。小學生必須像石雕那樣呆呆坐在座位上。此時我只能從心理上來補救,讓自己精神陷入一個幻象的世界裏。在上海讀小學的這幾年,我就是這樣度過的。

父親要我跳過六年級,直接進入中學七年級,每天要上八節五十分鐘的課。我意識到自己的麻煩要來了。

很不幸,我的擔心很快變成現實。幾天後我到父親給我選擇的中學去讀書,第一天就遭遇災難性的打擊。到新學校不到半天,就被同班同學圍毆,接着又被校長開除。這是我跟父親在香港生活的序幕,爾後的日子更是狂風暴雨,一個霹靂接着一個霹靂。我的青少年就是這樣度過的,交織着父親的失望和憤怒,貫穿着我的恐懼與絕望。

神祕的父親

從前我們住在父親的南京官邸時,他從來不在家人面前提他的職位,也從不談他工作的事情。我經常看到他一大早就坐着轎車

走了，只知道他是政府機關裏的一位重要人物。他被捕後在虎橋監獄服過三年刑，與家人分離，然後就與媽媽一起來到了香港。國民黨敗退大陸之前，我跟何琳阿姨住在上海，幾個姐姐去了台灣。到我與父母在香港重新團聚時，全家天各一方，已經分離五年了，每個人都遭受了難以言狀的苦難。可是父親對全家這些年的分離不置一詞，他很

父親李聖五54歲照

清楚，他被蔣介石逮捕入獄，特別是由此而給家人帶來的恥辱，讓全家人遭受了難以承受的折磨。父親從不談論他在監獄的日子，也從不問一問全家人在貧民窟是怎麼過的，似乎家裏沒有發生過什麼事似的。每個人都強裝一切都沒有發生，日子一直正常，大家好像都得了健忘症一樣。

　　父親也從不跟我談他的過去。在中國傳統文化裏，長輩不跟晚輩談他們如何工作，又如何成長的。通常他們喜歡跟自己的好朋友或者同輩的親戚談這些話題。按照儒家的倫理道德，父親在孩子面前始終要保持威嚴，因而長輩談自己的過去可能有損自己應該有的形象。

　　儒家文化強調長幼有別，不論是音容笑貌，還是言談舉止，長者始終都要與晚輩保持不一樣。「年長」意味着穩重、耐心、可靠、智慧和賢能。這就是為什麼長輩是可敬的，值得年青一代去尊敬他們，去聽從他們。因而很多長輩不擇手段、不計一切代價來維護自己的尊嚴，所以他們常常要與自己的兒女保持距離。父親與孩子一次交心的談話，可能被認為會降低自己的家庭地位，或者有失在兒女面前的威嚴。

　　父親在香港，每天都在寫東西。他的書桌上摞着一疊一疊的稿紙，每疊稿紙上都覆蓋着一張豎着寫的標題封面。他最寶貴的東西之一就是一支鍍金派克水筆，就是用這支筆一個漢字一個漢字地填滿那些稿紙，從上到下，從右到左，一天又一天，長年累月如此。對於家人，他也一字不提他在寫什麼。他常常坐在書桌前幾個小時不動，寫呀，寫呀，寫呀。一次他寫作中間休息時，突然跟我說：「筆桿子裏邊出政權！」

　　聽這話時我已經十歲了，剛剛來自商業氣息濃重的上海，我猜父親這話可能與他的水筆那個熠熠生輝的鍍金筆帽有關，那時我真是這麼想的。金子是最值錢的東西，中國人都喜歡藏金子來囤積財富，沒有人相信紙幣，這也不無道理。可是，幾年之後我再回到廣州讀高中時，才發現父親的話實際上是模仿毛澤東主席的一句名言：「槍桿子裏邊出政權！」

　　可是，父親的話是認真的，發自內心的，並不是為了取得俏皮的修辭效果模仿名人的話。那時，父親給香港的各種報紙、雜誌、期刊寫政論性文章，分析時局，討論國際關係，探討中國的政治應該如何走。他真的相信，寫出漂亮的文章，傳播出去自己的政治理念，可以贏得他昔日在政治上的輝煌。然而，父親所迷信的西方那一套政治理念，在幾千年的中國封建社會根本就不存在，有着嚴重的水土不服。

　　就政治上來說，毛澤東是個實踐家，父親則是個夢想家。

　　父親總是不苟言辭，始終那麼可望而不可即，我們兩個的關係也一直很緊張。越是如此，我越是好奇他的過去。從剛懂事開始，我就渴望明白父親到底是個什麼樣的人。五歲前我一直是奶媽撫養，我就常問她關於父親的事。但是她也不知道什麼，只是跟我說，你應該聽父親的話，否則就會被打屁股。這話讓我從記事起，就怕父親怕得要死。有生以來，我與父親的第一次肢體接觸，就是

奶媽被父親辭退時，我哭鬧着不讓奶媽走，父親強行一手抓起我，把我扔到廁所裏邊，鎖了十幾個小時，那次給我造成的恐懼感刻骨銘心。

奇怪的是，我對父親越是害怕，就越覺得他神祕，就越是好奇想了解他。我很想知道，他是怎麼成長的？他的父親是誰？他的父親是如何對待他的？為什麼他被關進監獄？對於父親，我最想知道的一個問題是，他為何對我如此冷酷？他為何那麼殘忍地對待他最小的兒子？

有時候，父親會請他的一些好朋友到家裏作客，從他們的大聲喧嘩中，我能零零碎碎聽到一些關於父親過去的事情。見到他的好朋友時，父親完全變成另外一個人，他熱情好客，非常健談。特別是每個人幾巡「玫瑰露」下肚，這是當時國內的一種好酒，大家的話匣子都打開了。在這種場合，他們聊得最開心的話題就是，父親如何從一個貧窮的山村小孩成長為一個國家領導人。此時此刻，父親就陷入自豪的回憶中，失落的精神頓時得到巨大的慰藉。

「祝賀李部長從一個農民變成個大學者！」一位朋友舉起酒杯說道，其他朋友一飲而盡自己杯子裏的玫瑰露。

「您的成長過程和奮鬥史，是我們每個人的榜樣，也是我們兒女們學習的對象。」另一個恭維道。

偶爾也會聽到有人放聲大哭道，「在李部長的帶領下，讓我們重新奪取失去的權位！」

每到此時，在座的各位都站起身來，舉起酒杯，相互碰一下，仰起頭一飲而盡，然後相互傾斜着酒杯讓大家看，表示自己誠實地乾了這杯玫瑰露。大家以此舉表達他們的決心與願望。

從這些人的話中，我隱隱約約感受到，他們的過去應該有些出人頭地的故事。我很想弄清楚，他們所嚮往的權位到底是什麼，父親年輕時是如何奮鬥的。

有時候我也想通過母親來了解父親的過去。母親不理解我為何好奇，有時也勉強給我說一些關於父親過去的事。

「你問這些幹什麼？反正你也不喜歡你爸爸，」媽媽迷惑地看着我，往往會有這樣的反應。

然而，關於父親家世的最重要信息來源是以前父親官邸裏的一個僕人。他給我講了許多事情，這讓我不僅了解到父親年輕時的情況，也讓我明白了祖父祖母是如何過活的。

當父親的財富和權利達到頂峰的時候，他從山東老家自己出生的村子裏聘用了幾十個男女僕人，服侍自己和家人。這是中國的老傳統，有權勢者往往找同一家族或者同一村莊的人來跟着自己幹事。同一家族的孩子有了出息，就會讓同家族或者同村的其他人也沾光。他把鄉親們請到他所在的城市，這裏代表着他的成功和榮耀。這些服務於他的鄉親們也以他為榮，可以從他名利場的成功中分享一杯羹。同村者往往擁有共同的祖先，這種血緣上的關係保證了他們忠誠與可靠。中國人的鄉土觀念很重，俗話說，老鄉見老鄉，兩眼淚汪汪，而同村者之間的情感尤濃。如果你問一個中國人是哪裏人，回答一定是他祖先所在地，那裏是他父母或者爺爺奶奶成長的地方，並不是他自己的出生地。在我的身份證上總是寫着我是山東人，儘管我是出生在上海，五歲之前住在南京，從未踏足山東這塊地方。

我父親的衞兵和僕人絕大部分都是他的同村人，都是來自中國北方一個貧窮的小山村，所以他們知道很多父親家族的事。這些人都非常喜歡講有關父親的故事，因為父親是他們的老闆，給他們飯碗。講述父親家族的事，讓這些鄉親們也有一種親近感，一起分享父親成功所帶來的權利和榮耀。對於他們，父親一直都是中國政府裏的一位大部長，即使父親被蔣介石逮捕入獄不再是他們的老闆，這些人還是稱呼父親「尊敬的李部長……」。

　　1946 年，母親讓以前家裏的一位忠實可靠的男僕送我去上海，我們家人都稱呼他為「老劉」。在父親被捕後，我們家被驅逐出了官邸，老劉就在南京市找了另一份活兒，勉強可以維持生計。我們住在南京貧民窟時，他一直跟我們保持着聯繫。老劉是父親的一個遠房親戚。母親請他幫忙，給我們買了車票，老劉就帶着我去了上海，把我送到何琳阿姨那裏。

　　老劉到了上海，就沒再回南京，獨自到當地去闖。他認為上海的工作機會更多，的確很快就找到了一份活兒。老劉感恩父親把他從鄉村帶到大城市，一直保持着對李家的忠誠，大部分周末，他都來給何琳阿姨幫忙，幫她打掃衛生，買糧食，扛重物。老劉還跟我一起玩，給我講父親村莊裏的故事。老劉口才好，很會講故事，總能把一件事情講得生動有趣，娓娓道來，引人入勝。他講的故事都是山東老家的事，故事的主角是父親和爺爺，還有土匪以及那裏農民們的可憐狀況。從老劉的故事裏，我了解到了許許多多 20 世紀初期中國人的生活狀況，這比我課堂裏學來的要多得多。

俠義的爺爺

　　中國的社會組織是以宗族為紐帶的。兒子一生的命運在很大的程度上是由他出生的家庭決定的，所以要理解父親，就必須理解爺爺。而要理解爺爺，就必須理解他的山東家乡的狀況。

　　山東是中國北方的一個沿海省份，東邊是黃海，面對朝鮮半島。這個地方是中華文明的發祥地之一，有着輝煌的歷史。中國的聖人孔子於 2500 年前出生在這裏，他創立的儒家思想，奠定了中國哲學和倫理的基礎。我父親的家乡離孔子出生地只有幾公里的路程。中國的亞聖——孟子也是出生在山東這塊土地上。

　　古時候，山東是個文化昌盛經濟繁榮的地方。這裏土地肥沃，

自然資源豐富，特別適合人民生活。但是千百年來的農耕，使得這塊土地逐漸變得貧瘠，加上人口的大量增加，已經超出了這塊土地所能承受的能力，所以生活在這裏的人逐漸變得貧窮。到了十九世紀，山東卻淪落為中國最貧窮的一個省份。在這塊土地上耕種的農民，不論你再勤勞，再有智慧，都很難維持生計。

「你爺爺可是咱們村子裏的特殊人物啊，」老劉一次跟我說道，「他不是種田的農民，而是一個鄉保。」

在清朝時期，地方農村的鄉保相當於現在城市裏的公安。爺爺住在泰山附近一個農莊的邊上，這是他祖祖輩輩居住的地方，生於斯，養於斯，長於斯。

跟大部分的同村人一樣，爺爺一家住在一個用莊稼杆和泥巴蓋的草棚屋裏。每年夏季黃河經常發大水，這些草屋就會被洪水捲走，莊稼也時常顆粒無收。但是人們沒有別的選擇，不願意背井離鄉者只能在這塊土地上，靠自己的兩隻手，艱難尋找生存的機會。

就是這麼一小間卑微的草屋也來之不易。雖然這裏是爺爺祖祖輩輩居住的地方，他為了在這裏找到一個立足之處，也必須面對其他村民的強烈反對，必須排除其他人的仇視與歧視。這是因為我爺爺幹的是鄉保，這在那個時代是個很不光榮的職業。

在清朝時期，農村鄉保的主要職責就是幫政府收稅。鴉片戰爭以後，西方殖民者紛紛佔領中國的沿海地區，實行他們的殖民統治，又強迫昏庸無能的清政府簽下一個個不平等的條約，勒索各種名目賠償。清政府就把這些內憂外患轉嫁給已經不堪重負的農民，五花八門的稅收一個接一個，什麼人頭稅，戰爭稅，糧食稅，各種明目都有。如果一個農民交不起稅，縣衙就派鄉保去沒收他的田地，甚至把他抓入監牢。在村民眼裏，鄉保就是土匪，人人恨他，都詛咒他。所以很多人都不願意幹鄉保這職業，如果有別的事情可以謀生，他們就會選擇別的事做。其實，鄉保的收入少得可憐，勉

強可以養家餬口，跟那些交不起稅者也差不多。他們都是為了活命不得已而為之，並不是生性就是惡人或者壞人。

爺爺小的時候，被一個泰山腳下的武術世家收養，作為他們的小管家，這樣他就離開了自己的村子。他的父親在村頭擁有一塊很小的地方，蓋有一間小小的草屋，全家人都住在裏邊，靠租借他人土地種田為生，就是所謂的佃戶。爺爺到那個武術世家做管家，脫離了赤貧的家庭，也為家裏省下了一份口糧。佃農的日子更苦了，他們肩上有雙重負擔，一邊要交政府的糧食稅，一邊還要把收成的一半交給地主。佃農艱辛勞作，還要忍飢捱餓，所以這些人幹十幾年就會身體垮掉。他們的孩子往往夭折，很少能長大成人。死亡始終伴隨着佃戶人家。

在短短的十五年裏，因為疾病和饑荒，爺爺的家人一個一個死去。在泰山腳下那個功夫大師的家裏，爺爺是個忠實的僕人，也是個聽話的侍從，每天洗衣服，做飯，幹各種雜務，勤勤懇懇，兢兢業業。他在這裏學會了武功，在離開這個武術世家後，就被當地的政府聘為鄉保。

爺爺是他整個家族的唯一倖存者，返回自己的村子時，他父母原來住的草屋已經坍塌了，就想在自己家裏原來所居之處再建一個草屋住。可是，其他村民堅決反對。村民們覺得，讓一個鄉保住在這裏，就好像把一條惡狼放在羊圈裏。開始時，村民們對爺爺懷着強烈的敵意，有着強烈的歧視，設法把爺爺攆走。村民們公開說，他們恨爺爺，因為他是個鄉保。

但是，不久以後，村民們就改變了對爺爺的態度。

十九世紀中葉，災禍連年不斷，到處鬧饑荒，盜賊四起。中國的貧困地區，深受土匪之害，而山東尤甚。清朝後期，內憂外患，西方列強肆虐，財政枯竭，缺乏政府管理，沒有法律保護，人民也喪失了受教育的機會。最糟糕的是農村地區，清政府已無力管轄，

而殖民者因無油水可圖則遠離這些地方，因而盜賊劫匪恣意橫行，掠奪屠殺當地的農民。

那時候的土匪大部分原來也是農民，他們因災荒而失去親人和生活的依靠，為了活命才走上這條道。這些劫匪一般沒有練過什麼武功，也沒有什麼格鬥訓練，就是心黑一點兒，膽子大一點兒而已。不要說什麼槍支，這些人甚至無力買一把大刀或者長矛一類的冷兵器。土匪在入侵一個村莊時，一邊聲嘶力竭地怪叫，一邊揮舞着削尖的木棍，先把村民們嚇住，然後開始挨家挨戶地搶劫勒索。他們主要是搶東西，很少殺人放火，也有極惡的土匪綁架強姦婦女。

爺爺作為鄉保，官方給配備了一件武器，就是一把大刀。通常他把這件心愛的武器挎在腰帶上，就像現在警察腰間別了一把手槍。爺爺並不是一個身材魁梧、肌肉發達的大漢，但是他體格矯健，迅猛如虎，武功高超，耍大刀超羣絕倫，能以迅雷不及掩耳之勢，取對方首級。

爺爺在村頭住下後不久，一天黎明時分，有四個匪徒向村子悄悄摸來。此時爺爺正在村頭一塊空地上練拳，他每天都是雞叫就起來習武。那幾個匪徒看見爺爺時，便大聲怪叫叱罵，試圖把爺爺嚇跑，只見爺爺穩穩站在那裏，腰間挎着一把大刀，靜靜地等着他們。

幾個劫匪馬上意識到，他們遇見了一個習武之人，看看自己手中削尖的木棍，再看看爺爺腰間那把在晨曦中一閃一亮的大刀，自覺不是對手，好漢不吃眼前虧，一聲呼嘯，轉身跑掉了。

但是這幫劫匪受了這次羞辱，哪能善罷甘休？五天后，他們糾集了更多人馬來一雪前恥。

這個故事，老劉跟我講過，以前在父親官邸時，別的來自家鄉的僕人也對此事津津樂道。爺爺一人退土匪是當地一個傳奇故事，

被鄉親們傳頌。

「一天傍晚，」老劉開始講道，「幾個村民正在菜地裏種菜，看見七個土匪氣勢洶洶朝村子撲來。他們要找你的爺爺報仇。」

他們人多勢眾，面目猙獰，殺氣騰騰，每人手持一杆削尖的竹棍，就是為報仇而來。村民們見狀都嚇壞了，感到大禍臨頭。

「這夥人來到村邊的一個麥場那裏，只見你爺爺在那裏站着等他們呢。」老劉邊說邊比劃着爺爺當時的站姿，兩腿分開與肩同寬，左腿向前，兩腿微弓，做好騰躍姿勢。

「這次他才把大刀拔出握在手裏。」老劉特別補充道。「那七個劫匪肩並肩站成一排，向你爺爺一步一步地逼近，在離你爺爺十步開外時，他們停住了腳步，個個手持竹棍在胸前，直指着你爺爺。顯然，他們這次要報仇雪恨，大下殺手。」

「在這個節骨眼上，你爺爺先是輕蔑地瞪了一眼這幫劫匪，沒有等他們出手，只聽一聲令人毛骨悚然的吆喝，你爺爺兩手握住刀柄，以迅雷不及掩耳之勢，從左掃到右。這幫劫匪只見眼前一道寒光閃過，連連後退躲閃。他們驚魂未定，低頭一看手裏握的竹棍只剩下了半截，個個嚇得目瞪口呆。很快這幫劫匪回過神來，如同羊羣遇虎豹，掉頭就跑，只恨爹娘少生了兩條腿。」

爺爺與土匪這兩次遭遇，很快在十里八村傳開了，越傳越神奇。泰山一帶的村莊盛傳，爺爺住的村子有個「猛虎李」護衞着，從那以後，劫匪們再也不敢來騷擾爺爺的村莊了。

從此以後，附近的村民都稱爺爺為「善人」，知道他與別的鄉保不同。爺爺不光是用武功保護鄉親的安全，讓劫匪不敢來犯，而且爺爺收稅時也儘量幫助那些窮苦的人家說話。按照清王朝的法律，一個人不能按時交稅，就要被抓入大牢，此時爺爺就會想方設法向地方官員求情，給這些人寬限一些時間。爺爺這樣勸說那些地方官員，給這些一時交不起稅的人寬限幾個月，讓他們想辦法把稅

交上來，總比簡單地把他們關在牢裏要好。地方官員覺得爺爺的話也有道理，如此一來，就使得一些窮人免遭牢獄之災。爺爺勸說的理由很簡單：為什麼要把一個窮人抓到監牢裏？如果他天天種莊稼還交不起稅，難道讓他們蹲監獄就能交得起稅了嗎？

爺爺救過的窮人很多，這些人都非常感激他，成了他忠實的追隨者。爺爺就是這樣勉強維持生計，每天還有飯吃，比大部分人都還強一些。

金榜題名

一個年輕學子要考上北大，不僅需要天賦和勤奮，更需要運氣。年輕人要實現這個中學時代的最大夢想，那麼就得有經濟能力，為入學考試高強度地準備一到兩年。北大入學考試跟封建社會朝廷舉辦的進士考試好有一比，都是異常激烈的競爭，成功的概率是極低的。應試者首先要凑足錢，包括到北京的路費，在那裏參加考試期間的食宿費，以及考試後在那裏等結果的花費。

1917年，父親身無分文。他家裏的人連飯都吃不飽。

父親高中畢業時，他本來可以選擇各種各樣的工作，但是為了有時間學習，不得不放棄。他要找一份事情，既可以謀生，又有時間來準備北大入學考試。

即使到了我這一代人，成長於上個世紀四五十年代，只有富裕家庭的孩子才能讀完小學和中學，而窮人家的孩子要麼讀幾年書，要麼乾脆就不上學，很早就開始幹活了。我們在那個時候，幾乎無人能夠一邊幹活一邊讀書。在父親那個年代，情況更是如此。

面對兩難的困境，父親沒有氣餒。他跟家裏人說，決定到距離濟南市三十多公里的一個小城市拉人力車，一邊掙錢積攢到北京考試的費用，一邊準備考試的功課。這一決定在別人看來，真是匪夷

所思，一個人怎麼會放棄一個高工資而且令人尊敬的工作，而去做一件毫無把握的冒險的事情呢？

爺爺奶奶感到震驚，一聽就氣炸了，叱責父親怎麼會如此沒有出息選擇去拉洋車呢？他們原期望父親讀完高中後可以工作掙錢，這樣可以在經濟上支援家裏。他們覺得，父親這樣做不僅是自暴自棄，也白白浪費了那麼多年的教育。拉洋車，一般都是沒有讀過書的農村孩子幹的事情。對爺爺奶奶來說，父親要去考北大，不僅是不現實的，而且是荒唐可笑的。

「你是不是憨了？」爺爺奶奶呵斥父親道。「你怎麼不想着去當皇帝呢？」

「那麼多好工作等着你，你卻不幹，可是你卻想飛上天摘星星！」

不僅爺爺奶奶這樣想，其他村民們也都是這樣認為的。

但是一切都無法動搖父親的決定，即使全世界的人都反對也沒有用。他下定了決心，誰來勸說也沒有用，把所有人的意見置之度外，開始謀劃如何來實現自己的宏偉理想。

父親拉了九個月的人力車，白天辛苦賺錢，晚上挑燈夜讀。他極度節儉，想早日攢夠錢，去實現自己輝煌的人生構想。

1918 年春季，父親踏上了前往北京的行程。他參加完北大的入學考試後，就住在客店裏等結果，前後共住了半個月。

張榜公佈一年一度入學考試結果的地方是北大校園內的行政樓。那些幸運者的名字會用毛筆寫在紅紙上，貼到樓前的佈告欄裏。

等到張榜的那一天，天不亮人們就聚集在北大行政樓前，緊張地等待。現場的空氣裏瀰漫着焦急不安的氛圍，人們很少交談，人羣一片寂靜。

行政樓牆上鑲着幾個玻璃廣告欄，等到上班時，工作人員把寫

有錄取者名單的大紅紙一張一張貼在廣告欄裏的木板上。此時人羣向前湧動，緊緊擁擠在一起，每個人屏住呼吸尋找着自己的名字。那些看到自己榜上有名者，立刻擠出人羣，與一起來看榜的家人朋友相互轉告慶賀。每個成功者的周圍都圍着一圈人，有歡欣鼓舞的親朋好友來慶祝的，也有不認識的人好奇羨慕問情況的。

那一年一共錄取的 200 多個新生，那些人伸長脖子一張一張往下看，焦急地找尋着自己的名字。眼見所有的榜都貼完了，還是沒有自己的名字，就絕望地離開，一起來的親朋好友不停在一邊寬慰。落選者辛苦了一年，感到極度失望，臉色陰沉，緊閉雙脣，有的還抽泣起來。

父親榜上有名！

他看到了榜上用漂亮的毛筆字寫着自己的名字，但是他身邊沒有一個親朋好友，也沒有一分錢，這個人生的特大好消息，既無人分享，也無力慶祝，只有一個人懷揣着無比激動的心情回到自己住的簡易旅館。他一下子倒在牀上，一年的緊張突然鬆弛了下來，昏昏沉沉地睡了過去。

當他醒來時，感到渾身發燙，腦袋疼痛難忍。衣服已經被汗水浸透，他努力爬起牀來，但是四肢沒有一點力氣，站不起來，同時感到天旋地轉。他又癱在牀上，昏睡過去。

當父親再次醒來時，發現自己躺在一個陌生的房子裏，只見兩盞昏黃的油燈在閃爍。房間的一堵牆，從天花板到地上是一排排黑色油漆的木抽屜。離牆不遠處，一個長櫃枱，上面放有一個戥子，一盞油燈閃着微弱的光。父親躺在屋子中間的一張牀上，旁邊是一把椅子，還有一張小桌子，上面放着另一盞油燈，使得屋裏略顯得亮堂一些。一個戴眼鏡的老先生站在他的旁邊，看着他微笑。

「我是宋大夫，」那個老先生看到父親漸漸睜開雙眼時說道。「是你住的客店老闆把你送到我這裏來的，過去兩天，我一直給你

治病。你來時人已經昏迷不醒，是中藥和針灸救了你的命。」

直到這時，父親才發現自己一絲不掛地躺在那裏，只有一塊小毛巾蓋着私處。又見自己全身多處插着細小的銀針，那個戴眼鏡的老中醫還時不時地撚動一些銀針。

這位老中醫跟父親說，他氣血淤積，經絡不暢，這是因為長時間營養不良、過度勞累、身體透支造成的。老中醫用針灸打通父親的重要穴位，讓氣脈暢通。

「你被抬進來時，生命垂於一線，」老中醫說道。「你這是怎麼搞的？」

父親用微弱的聲音，斷斷續續地給這位老中醫講述過去這段時間的事情。先是拉洋車掙錢來北京考試，過去一年只喝小米粥吃腌菜，如此等等。當這位老中醫得知父親考上北大的消息，興高采烈地向他的僱員大聲宣佈，他們這裏躺着的是一位「新科狀元」。

狀元是封建社會皇家舉辦的進士考試中的第一名。皇帝就曾把自己的女兒嫁給狀元。所以，在古代，一個人得了狀元，自然成了皇家成員之一，就是皇帝的駙馬爺。此外，狀元還被聘為皇朝的要員，享有極大的威望，擁有豐厚的俸祿。

大家上來恭維了父親一番，宋大夫就開始拔出父親身上的銀針，並立刻叫人燉雞湯給父親喝。

此前父親從未喝過雞湯，這東西太貴太稀有，一般農民都吃不起。一口雞湯下肚，父親頓感通體舒暢，神清氣爽起來，精神立刻恢復了許多。

「我從來不知道世上竟有這麼好吃的東西，」幾十年後父親跟我說道。父親在學校讀書時，學到司馬遷《史記》裏的這句名言：「民以食為天。」現在他對這句話的意義有了切身而獨特的體會。

在中國人的傳統觀念裏，雞湯是大補營養品，是養病恢復身體的良藥。最補的雞湯要用老母雞燉，而且是剛殺的活雞，還得是全

雞,雞肉、雞頭、雞爪、雞肝、雞腎、雞胗全都一起燉,再配上各種中藥材,微火慢燉幾個小時才能成。燉雞湯的炊具也很有考究,不能是一般的鐵鍋,要用傳熱比較慢、保溫比較好的砂鍋燉出來才味道醇厚鮮美。人們相信,用新殺的老母雞燉湯,是養病恢復體能的靈丹妙藥。

父親大病不死,不久就恢復了身體。那位宋大夫救了父親的命,還給他燉雞湯養身體,卻分文未收。後來父親如期上了北京大學,一邊讀書,一邊勤工儉學。開始的時候,父親還拿着禮物去看望過宋大夫幾次,後來他很快把這位救命恩人忘掉了,開始追求新的目標。

父親是個着了魔的瘋狂追逐者,一個目標接着一個目標,永遠在路上。對於他來說,生命就是一連串的目標,一條道走下去,永無休止。

殘忍的拋棄

考上北京大學,只是父親傳奇人生的第一幕。在他看來,這也是他年輕時做的一件值得炫耀的事,可以拿來鼓勵他的孩子們讀書進取。他跟我講這段往事的時候,我們之間的關係相對比較正常,能夠和睦相處,可以平心交流。我參加了香港最好的一所中文中學——培真中學的入學考試,順利被錄取。父親很高興,就給我講了他年輕時候發憤圖強的輝煌往事。他說他的奮鬥為自己的人生打開了一扇大門,改變了自己的命運,而這扇門總是對窮苦家庭的弟子關閉着。

父親年輕時奮鬥的故事很勵志,很激動人心,然而很多年之後我才發現,他嚴重地刪改了故事的全貌。父親克服常人難以逾越的障礙,靠自己的毅力實現自己的夢想,這確實是事實,但是這個故

事的另一個重要的方面卻被他隱藏起來了。

父親決心追夢上北京大學時，爺爺奶奶不同意，村民們也不贊成，除了認為父親的夢想太脫離現實外，他們還有更重要的理由。

父親十歲的時候，爺爺奶奶給他找了一個童養媳，那時她就來到他們家裏，擔負着家裏的一切重擔，做飯洗衣種田樣樣都做。父親高中畢業時，他早已與這個童養媳完婚，並育有兩個女兒。兩個小女兒跟她們的母親一起都住在爺爺奶奶的那間草屋裏。父親到省城讀書時，全家忍飢捱餓、克服巨大困難支持他上學，期間撫養他兩個女兒的重擔全落在爺爺奶奶和農村那個妻子身上。全家人歷盡艱辛熬到父親高中畢業，期待父親能夠工作掙錢，給家裏一些經濟上的補貼。爺爺奶奶們都覺得，父親起碼應該擔負起照料自己兩個女兒的責任，但是父親不理不問，似乎壓根兒沒有這個糟糠妻和兩個骨肉。在全家人看來，父親拒絕履行做人最基本的責任，是應該遭到天譴的，是一種人性犯罪。

為了個人的追逐，父親不僅沒有負起贍養父母親的責任，也違背了一個男人最基本的做人道德，毅然拋棄了糟糠妻子和兩個女兒。爺爺奶奶幾乎要跟父親斷絕關係，罵他不負責任，是不孝之子，是敗家子。父親的行為讓爺爺奶奶覺得極大羞恥，爺爺奶奶常常用能想到的最惡毒語言詛咒叱罵父親。

父親不顧一切地追求自己的夢想，這讓他背叛了自己的家庭，違背了中國人的傳統價值觀。其實，爺爺奶奶對父親的期待和要求沒有什麼過分的，只是希望他起碼負起養育兩個女兒的責任，連這一點父親都拒絕了。在這一點上，父親也違拗爺爺奶奶的話，怎麼也無法得到原諒，更何況爺爺奶奶從來沒有虐待過父親。相反，爺爺奶奶從小就把父親視為天之驕子，在他到濟南讀書時期，還幫他養育兩個小女兒。我一直無法理解，父親是從哪裏來的力量和勇氣，讓他違背中國幾千年的傳統觀念，叫父親背叛他的父母，難道

僅僅是要追逐他心目中的遠大理想這一點嗎？

父親是這樣為自己辯解的，他心裏一直沒有忘記要撫養父母，問題只是時間早晚。爺爺奶奶期待他高中畢業後馬上寄錢回家，而他則打算上了北京大學以後再資助家裏。

但是，自始至終，我從小到大，父親沒有在我面前提起過他的糟糠妻和兩個女兒之事。這些事情我還是 30 多年後從母親那裏得知的。上個世紀 80 年代初，我到北京參加一個學術會議，期間找到我同父異母的兩個姐姐，跟她們談了很久。即使父親在她們出生後不久就拋棄了她們，我這兩個姐姐仍然很崇拜自己的生身父親。

父親讀了北大以後，再沒有踏足過養育他的村莊，一次也沒有。後來父親確實給爺爺奶奶寄過不少錢，然而他的記憶似乎完全抹去了山東農村的那個妻子和兩個女兒，也忘記了生育養育他的老家。在他 80 多歲之前，從來沒有看過她們，從來沒有給她們寫過信，也從來沒有打聽過她們的下落。然而，生活在山東農村的妻子和兩個女兒，因為父親的政治關係，在那個唯成分論的年代裏，被驅逐出山東老家的村子，發配到黑龍江岸邊的一個農場，受盡了難以言說的人間苦難。

不知被什麼力量驅使，父親在他生命的最後時期，突然要去尋找他在山東農村的結髮妻和兩個女兒。在這之前，父親已經在香港獨自一人孤獨地生活了將近 40 年了。在這期間，他的第二任妻子——我的母親離他而去，我們六個子女也無法忍受他而相繼離開。父親在他人生的第二個家庭中徹底失敗，這是促使他晚年尋找 70 多年前的結髮妻和女兒的原因嗎？還是就如同中國古諺中所說的，「人之將死其言也善」，年邁的父親突然良心發現，藉此聊為安撫一下深埋在自己內心深處的一生的良心不安呢？

我不知道。

1989 年寒冷的冬季，父親從香港坐火車來到哈爾濱，又從那

裏坐公共汽車找到了糟糠妻和女兒。不幸的是，他們只是簡單見了一個面，過去的事還沒來得及細說，父親就患了重感冒，幾天後在一家乡村醫院去世。

　　他出自一個貧窮的北方農村，又死於一個貧窮的北方農村。他拋棄了糟糠妻和女兒，開始了一生瘋狂的名利追求，轉了一大圈，又回到了糟糠妻和女兒身邊，完成了自己生命的一個圈。

　　父親的一生是傳奇的一生，他每一次奇跡都伴隨着殘忍的拋棄。為了金榜題名，他拋棄了父母，拋棄了妻子，拋棄了女兒。為了高官厚祿，他拋棄了良心，拋棄了同胞，拋棄了祖國。

留學東洋與英倫

　　父親在北大讀書的第一年末，五四運動爆發了，他深受這場學生運動的影響。這場由學生發起領導的政治運動，最後演化為一場中國歷史上絕無僅有的文化革新大事件。父親和母親就是在這場運動後不久走到一起的。

　　1919 年初，第一次世界大戰的戰勝國齊聚巴黎商議戰後事宜，這就是著名的巴黎和會。中國作為一個戰勝國也參加了，這不是因為當時的政府打了什麼勝仗，而是因為站對了陣營。在這次會議上，美國總統威爾遜倡議各個國家自決，中國代表敦促與會者取消殖民者在中國享有的特權，但是英、法、日等列強否決了中國代表的要求。中國政府軟弱無能，竟答應在協議上簽字。

　　5 月 4 日，北京數以千計的學生湧向街頭，抗議政府在巴黎和會上軟弱無能，屈膝賣國。他們游行至天安門廣場，集會抗議無能的政府與殖民列強。這一行動點燃了全國性的愛國羣眾運動，各大城市學生工人紛紛響應，罷工罷課罷市風起雲湧，與北京的學生運動形成了燎原之勢。他們要求從根本上改變政府體制，廢除外國列

強在華特權，反對外國人在華享受司法豁免權。此時，中國已經經受了殖民者近一個世紀的侵略踐踏，五四運動在中國近代史上具有偉大的歷史意義。

游行示威和罷工無法戰勝強權政治。殖民者繼續盤剝中國人，外國人依然在中國土地上享有刑事豁免權。在國際鬥爭中的失敗，使得學生和工人們從深層次上思考國力孱弱的原因，逐漸喚醒大眾的民主意識。人們意識到，如果要對抗西方列強，首先必須從各個領域進行改革，讓中國走向現代化的道路。所以，五四運動的領導者決定開展新文化運動。

他們其中一個努力就是提高全民的科學文化素質。他們提倡廢除千百年來作為書面語規範的文言文。文言文是以先秦兩漢經典著作為範文的書面語，已經嚴重脫離了當時的口語，對一般人讀書識字造成了巨大障礙。五四運動的領袖們倡議以基於北京話口語的白話文為規範的書面語。以白話文為標準的國民教育，有助於掃除文盲，可以促使國民的科學文化素質迅速提高。

父親那一代的年輕學子，都深受五四新文化運動的洗禮，決心讓中國走上現代化的道路。很多人紛紛到國外求學，學習發達國家的科學文化。在這種大潮之下，父親也決定北大畢業後到國外讀書，接受先進國家的教育。那時候的他就決心成為一個政治領袖。從這一點上說，五四運動塑造了父親的求學道路和人生目標。

在北大讀書期間，父親在學業上取得的榮譽一個接一個。大學畢業時，他贏得了獎學金到日本東京大學讀法律學研究生。他在日本修讀了兩年後，又獲得另一項研究生獎學金，到牛津大學攻讀法律學博士。

母親跟隨父親先後到了日本和英國。在英國期間，他們有了第一個孩子，取名叫「懷英」。她就是我的大姐，比我大十多歲，後來讀了醫學院。

父親的教育背景可謂輝煌，讀了中國的北京大學，讀了日本的東京大學，讀了英國的牛津大學。一個人能有機會讀一個國家的頂尖大學已是鳳毛麟角，而能兼讀三個國家的最高學府，是那個時代聞所未聞的讀書奇跡，獲得這一殊榮的難度一點兒不亞於封建社會的狀元。而且學習的是與政治關係最密切的法律專業，這也決定了他後來宦海浮沉的人生。

在和平年代，父親本應該有個輝煌的人生，然而任何社會裏的個人命運都與整個民族的命運息息相關，個人在國家民族命運面前顯得是那麼的渺小，那麼的無奈，既會被政治的潮流捲上浪尖，也會被社會的巨浪無情地吞噬掉。

牛津的歲月

一個偶然得不能再偶然的機會，我得知 50 多年前父親在牛津大學讀書的情況，從而可以從一個側面了解他一生的行為。這件奇遇發生在美國的加利福尼亞州。

我那時在加州大學聖巴巴拉校區任教。一天我坐大學的校車到加州大學洛杉磯分校去辦事，身邊坐着一對老夫妻，他們穿着考究，舉止文雅，一副紳士派頭。我呢，則是一身加州牛仔風格，上穿 Polo 衫，下穿牛仔褲，腳蹬一雙跑鞋。我跟這對夫妻禮貌性地寒暄了一番。

他們是來自英國的，男士是尼布萊特教授，攜夫人來這裏學術訪問。從舉止、談吐到名字，都顯示出他們是地道的英國人。校車沿着南加州的海岸行駛着，我們互道了姓名，開始聊起天來。

交談中，尼布萊特教授很客氣地說道：「我想知道，你是中國人嗎？」

「是的，」我告訴他。「我出生在中國，也在那裏長大，21 歲的

時候我才來美國。」

「我的天呀,你的英文說得不帶任何外國口音,真是了不起!」

我對尼布萊特教授的這個恭維也沒有太在意,他接着這個話題繼續說道。

「50 多年前我在牛津大學時,被安排輔導一位中國留學生的英語。他也是姓『李』。這個學生可沒有你的語言天賦,總是掌握不好英語的發音。今天遇見你,讓我想起了幾十年前這件往事。」

「嗯,『李』是中國的一個大姓,」我對這個話題也沒有太大的興趣,淡淡地說道。「中國可能有數千萬的人都是這個姓。」我對李姓人口到底多少也不清楚,只是給了一個保守的數字。

「如果我記得沒錯的話,他的名字叫李聖五。」說到這裏,尼布萊特教授自嘲地一笑。「不好意思,我的中文發音不好。」

我大吃一驚,竟在美國加州這裏的一位來自英國的陌生人口裏,聽到父親的名字!這不可能是真的,我心裏想。怎麼我會在美國這裏碰見 50 多年前父親在英國的英語輔導老師?這種事情發生的概率幾乎是零。一次離奇的相遇就發生在從加州大學聖巴巴拉校區到洛杉磯校區的中巴裏,太不可思議了!

「您那個學生是不是瘦瘦的,高高的,腦袋很大,來自中國北方的山東省?」

「是的,是的,」尼布萊特教授熱情地回答道。「你說的很准。雖然我不敢完全斷定,他似乎是山東人。他在來牛津之前,曾在北京大學和東京大學讀過書。」

「太不可思議了!」我情不自禁地叫了起來。「您教的那個學生是我的爸爸。您竟是他在牛津大學讀書時的英語輔導員?」

「啊,太神奇了!我真是高興,在這裏遇見了他的兒子。」尼布萊特教授笑了起來,顯得十分激動。

「我無意貶低你的父親,」他補充道,「他在掌握英語發音上確

實有困難。」

「這點我太清楚不過了，」我略帶揶揄的口吻說道。「我父親除了他的山東方言說得沒毛病外，任何別的語言都說不好，他說的普通話帶着濃重的山東口音。他在香港住了 30 多年，還是不會說廣東話。」

尼布萊特教授咯咯地笑了起來。

我們的談話頓時變得熱絡起來。我很快把話題轉向父親在英國的歲月，一個問題接着一個問題起勁兒地問。尼布萊特教授一邊回憶着他與父親相處的情景，一邊回答着我的問題，顯得十分快樂。

「你爸爸在牛津的時候，我們經常討論東西方人的差別，他有不少有趣的看法，有時候我們還爭論得很激烈。」他告訴我說。

尼布萊特教授說道，在你父親看來，民主是西方文明發達的祕訣。他強烈希望中國的政治體系能夠走上民主化的道路，唯如此才能成為一個現代化的國家。

但是他覺得西方社會沒有什麼值得推崇的。他特別不能接受西方社會中人與人之間的關係，覺得西方家庭成員之間人情味淡薄，相互之間缺乏關愛。

「即使在家庭成員之間，或者好朋友之間，」他告訴尼布萊特教授。「總是存在着距離和心理隔膜。比如說，英國的家庭內部成員經常相互借錢。」在我父親看來，借錢是一種純粹的商業活動，不應該發生在一個家庭內部。

「我可以推知，在西方社會裏，金錢凌駕一切，比親情和友情還要重要。」

尼布萊特教授向他解釋道，家庭成員之間借錢，並不一定會傷害親情，這只是一種培養個人獨立性的方式，因為西方人都很強調個人的獨立。

「你這是詭辯，是在玩文字遊戲。」父親不贊成。

　　對於父親來說，強調個人獨立就會傷害家庭內部的親情，兩者是不相容的。同樣，真正的朋友之間要相互依賴相互幫助，只有西方那種表面上的所謂的朋友關係，才會有「你是你，我是我」這種樣子。親人之間和好友之間是終生依賴、相濡以沫的。相互依賴才能維繫親情和友情，這不僅僅是物質上的相互支持，還可以增加心理上和情感上的安全感。對於一個儒家文化中薰陶出來的知識分子來說，通過個人奮鬥獲得功名利祿，讓所有的親朋好友共享這一榮耀和利益。一個人成功了，全家人都沾光，朋友們都受惠，這是知識分子所期待的人生最高境界，也是他們終生奮鬥的目標。

　　父親在幾十年前跟這位英國人所表白的，代表着絕大多數儒家文化裏成長起來的知識分子的共同觀念。在傳統文化裏，親人之間或者朋友之間，講究有福同享，有難共當，然而一旦發生了相互借錢還錢的現象，就成了社會上的商業關係，人與人之間的感情就會疏遠了。

　　父親跟尼布萊特教授坦率地說，西方人既不重視人際關係，也不努力培養人與人之間的情感。真正的友情在西方是不存在的。這就是為什麼很多中國人不適應西方社會的原因，他們來到這裏都有強烈的異國他鄉之感。

　　尼布萊特教授認同父親這一看法，東西方人的價值觀確實存在着重要差別，人際關係是東方文化的基石，而個人主義則是西方文化的瑰寶。但是尼布萊特教授不贊成父親的觀點，不認為西方人就不重視親情和友情。

　　父親難以理解尼布萊特教授所說的話，他受中國傳統文化的影響太深了。他堅信，在西方社會裏，個人奮鬥被視為最崇高的目標，這把人與人之間的關係降格為微不足道的個人追求。

　　父親與尼布萊特教授之間的爭論深深地觸動了我，這也是我於1961年剛來到美國時最困惑我的一個問題。對於中國人來說，西

李訥與父親 1956 年攝於香港九龍山頂

方社會是孤獨的，是吝嗇的，是無情的。對於來自東方文化圈的人來說，相互依賴是一個人情感和心理的港灣，失去了這種關係，生活在西方社會的中國人就會像失去根的飄蓬，沒了精神的寄託。

　　我向尼布萊特教授指出，「個人主義」在中國文化裏是帶有貶義的，它意味着自私或者以自我為中心。這可能是最關鍵的哲學概念，把東西方人區別開來，它有着深刻的寓意，深深地影響着東西方人的心理、行為和世界觀。

政治迷途

　　在牛津讀書時，父親還是個二十多歲的年輕人，他的人生觀和價值觀還沒有定型。尼布萊特教授的一席話，給了我一個全新的窗口，可以通過這個窗口來了解父親意識形態的演化軌跡。

　　尼布萊特教授還說到，父親在牛津時學習很努力，而且還積極參與中國留學生的政治辯論會，對這些活動非常投入。在上個世紀 20 年代，這些海外留學生中的國民黨成員也分成不同的派別，日後他們回國就把這種幫派習氣也帶回國內。這些不同的幫派激烈論

戰，他們搞辯論會或者發表文章，宣揚各自的觀點。

父親極度蔑視國民黨內部的黃埔軍校派系。在他看來，蔣介石領導下的國民黨注定是要失敗的，因為他們萎靡不振，貪污腐敗，危害社會。他推崇受過良好教育的政治領袖，這些人應該是能言善辯，還能寫出漂亮的文章。這樣父親自然很推崇汪精衛，因為他是文人出身，口才漂亮，還是反對清政府的民主鬥士。在那個時候，汪精衛和蔣介石就是國民黨內的兩個山頭，都在培植自己的勢力，競爭國民黨的領導權。結果，父親成了汪精衛的忠實擁躉。

國民黨內的軍系和文系派別鬥爭異常激烈，所以父親一完成他的博士論文，就迅速趕回國內，幫助汪精衛組織文人派系，圖謀掌控國民黨。他覺得情勢緊迫，刻不容緩。從那時開始，父親就相信「筆桿子裏邊出政權」，這一觀念成了他政治生涯的核心信念。

上個世紀 20 年代末，父親從牛津大學學成回國，擁有無與倫比的職業優勢。在那個時候，幾乎無人有他這樣的資質和教育背景。他回國不久就做了商務印書館的副總編，這家出版社是當時中國僅有的兩個大出版社之一。同時他還擔任了《東方雜誌》的主編，這是當時最有影響力的政治刊物。他寫書，發表政論文章，編輯刊物，還到各種大眾論壇和許多大學講座，獲得了一個又一個榮譽和認可。很快，父親成了政治文化界一顆冉冉升起的明星。

到了上世紀 30 年代初，父親從英國回來沒有幾年，汪精衛當選為國民政府的總理，並兼任外交部長，蔣介石則負責軍隊。汪精衛邀請父親到中央政府工作，委任他為外交部副部長，成了汪精衛的左右手。父親一直很推崇汪精衛，就痛快地接受了汪精衛的委任。

這樣父親的政治生命就與汪精衛緊緊捆綁在一起，他們合作成立了日本的傀儡政府，一直持續到二戰結束。蔣介石從重慶班師

回南京，父親以叛國罪被逮捕入獄。他的上司汪精衞於 1944 年病亡，就在二戰結束的前一年，逃過了牢獄之災。汪精衞死時，日本政府命令它的全體國民戴黑紗悼念。他作為一個大漢奸，歷史已蓋棺論定，永不得翻案。

1948 年，國民黨逃離南京，敗退台灣。臨走時，蔣介石命令釋放父親，主要還是考慮到他們有着共同的意識形態。父親基於自己的政治背景，明智地選擇了香港作為他的避難地，與母親一道移居到這個處於英國殖民統治下的地方。

這期間我跟何琳姨媽住在上海，在那裏讀小學，對父親這期間的遭遇茫然不知。

讓全家人陪葬

為了實現自己的政治野心，父親會毫不猶豫地犧牲自己的親人。即便在他身陷囹圄，生死未卜，政治前途不是暗淡，而是根本就看不到未來的時候，他還是不忘做自己的春秋大夢，一心圖謀重回政治舞台的中心。他絲毫沒有意識到自己給全家人帶來的災難，對自己的家人也沒有任何憐憫之心，冷血得令人髮指，殘酷得失去了人性。

幾十年之後，我從母親那裏得知，我們還住在南京貧民窟的時候，全家人飢寒交迫，可是父親還擁有一張 25000 美元的美國運通銀行的旅行支票。當時蔣介石的祕密警察抄家時沒有發現這張支票，母親偷偷把它藏起來，一直帶在身邊。這在當時來說，可是一筆巨款，但是父親嚴禁母親拿這筆錢家用，因為他出獄後要用這筆錢作為啟動資金，來打通政界關係，重返權力中心。

1946 年，我們一家住在貧民窟，母親幫父親收藏着這筆巨款。這時我的一個姐姐因營養不良而患上了肺結核。還有一個姐

姐得了風濕性高燒，生命垂危。即使在這種情況下，父親仍不同意母親用他的政治基金給女兒看病，母親也不敢擅自動用。我還記得，那時候我們全家住在一個屋子裏，母親把發高燒的女兒從學校背回家，要走六里多的路程，母親過度勞累腿部靜脈暴突出來，看起來很嚇人。兩個人的衣服都被汗水浸透，母親是因為勞累，姐姐是因為發高燒。姐姐此次高燒傷及了她的心臟，落下了終生後遺症。

1950 年 9 月，我來到香港後，跟我唯一的哥哥和四姐住在一個小房間裏。可是不到一年，他倆都相繼離家而去。他們雖然比我大不少，但是他們年齡尚小，也沒有工作經驗，到外邊一個人闖世界，其艱辛程度可想而知。

因為父親認定我們一家在香港處於「困難時期」，所以他拒絕資助兒女，停止給他們提供任何幫助。他時時把「困難時期」掛在嘴上，而他所說的真正意思是他自己的政治前途暗淡，掙扎着重返政治權利中心。具有諷刺意義的是，他在牛津大學讀書時跟尼布萊特教授激烈辯論，認為西方的文化不好，不如東方，因為東方人重視家庭成員之間的關愛，強調親朋好友之間的互助，這是崇高的道德。然而，他卻認為自己有權利置家人的生死於不顧，犧牲全家來服務於自己的政治野心。一次，父親甚至強迫最小的女兒嫁給一個富豪做妾，來換取政治上的聯姻。因此，這個姐姐為了抗婚而去了菲律賓。

1947 年，父親還被關在南京的監獄裏，大姐懷英為生活所迫，中止了醫學院的學業，嫁給了一個國民黨軍隊的空軍飛行員。她帶着我的三姐凱麗一起到了台灣。三姐在十八歲那年，別無選擇，嫁給了一個比她大二十多歲的男人。到台灣一年後，三姐的丈夫不幸在一次飛行事故中喪生，給她留下一個剛出生的女兒，這個女兒後來到美國讀書工作，成了一個優秀的生物學家。

我的二姐杜娜來到香港後，她的結核病尚無治癒，就到外邊當售貨員。父親不僅不送二姐去醫院治病，還要二姐把工資交給他，父親的理由是二姐住在他的家裏。為了擺脫父親的控制，二姐倉促嫁給一個會計師，以換取經濟保障。不幸的是，這個男的是個窩囊廢，也不知道如何生活。二姐後來病好了，決定尋求自己的愛，她的家庭也隨之破裂，這造成了她終生的精神傷痛。

我哥哥高中畢業後，立刻去台灣去找兩個姐姐，她們是隨國民黨一起到台灣的。他在那裏找了一份機械修理的活。

懷英後來離開了她開戰鬥機的丈夫和小孩，嫁給了美軍在台灣軍事參謀部的一個軍官。在他們結婚後不久，她的丈夫被調回南加州的一個軍事基地，由軍官變成了一個普通的文職工作者。這個美國丈夫轉而嗜酒，大姐常常遭他家暴。

大姐到了美國，經受不住多重的打擊，不久就精神失常。大姐承受的苦難太多太多，文化的衝擊，丈夫的暴力，軍事基地的單調生活，特別是對前一段婚姻兒女的愧疚，這一切終於把她擊垮了。她的後半生是在加州的精神病院進進出出中度過的。

在大姐精神稍微平靜的間隙，我去看望過她一次。她對我說，死亡對她來說是真正的解脫。大姐在六十一歲那年離開了人間，她已經等這一天等了三十多年了！

父親人生的每一次重大抉擇，都伴隨着殘忍的拋棄。他為了讀大學改變自己的命運，拋棄了父母、糟糠妻子和兩個女兒。他為了高官厚祿，拋棄了良心，拋棄了同胞，拋棄了祖國。他為了東山再起，讓全家為他陪葬，又拋棄了第二任妻子，拋棄了所有六個兒女。最後，他也把自己拋棄得乾乾淨淨，一無所有，比他 20 歲離開山東老家時還要赤貧。父親的一生對所有腦子裏只有「名利」二字的傳統知識分子也許是個難得的警醒。

被歷史拋棄

父親移居到香港，前途暗淡，政治生涯陷入低谷。起初，他還懷揣着一個美夢，共產黨的新中國會很快垮掉，美國也會拋棄台灣的蔣介石政府。他跟母親說，東西方兩大陣營的冷戰會導致第三次世界大戰的爆發，一個嶄新的中國會從核戰的灰燼中出現，變成一個擁有數以億計人口的強國。這期間，他在等待一個東山再起的機會，瘋狂地寫作，在各種大大小小的媒體上發文，宣揚自己的政治理念。他把自己手中的那支派克金筆當作強大的武器來戰鬥。

一年又一年地過去了，共產黨在大陸的江山越來越穩固，第三次世界大戰並沒有發生，美國也沒有放棄盤踞台灣的蔣家王朝。父親一直在做着他的美夢，但是這注定是個黃粱夢。

結果，香港成了父親政治生涯的終點站。就是在這裏，他熬完了自己生命的最後 40 年。

1950 年，我剛到香港時，父親還沒有完全接受命運的巨變。他憤怒，他痛苦，他無法理解為何無人讓他東山再起，再次被委以重任。因為，在父親看來，他的資質是無人可比的，擔國家大任捨我其誰？

他常拿自己來與毛澤東主席比，與蔣介石委員長比，他們都沒有考取那麼多國內外的名校，而他可是過五關斬六將，是這些競爭激烈的考試優勝者。在當時所有重要的政治人物中，他的教育背景最棒。他既可以寫出漂亮的中文文章，也能做出精彩的英文文章，沒有誰能跟他比。然而，現如今他被拋棄在一個英國殖民者統治下的彈丸之地，過着二等公民的生活，就是一個被流放到荒島上的犯人。

他拚命掙扎，想恢復昔日的榮光。他把積蓄大都花在宴請每一個與美國或者英國有關的人，這些人有學術界的，有美國中情局

的，有傳教士，有路過香港的政要。他還多次寫信給美國總統艾森豪威爾和時任國務卿杜勒斯，陳述他對東亞時政的分析，以期得到這些西方政要的賞識。他接連發表文章，預測大陸政府的不穩定，倡議推翻蔣介石政權。他把自己所有的錢都花在他昔日的故友身上，這些人要麼與他有共同的政治野心，要麼會諂媚奉承他，讓他似乎回到了過去的榮耀。

但是，一切都無濟於事。這個世界變了。政治領袖的選擇，已不再是封建社會中靠寫八股文就行的。

筆桿子裏邊出不了政權，歷來都是如此。父親的政治信念不是不合時宜，而是在一部中國史上從來沒有合過時宜。

逃遁山林

1950 年秋季開學的第一天，先是遭一幫香港本地男孩子的霸凌，後又被校長開除，回到家裏再被父親家暴。父親只懂動粗來發泄情緒，而不知如何處理我的事情。開始的時候，他辱罵我，體罰我，不讓我吃飯。為了逃避父親的虐待，我就跑到香港新界的崇山峻嶺中，變成了那片原始森林裏的一個野人，這種日子持續了兩三個月。

這時我已經十歲了，隻身一人遊蕩在原始山林中，一直夢想着離開家去找我的姐姐們。我還不理解一個人在外謀生的艱辛，之所以想要離開家，主要是想逃離父親。但是，離開父親並不意味就安全了，表面上看似迷人的山野，也隱藏着許多凶險。我害怕，害怕得幾乎得了恐懼症。

黑夜讓我恐懼。按照當地的迷信說法，夜晚時分，鬼靈就會從地下出來活動，尋找生前傷害過他們的人報仇。神話故事裏則說，鬼也會懲戒那些犯了惡行的人。而我不僅是被學校開除，還遭父母

135

逐出家門，惡鬼肯定首先來找我，對我施以酷刑。

　　每天到了夜幕降臨的時候，我都要竭力驅趕走心頭的恐懼。我把從家裏帶出的一條毛巾被緊緊地蒙住腦袋，再把身體裹得嚴嚴實實的，以此來保護自己，不被惡鬼發現。「勇敢一點兒，再勇敢一點兒，」我顫抖着地對自己說，每天晚上又冷又怕，牙齒直打顫。就這樣，堅持，再堅持，直到困乏得筋疲力盡，最後陷入睡夢之中。

　　然而，我即使進入了夢鄉，心情依然無法放鬆。我反覆做着一個噩夢，一塊巨石從山上翻滾下來，飛速向我砸來。就在我要被碾平的一刹那，我驚怖地尖叫起來，突然驚醒，發現自己被嚇得全身是汗。即使我瞌睡得不行的時候，我總是努力睜開雙眼，因為擔心那塊大石頭再滾回來。

　　我逃遁山野的那些日子，經常白天來睡覺，因為日光會讓我感到安全一些。白天裏，沒有惡鬼，沒有父親，也沒有暴徒。上個世紀 50 年代，爬山還沒有成為大眾喜愛的運動，那個時候沒有人來山裏逛游。絕大多數的香港人覺得，到野外探險，既危險也顯得有點兒冒傻氣。

　　山野就是我的避難所。那時候的新界一派原始風貌，人跡罕至，植物自由自在地生長着，動物無憂無慮地生活着，山溪潺潺流淌着，這一切撫慰着我被驚嚇的神經，平撫着我恐懼的心情。

　　不為人知的山坡幽谷，蘊藏着旖旎的景觀。綠樹叢中時而傳來嘩嘩啦啦的水聲，走近一看原來是一個小瀑布，只見清流飛濺而下，激出一簇銀白色的浪花，注入一個清澈見底的小池塘，再沿着一個山溪潺潺而下。溪流邊上點綴着紫紅色的倒掛金鐘，漫山遍野繡着耀眼的紅杜鵑。溪流裏邊游着彩虹色的慈鯛魚，茂密的林木裏鳴叫着不知名的朱紅色小鳥。時而聞到淡淡的松香，抬頭一看，原來是來到了一片松樹林裏。山上還長着一片一片翠綠的竹叢，讓山

上的林木變得錯落有致，綠葉的顏色深淺不同，頗有層次感。

　　中午熱的時候，我就跳到由山溪形成的天然池塘裏游泳。我沒有專門學過游泳，都是以前小朋友一起在池塘裏玩耍時相互模仿着學來的。那時我會的一種是狗刨式，四肢亂撲騰着前行，還會一種蛙泳，兩種游姿交替着在水裏玩耍。在露天的池塘游得愜意了，我就想到池塘一端的水洞裏看個究竟。這裏是各種小型水生物的樂園，有慈鯛魚，有小龍蝦，還有像甲蟲那樣的黑色水蟲。小龍蝦伸着兩個細長的前爪，在巖石縫裏緩慢地爬行，清理着石縫裏的污垢。墨黑色的水蟲四肢不停地忙碌着，在水底來回爬行，好像是沉底的微型潛艇。外邊大太陽下水流潺潺，而水洞裏則異常幽暗涼爽。我就像來自外面世界的一個大巨人，闖進一個微型水生物的世界。

　　父親經常不讓我吃飯，以發泄他對我的惱火，飢餓常常折磨着我。我時常靠山上生長着一種野草莓來充飢。這種草莓只長在深山裏，果子呈紫色，毛茸茸的，枝葉一小簇一小簇貼地而長，汁水豐富，味道甜美。儘管吃這種野草莓時常會鬧痢疾，每次我還是要吃個飽吃個夠，因為肚子太餓了。

　　有時候，我飢餓難忍，就到果園裏偷果子吃。木瓜是我的最愛。先從遠處觀察，如果發現一顆木瓜發黃了，就知它已經成熟可食，我便貼地爬過去，以免被果農發現。當爬到木瓜樹下時，我先靜靜地躺在地上一兩分鐘，胸前緊貼地面，能聽見自己的心臟砰砰直跳，心裏邊是又緊張又激動，緊張的是怕被人逮住，激動的是又可以美餐一頓，不再繼續捱餓。等確認周邊沒有人時，我這才爬上樹去摘那顆已熟的木瓜。在那個時候，山裏村子的一個窮果農，對偷果子的賊則是毫不手軟，下手狠，時常把他們打成殘廢。這些風險我都很清楚，但是我很自信，因為我在南京的貧民窟裏與小夥伴一起淘氣，練就了一雙飛毛腿，也練就了一套敏捷的爬樹本領，所以不那麼擔心。

　　然而這種自信差點兒要了我的命。一次我發現一棵不太高的木瓜樹的頂端掛着一顆黃澄澄的果子，我便迅速爬上去把果子摘下，落地後抱着木瓜剛要離開時，突然從不遠處的一棵大芒果樹後竄出一個果農，他手持一把明晃晃的長刀，向我奔來，眼看離我只有幾步之遙。我手裏抱着一個大木瓜，根本跑不快。我聽到他的腳步聲就在身後，我條件反射地急轉身把手裏的木瓜砸向他。我正要拔腿再跑時，他猛地把手裏的刀子擲向我，刀尖刺到了我右大腿的後部。此時正巧那個果農被樹枝絆倒，我得以乘機逃脫。我拖着鮮血直流的右腿，來到我常去的一條溪流邊，先洗去傷口的血，又到太陽下把傷口曬乾。萬幸的是，刀刺得並不深。爾後一段時間，我沒敢再去果園裏冒險。

　　在山裏，我時不時碰到一個採中藥材的人。有時樹林的響動引起我的警覺，接着就看到一個揹着竹簍子的人。我們相互注意到對方時，都會不自覺地停下來，朝着對方看一會兒，然後各自走開，從來沒有交流過一句話。我觀察到這個採藥者手裏總是拿着一根棍子，用來驚跑毒蛇，並用它來試探叢生的蕨類植物下是否有坑洞，以免不小心踩空掉下去。

　　在山裏探險時，也經常碰到流浪狗或者流浪貓，此時我就特別興奮，招呼它們到跟前來玩。它們大多骨瘦如柴，常常到附近的村莊去尋找食物。其中一隻流浪狗與我成了形影不離的好朋友，它用舌頭舔我，我走到哪裏，它跟到哪裏。我到果園偷水果時，它就在一邊給我站崗放哨，它有靈敏的感官，可以早早發現有人來，立刻急速扭動身體搖動尾巴，這是告訴我：快跑！

　　這些流浪狗和流浪貓跟我結下了深厚的友情，也給了我一種天真的情感，讓我對所有的動物懷有一種摯愛，當然我還是怕那些蛇類的爬行動物。黑夜裏，我聽見附近有貓叫，就到叫聲的黑暗處去尋找。即使黑夜讓我害怕，傳說中的鬼靈使我恐怖，我也壯着膽子

去找尋那隻陌生的無家可歸的貓。

偶爾，山裏也有華南虎來光顧。它們捕捉遠處山村人家的水牛，把吃剩下的水牛拉到山林深處藏起來，等肚子餓時再來享用。每當聽到有水牛被老虎拉走的消息，我總是很興奮。我在山裏看見過水牛的骨架，期待着能碰見一隻大老虎。我憧憬着一隻猛虎會成為我的好朋友，到那時我誰也不怕了，什麼事也嚇不倒我啦。

母親休父

三年中學就這樣很快過去了。我的學業成績一直優秀，周末的時候還常到山林裏玩耍。父親和我始終保持着這種契約關係：我努力學習取得好成績，他給我飯吃，給我地方住，我們之間不存在什麼親情。我的哥哥和四姐都已經離家到外邊自己謀生，家裏只剩下我和父親、母親三個人。這些日子伴隨我的就是孤獨。

母親平時很少跟我說話。一天下午，她來到我的房間裏，表情嚴肅，不像是平時要來傳達父親的訓斥的樣子，我有些惶恐不安。此時父親還沒有回家。

「孩子，我想找你談談，」她說道。她的眼神充滿着慈愛與憂傷，這更讓我感覺到事情不尋常。平時母親來跟說話時，大半都是傳達父親的命令，或者代表父親來訓斥我。母親總是那麼平靜，好像例行公事那樣，跟我說話很少帶有感情，也難見她的笑容。

常然，也有例外的時候。我們住在南京貧民窟的時候，母親一個

母親 47 歲時攝於香港

人管我們一羣孩子，她有時着急會大聲訓斥我們。來到香港與父親一起生活後，有幾次母親與父親激烈爭吵，他們差點兒動手打起來。我來香港後，不時看到他們吵架。一次他們都有些情緒失控，父親要動手打母親，我趕快上去抱住父親不讓他動手。在情感上，我跟父母親始終有種距離感，幾乎可以說是個局外人，所以在他們爭吵時，我也沒有想站到誰那一邊。儘管如此，他們每次吵架，都對我衝擊很大，讓我感到家裏的氛圍很不正常。

所以，當母親跟我說道「我想跟你談談」時，不是她這句話讓我感到驚愕，而是她說話的語調和表情。母親的眼睛充滿着哀傷，帶着關愛與傷痛。我很少看到母親這個樣子。

「您想說什麼，媽媽？」我順從地說道。

母親又往前走了一點兒，仔細看了看我桌子上的書，又彎腰摸了摸我門口的鞋子，然後坐在我的牀上，眼睛直瞪瞪地看着我，讓我有些緊張。

「我決定離開你爸爸，離開這個家，離開我過去三十多年的生活，」母親直截了當地說，「我想開始一種新生活。孩子，你不反對吧？」

母親平靜而堅定的語調告訴我，她已經下定了決心。

我也知道，自己無法改變大人的決定。而且我也一時搞不清母親的話到底是什麼意思。

是的，母親要離開這個家，毋庸置疑。但是母親有太多太多的心裏話沒有說出來，我也不敢細問。母親最後一句話，似乎在徵求我的意見。此時此刻，我也必須有個反應，要向母親表達一下我的態度。

但是，我又能說什麼呢？我也不便問母親心裏到底是怎麼想的，對父母親的婚姻關係也只是了解些表面現象。

有幾分鐘的時間，我低着頭一聲沒吭，最後也沒有多想，結結

巴巴地說道：「不，我不反對……。您之後要去哪兒？」

「我要搬到九龍的一家神學院。到那兒後，我生命的一切都交給上帝了。」

母親出生於山東農村的一個篤信基督教的家庭。她的父母接受了美國傳教士的洗禮，終生在當地農村傳教。母親的姐姐——何琳阿姨也是個虔誠的基督教徒，從 1947 年到 1950 年，我一直跟何琳阿姨在上海生活。有幾次父親跟母親吵架時，父親破口罵道：「你父母就是洋鬼子的走狗！」

所以，儘管母親的決定聽起來如同一聲炸雷，然而讓我吃驚的不是母親決定去服侍上帝。我感到困惑不解的是母親所說的「離開」到底是什麼意思，特別是專門到我的房間跟我說這句話，這更令我困惑不解。

母親所說的「離開」是不是要跟父親離婚？這是否意味着我今後再也看不到母親了？當父親被逮捕去蹲監獄的時候，我總是在想：「父親離開了我們。」可是，父親是被強行帶走的，而母親這是自願離開的，她要住進一個神學院去。母親並不是犯了什麼罪而去蹲監獄呀！

在這個時候，我不由自主地胡思亂想起來，滿腦子都是這樣那樣的問題。這些問題似乎都是無用的，而且有些可能根本沒有答案。越想得多，就越覺得無助，越感到絕望。

可是，母親的話還沒有說完。

「我不是一個好母親，」她接着說道，「我希望將來有機會來彌補這個缺憾。」

我一下子驚呆了。

母親如此坦率地自我批評，還說以後要彌補，我不知這話是從何說起，一下子激起我內心深處的情感，眼淚奪眶而出，不禁哽咽起來。此時我真想緊緊地擁抱一下母親，可是我呆呆站在那裏，整

個人癱瘓了似的，一動不動。

母親見我沒有反應，一定會感到傷心失望。她站起來，展了展她那淺藍色的旗袍，對我微微笑了一下。

「好吧，孩子，我希望你今後常到神學院來看我。」

就這樣，母親走了。

1954 年，母親經歷了三十多年的婚姻，生育了六個孩子，可是在她的名下沒有一分錢的家產。她提着一個小行李箱，裏邊只裝着幾件平時換洗的衣服，走出了我們香港新界的家，終生不復見父親。

很多年以後，我聽說母親的婚姻很久以來都不幸福。上個世紀30 年代末，那時候我還沒有出生，一家人住在上海，母親從三樓跳下自殺。最後她還是被搶救過來了，但是摔斷了脊骨，右腿也嚴重骨折，留下後遺症，這條腿走路時有點兒瘸。這件事成了當時全國各大報紙的頭條新聞，報道說一位政壇新星因桃色事件導致其妻子自殺。此事弄得父親十分狼狽難堪。

母親從來沒有提過這件事，父親自然也不會說。姐姐哥哥們還記得當時報紙上的大標題，幾十年後大家相見，回憶家庭往事時，他們跟我提到過此事。

母親對父親不辭而別。那麼父親下班回家時，我責無旁貸，就得把這個不幸的消息告訴父親。

「你媽媽呢？」父親下班回到家裏，一邊進門坐下，脫掉自己的鞋子，一邊問道。

「她走了。」我簡單地回答道。

「走了？啥意思？」父親瞪着眼睛看着我。

「媽媽說，她要離開你，離開這個家，到一個神學院去，不再回來了。」

父親的臉色頓時變成死灰色。他沒有再往下問，一聲不吭。從

他的表情看，他似乎想要殺人。他的臉因憤怒而扭曲，咬牙切齒，兩眼冒着兇光。

此時此刻，父親最不能忍受的可能是被羞辱。古往今來，只見狀元休糟糠妻的，哪有原配夫人休狀元的？父親擁有着輝煌的教育背景，又有過顯赫的官位，現在他等於說是被母親休了，父親是個典型的死要面子的傳統知識分子，這對他來說真是奇恥大辱！

那天晚上我空着肚子上牀睡覺了。第二天早上，父親給了我幾片麵包和一些黃油，一句話沒有說就上班走了。

一星期後，父親沒有驚動鄰里，帶着我搬出了新界的家，住到他在九龍的辦公室去。那裏是鬧市區，過個海灣就是香港島。

這些年來，父親從部長官邸落到以辦公室為家，八口人之家只剩下我們兩個人了。

書局小屋

在我來香港的前一年，父親就被聘為香港中華書局的總編，手下還有四個職員。父親的辦公室位於九龍塘的一個高檔住宅區的一棟中型的寫字樓裏。這棟樓共有三層，公寓式結構，二樓是就是中華書局香港分局的編輯部。

二樓的大客廳是所有編輯部人員辦公的地方。每天上班的時候，編輯們伏案工作，編纂詞典，編輯雜誌，校閱文稿。父親是總編，他的辦公桌最大，放在客廳的一端，面對着四個編輯，監視着四個編輯的工作狀況。

書局所在的這套房子共有三個臥室，每天下班後只有一個編輯回家去住，其他人都住在這個套房裏。父親佔有一個臥室，媽媽沒有離開之前，他每天回家住，閑置沒用。還有一個年長的編輯也是獨用一間，他是個大書法家。第三間臥房給兩個年輕的編輯共用。

即使父親是他們的上司，帶着自己十幾歲的兒子在這裏長期居住，也給其他編輯帶來了不快。他們都不理睬我，似乎不存在我這個人一樣，以此來表達他們的不滿。我也意識到這一點，儘量避免碰見他們，每天放學後就躲在一個角落裏邊不亂走，周末的時候也想方設法不讓他們看見我。

這套房子的後邊，有個小小的儲藏室，成了我避開旁人白眼的安樂窩。

這個小房間本來是用作僕人的臥房，書局搬來後就在這裏藏書，主要是用來堆放那些非正統的書籍。這些書有小說、民歌、神話、雜劇、遊記、鬼怪故事、武俠傳奇等，還有美國發行的《生活》《國家地理》等大眾雜誌。這些都是經典之外不入流的東西，供普通大眾消遣娛樂時看，可能被認為是些低俗讀物，所以才堆到這個小屋裏。書局辦公室的書架上則是擺放着整整齊齊的裝幀考究的經典著作。可是這個小屋裏的所謂低俗書籍深深地吸引了我，我津津有味地一本一本翻看，真是引人入勝，美不勝收。

在我發現父親辦公室裏這個小天地之前，從來沒有人跟我說過哪些書有趣，哪些雜誌好看。老師沒有說過，同齡的朋友也沒有說過，當然父親也不會告訴我。

在沒有發現這個小屋的寶藏之前，學校要求我們讀的全都是傳統的經典作品，大都是些說教式的文章，也有一些是哲學著作，全部都是古文。對於青少年來說，閱讀這些書籍實在是痛苦。即使只有幾頁的古文，也有大量不認識的漢字，你得一個一個去查字典，真是耽誤工夫。有些漢字查起來還真費勁兒，先得搞清楚它的偏旁，還得數准它的筆劃，一不小心就會前功盡棄查不出來。即使有幸查到了這個漢字，也不見得能正確理解它的意思，因為古往今來，一個漢字往往有多種意思，要搞清楚它在特定的上下文到底作何解釋，也頗費周折，有時弄錯了，自己也不知道。

閱讀古文還有別的障礙。古文的語法結構跟現代漢語差別實在是太大，而且不同歷史時期的古文的語法結構也有差別。這些內容老師一般也不講，估計他們也不知道，學生得通過大量閱讀來自己感悟。如果學生理解錯了，老師只會大聲地呵斥，甚至還要體罰學生。

以前我總是覺得閱讀是件痛苦的事情，只有那些自我虐待狂才會一天到晚去背誦那些連自己都不知道啥意思的古文。我也很困惑，為什麼普通人要把美好的時光浪費在這上面？為何必須閱讀這些學究式的說教文章？世上這麼多有趣的知識，老師為何不讓我們接觸呢？

這間髒兮兮的小屋成了我的家，我每天在這裏做作業，溫習功課，還瀏覽了所堆放的各種書籍雜誌。小屋給我洞開了另一個世界。我有時眼睛盯着牆老半天，思緒陷入夢幻狀態。雖然空間窄狹，我呆在裏邊有種安全感，也覺得很愜意。很奇怪，陳舊圖書的霉味能夠平復我的心情，它們似乎因為我的出現而重新獲得生機，成了我精神世界的朋友。

在上海生活期間，有時到海港參觀，望着那遠洋輪船，憧憬着將來到很遠很遠的地方去。那時想像中的「遠方」只是些朦朦朧朧的抽象概念，不知道在哪裏，也不清楚什麼樣子。現在我身處這個小屋子裏，一切都變得那麼形象具體，我夢想着有一天去中國西部的大草原馳騁，去澳大利亞的大堡礁潛水，去非洲的熱帶雨林探勝，去亞馬遜河流域的神祕叢林裏獵奇，去美國的國家公園裏爬山。這些閱讀放飛了我的想像，給了我無窮無盡的樂趣，讓我的探險精神馳騁在世界各地的自然景觀之中。

父親從來不問我讀什麼書籍，也不管我做什麼，只要我的考試成績優秀，他就不管不問我的事。

父親經常在晚上和周末外出，我也不知道他出去做什麼。父親

晚上回來的時候，我常常已經進入夢鄉。我是睡在書局的辦公室裏，從軍用品商店買了一張摺疊牀，白天就收起來放到一個儲藏室裏，晚上睡覺時再拉出來打開。

高中時代的風華

住在父親的辦公室裏，真是好處多多。在這裏，我除了發現閱讀的樂趣，還在身體上和心理上都有了健康的發展。

出版公司給編輯部的福利補助很慷慨。他們僱了一個很能幹的女助理，她就像一個不知疲倦的蜜蜂，一天到晚忙這忙那。她負責打掃衞生，給地板打蠟，總是保持辦公室窗明几淨。辦公室的書架裏珍藏了一套《四庫全書》，這位女士每天都要撣一撣書架上的灰塵。這套書可是中華文化的大百科全書，全是老版線裝的，這可是中國傳統文人的瑰寶。

這位女助理的廚藝也很了得，這對我來說可事關重大。每天一大早，她就把豐盛的早餐準備好了，有各種時蔬，有煎蛋，有蘿蔔蕪菁泡菜，有糖炒花生米，有臘豬肉片，有芝麻油米醋拌黃瓜，主食還有白米粥、各種糕點等。各種美味佳肴滿滿地擺了一大桌。中餐晚餐還變花樣，提供各種湯類、蔬菜、肉食、海鮮等。而且，還不限量，誰想吃多少就吃多少。每天這位女士都要到露天菜市場採購新鮮的食材來烹製。從小到大，我從來沒有享受過這樣的美食，每頓飯都吃到塞不下為止。對我來說，每餐都是滿漢全席，每頓都是盛宴招待。

吃這些營養豐富的食物給我的身體帶來了不少戲劇性的變化。其中一件事情是，我的頭髮變了。從小到大，我的頭髮總是乾燥發黃，發梢分叉，蓬頭亂髮，難以梳理。高中之前，跟同齡小朋友相比，我的身材又瘦又小，頭髮總是亂七八糟的。我總是羨慕那些富

有家庭的男孩子，他們的頭髮又黑又亮，總是梳剪得整整齊齊的，這讓他們看起來聰明伶俐。我那時想，自己就是天生髮質不佳，真倒霉！

在父親的辦公室吃了幾個月的免費大餐後，我的頭髮也變得茂密黑亮起來了，這讓我看起來也像個聰明伶俐的孩子。我的頭髮有了自然分泌的油質，不僅看起來烏黑閃亮，也容易梳剪成各種髮型。從此不再像街頭頑童的樣子，我對自己也變得更加自信，自我感覺好了不少。

我的個頭也開始猛躥。原來即使跟整體個頭偏低的廣東小孩子比，我也算是比較矮小的。可是搬到父親辦公室一年半之後，我的身高從不到 1.3 米一下子躥到 1.82 米，從一個侏儒變成了一個大高個兒。

不論在學校裏，還是走在大街上，我成了引人注目的人物，就是因為個子高。高一時上體育課，在班上籃球比賽中，我是打中鋒，蓋帽搶球都很厲害。每次我們隊發起進攻時，對方隊員往往會大喊：「注意那個大個！注意那個大個！」

兩周寒假過後，我們開學那天，喜歡挖苦人的丁老師一眼看到我，開玩笑地說道：「李訥，你這是怎麼搞的？到底是吃什麼神奇的增高藥了？還是去練什麼增高的功夫了？老老實實交代！」

惹得同學們哄堂大笑。丁老師身高不到 1.6 米，同學們背後給他起了外號叫「丁矮子」。

我俏皮地回答道：「丁老師呀，是我的內功在發力，因為我天生有志氣，不甘心一輩子當矮子。」

全班沸騰了。

丁老師也忍不住笑了，又半開玩笑地說道：「李訥，你嘴巴也變巧了，很機智，很幽默嘛！不過，這可辜負了你爸爸給你起名字的良苦用心，你現在應該叫『李善言』啦。」

　　跟其他華人學校一樣，學生要尊重老師。但是在我們這個學校裏，有這麼一種風氣，學生機智回答老師的問題，有時帶着揶揄嘲笑的意思，老師不僅不生氣，甚至還會很欣賞這個學生。

　　丁老師跟我開玩笑後，就把我的座位從班裏的第三排調到最後一排，為了避免上課時我擋住後面的同學看黑板。

　　頭髮變黑了，個子長高了，我的心理也發生了種種變化，其中之一就是童年的恐懼症也慢慢消失了。我也不再那麼害怕鬼了。那時我想，市區裏邊不見墳墓，自然鬼就不在這裏出沒。而且市裏邊的街道，晚上也是亮堂堂的燈光，鬼也在這裏無處藏身。

　　巨石滾落的噩夢現在也不做了。每天晚上，也能睡得香了。經過一天緊張學習，晚上剛躺到摺疊牀上就睡着了，逐漸也忘記了害怕。每天早上六點鐘，那位女助理就把我叫醒，讓我把摺疊牀收起來，她開始佈置早餐。

　　我雖然個子長高了，但是長得像個豆芽菜似的，還是很瘦。似乎我吃的東西都用來增加身高了，卻沒有讓我變得壯實。

　　儘管我個人的身體條件變得優越了，可是與學校裏的其他同學還是不能融合在一起。我就讀的是私立高中，學費昂貴。經營這所高中的老闆姓林，他開辦的學校包含從幼兒園到高中的各個年級，他也是學校的名譽校長。林校長同時還經營着一家銀行，利用數以千計的學生繳納的學費運營他的銀行。他創辦的學校和銀行一牆之隔，整天在這兩個地方穿梭忙碌。

　　每個月的第一天，學生本人或者他們的父母都要到學校的財務處排隊交學費。一天我和同學們看到林校長抱着一大包錢幣，快步從學校財務處出去，搬進他的銀行去。我情不自禁地說道：「呀，那不是林校長嗎？他把我們的學費搬到他的銀行裏生錢，迅速肥了自己。」

　　我說的不是什麼風涼話，事實也是如此。林校長一手辦教育，

一手經商，迅速積累起來了大量財富，成為上個世紀 60 年代香港的一個企業大亨。這個時期的香港正處於經濟轉型的過程中，由原來殖民者壓榨剝削式的經濟模式，逐漸轉變為英聯邦中半自治的自由市場體制。

每個月到了交學費的時候，父親總是一臉的不高興，反覆提醒我花這麼多錢，一定要發奮學習。父親要求的是，我要在學業上出類拔萃，才能對得起他花這麼多錢。

父親總是在我耳邊嘮叨，我們很窮。我也不知道他作為中華書局的總編月薪是多少，更不了解他的經濟狀況到底如何。在我的同學眼裏，我的經濟條件是個謎，這樣就很難跟他們打成一片，富孩子可能覺得我很窮，窮孩子可能覺得我家庭背景很不一般。

一方面，我住在城市裏的高檔住宅區，那裏的人家大都有私家汽車，每天孩子上學都是車接車送。在那個年代，有車的人家都得專門僱一個司機，幾乎無人自己開車。

另一方面，我每天都是步行上學，外表上看起來是個地地道道的窮人家的孩子。我穿得寒酸，沒有零花錢，從不參與課外的社會活動，因為這些活動都得額外花錢。最奇怪的是，不論是學校的父母接待日，還是學校的對外宣傳日，我都沒有任何家人來學校參加活動。父親覺得自己高人一等，不屑於參加這種庸俗的活動。更糟的是，同學們都很喜歡談他們的家庭，而我對自己的家庭則閉口不談。在我心裏，關於父親的任何事情都不想說，不論是好的歹的都不想提。

我就是個徹頭徹尾的怪物。

可能有些同學會認為，我就是個孫悟空，是從石頭縫裏蹦出來的，無父無母。我的怪異生活狀況很影響與其他同學的正常交往。我也很看不慣那些富家子弟，他們處處顯示自己有錢，總是表現出優越感。

　　學校規定每個學生都必須穿制服上學，但是制服布料是不一樣的。富家子弟穿的都是高檔布料做的，衣服不打皺褶兒，看起來光澤有型。但是學校中午放學時，也不難發現有些窮人家的孩子穿的衣服布料很差，皺皺巴巴，色澤暗淡，看起來軟塌塌的，沒有形狀。

　　富家子弟不僅穿得好，而且都還有似乎花不完的零用錢，常買小食品吃。吃零食也是那個時候中學生中新興起的一種時尚。各種商業廣告推波助瀾，美國生產的可口可樂開始成了時尚飲料。學校裏的三個食品店都有可樂賣，商家都是盯着那些富家子弟的口袋裏的錢。富家子弟的一大共同點就是愛買零食吃，只見他們課前、課間、課後總是不停地在吃，似乎始終都吃不飽。他們一手拿着一罐可樂，一手拿着一個肉包子，邊走邊吃邊喝，越是碰見人越是吃得香。完全沒有零花錢的窮孩子則是少數人，他們的眼光儘量避開這些富孩子的吃相，免得讓別人覺得眼饞羨慕。

　　這些富家子弟學習成績一般不佳，他們是用吃來炫耀自己，求得一種心理上的平衡。不知道是為什麼，那些愛吃零食的孩子往往學習成績大都不太好。高中三年，班裏學習成績最好的同學，有來自富家的，也有來自窮人家庭的，但是他們都不貪吃零食。我一直想不通，到底是一個學生因愛吃零食才學習不好，還是因為學習不好才愛吃零食？

　　富家子弟學習也離不開錢，不過他們也只能在數理化上考試及格而已。我們學校對學生的要求特別高。老師們每天給學生佈置大量的作業，強迫學生做那些刁鑽古怪的數理化難題。語文課和歷史課的考試內容超多，很多學生在規定的時間裏都答不完考題。數理化考題中，有一成試題難得連授課老師都不容易做出來。考試如同戰場，全年級的同學相互廝殺，爭奪為數有限的優秀成績。六十分以下就是不及格，同學們都非常害怕功課不及格。時不時就會聽

說，某個學生因學業成績不過關而自殺的。十幾歲的孩子很難承受因學習失敗而帶來的羞辱和折磨，他們的父母也會覺得很沒面子而在鄰里之間抬不起頭。

學生在學業上競爭激烈，促使課後家庭輔導行業產生。這樣家長又是要花一筆錢，可是給老師們創造了掙外快的機會。學校的老闆剝削得很厲害，中學老師的薪水不算高，他們課後輔導學生來增加收入。學校每天下午四點半放學，那些學業成績不佳的富家子弟都到相關課程的老師家裏補課，他們在一個老師家補完這門課，又到另一個老師家補別的課，進進出出，一直到晚上七八點鐘才能回家。老師們主要是幫助這些學生做作業。補課中，那些老師會直接或者間接地把下次考試的內容透露給學生一部分。結果，這些天天補課的富家子弟在每次考試之前都已經知道了考試的大半內容，不用擔心會考試不及格。

雖然那些老師賺課後輔導學生的錢，但還是把握住一個分寸，並沒有完全喪失良心而腐敗掉。即使最貪財的老師也懂得保持一個平衡，賺外快不能完全忽略公平。他們給補課學生透露的考試內容有限，只能保證這些學生不至於考試失敗，但也不會讓他們拿到優秀的成績。換言之，一個學生想得 90 分以上的好成績，還必須靠自己的天賦與勤奮。

要想取得本年級最頂尖的分數，一個學生必須有充分的學習動機，高度自律，堅持不懈的毅力。我們班的第一名高中畢業後去了加州理工學院讀書，獲得數學博士。我們班的第二名就是崔琦，他於 1997 年獲得諾貝爾獎，現在普林斯頓大學任教。第三名後來成了國際知名的神經手術醫生，在波士頓的一家醫院工作。

我每天下午 5 點回到父親的辦公室，這兒就是我的家。晚飯後還要學六個小時左右。除了半個小時用來吃晚飯，其他時間都是在那間小屋用來做功課。到了晚上 11 點鐘，實在頂不住了，才去睡

覺。周末或者假期，這是我瀏覽課外讀物的好時光，每天都漫遊在
知識的海洋裏。

每到考試的時候，就得更加努力。

從考試前的兩周開始，每天晚上都要學到眼睛打架睜不開的時
候，才去上牀睡覺。即使學到視線已經變得模糊的時候，我也揉一
揉眼睛，堅持再學一會兒。我們年級一共有 160 個學生，不論我多
麼努力，我的學習成績始終沒有進入前 5 名，總是在 6 至 10 中間
徘徊。我的學業成績始終保持優秀，但沒有當過班裏的學霸。

學生的考試成績和排名都是公開的。每個人都知道其他人的學
習情況。老師們和學校的管理者通過各種渠道，讓人們都了解各個
學生的成績排名。

每個學期的第一節課，如果哪些學生的考試成績名次上升了幾
位，老師就會面對着全班同學表揚他們進步了，鼓勵他們更上一層
樓。如果哪些同學的學習成績排名掉下來了，老師就極盡挖苦之能
事，在全班同學面前羞辱他們。在這時，老師的興致不是去鼓勵那
些學習進步的同學，而是去羞辱挖苦那些成績滑坡的學生。一次，
我們的歷史老師「丁矮子」在開學的第一天挖苦道：「很遺憾，上
個學期楊振海的成績從三十名下沉到四十名，我希望他這個學期能
夠繼續『振海』，但是要像一條龍那樣翻江倒海，而不是像一條蛇
那樣再往下出溜。」

全班同學哄堂大笑。丁老師很幽默，很機智，拿楊振海的名字
開涮。

如果你的成績一般或者位居下游，你就得學會忍受來自老師和
同學們的取笑甚至羞辱。這是整個學校的一種文化，被羞辱的學生
既不能反抗，也無處說理，因為學校裏從領導到普通老師再到廣大
學生，都崇尚認可這種公開學生學習成績的文化。如果不幸你是個
平庸的學生，你就得把心理上的傷害深深隱藏起來，接受你被鄙視

的現實。一般來說，在高中階段成績墊底的學生，他們畢業進入社會後也是生活在社會下層。這些學生的心靈創傷一生難以癒合，往往會自暴自棄，認定自己生來就是窮命是賤骨頭，供人嘲笑娛樂的。這些學生從中小學開始已經接受了這個殘酷的現實，所以當老師在全體師生面前取笑他們成績差的時候，他們很少傷心流淚，也看不出有什麼難過的表情。他們呆呆坐在那裏，聽着老師和同學們的嘲笑。

華人創辦的學校，都是以考試成績判斷一切，而忽略了天生智力類型的差異。然而在西方的世界裏，各種智力類型都能得到同等尊重，有人天生會讀書，有人有體育天賦，有人善歌舞，有人會管理，有人長於言辭，他們長大後可以在各個行業人生出彩，也使得整個社會豐富多彩，充滿着活力。然而，在華人世界裏，很多有其他天賦的學生往往被扼殺了。

我們全年級有 160 個同學，分成四個班，兩個是理科，兩個是文科，每班都有自己的教室。理科班跟文科班完全分開，老師不一樣，教學大綱也不同。分班的標準不是按照學生的學習興趣，而是按照他們的入學考試分數。入學考試成績前 50% 的同學組成兩個理科班，剩下的就成了文科班。文科班的學生比理科班的每天提前一個小時放學，因為文科班學生每周只有 5 個小時的數理化課，而理科班的則要上 11 小時。那時每周上六天課，星期六只上半天課。如果理科班的學生成績不佳，就有可能被趕到文科班去。而文科班的學生則很少有機會升格為理科班，在我讀書的那些年，這種情況從未發生過。

文科生和理科生的成績排名也是分開的。文科學生可能終生擺脫不了「二等公民」的身份。一般來說，文科生相對比較溫順聽話，行為收斂，人生目標也比較現實。學校裏總有一些出格的學生，他們敢於挑戰老師，甚至諷刺挖苦老師，不用問，這些學生幾

乎都是理科班的。理科班的學生往往擁有更遠大的理想，更有可能取得更高的成就。

然而，文理科這種涇渭分明的區別，特別是重理輕文現象，是二戰以後才出現的。那時到國外留學的學生，絕大部分都是學習理工科的。二戰前並沒有這種現象。父親讀書的年代，文理科並沒有什麼區別，拿到獎學金到海外留學的學生，學習理工科的和學習人文社會科學的，差不多是一半對一半。然而二戰後，中國人開始有這樣的信念，國家要發展首先需要理工科的知識技能，那麼學習這種專業就會有更好的前途。如此一來，那時的教育體制就自動地把重點放在理工科上，而根本不考慮學生的個人興趣。

父親心裏期待我將來走入政界，對理工科從來不感興趣，然而他也受當時偏見的影響，也很高興我能被分到理工科班。

探望母親

父親常常周末外出，我就徒步到附近的居民區看看。父親也許不會反對我這樣做，但是我還是選他不在時才到外面去逛逛，因為害怕惹他生氣。

其實，父親辦公室周圍的高檔住宅區也沒有什麼好看的。很少見到行人，每家都是被圍牆圈在裏邊。當路過一家住戶門口時，我的腳步剛一慢下來，還沒來得及看一眼院子裏的究竟，就會有一條大狼狗竄向門口，向我狂吠。這些看門狗都很兇猛，跟我在新界農村碰到的那些流浪狗完全不同，它們大都溫順可愛。這是不是傳說中的「狗仗人勢」？我想，這個高檔區裏的戶主大概跟他們的看門狗一樣，面目猙獰可怕。

通常我都是漫無目的地隨便亂轉，到底走了多遠也不清楚，只要確保自己還能記得回去的路就行。路上碰見一所名叫「瑪麗諾」

女子中學，是天主教會辦的，學校的建築風格和園藝設計令人耳目一新，與單調的柏油路和一戶戶被圍牆圈起來的住宅形成了鮮明對比。這所中學看起來像個公園，順山勢而建，深谷溪流橫穿校園，一派自然風光，成了新界一處誘人的去處。

　　我剛到香港的那幾個月，一個人遊蕩在荒山野林之中，那時雖然也害怕，但是充滿着自信。現在身處都市內安靜的住宅區，到外邊走一走，總是謹小慎微縮手縮腳的，已經失去了童年的膽量。出來走走，總是覺得膽怯，處處謹慎，我不再是以前那個野孩子了，不再是那個在國民黨敗退時期在上海街頭逛游看熱鬧的小男孩，也不再是在南京貧民窟跟小夥伴一天到晚尋找刺激樂趣的小男孩了。在南京貧民窟時，我總是提議做那些冒險的事，帶着大家膽大妄為，其他小朋友都叫我「冒失鬼」。在上海，何琳阿姨總是提醒我小心一點兒，聽話一點兒，因為我總是愛在大街上瞎闖。「溫順的人有福氣，因為他們將擁有這塊土地，」她給我念《馬太福音》上的這句話。然後她又繼續說道：「現在人們發明各種新式武器殺人。他們冷血無情，對自己的暴行沒有任何懺悔。記住，小心沒有大錯！」

　　那時，我也不大懂何琳阿姨的話，也不在意她的勸誡。然而，自從來到香港，經歷了當地學生的霸凌，遭受了父親的家暴，我慢慢害怕起來了。現在，住在父親的編輯部，周圍的居民區既安靜又安全，可我這個時候反而時時記起何琳阿姨的告誡，到附近閑逛時，心裏總是有點兒緊張。

　　父親從來沒給過我一分錢，我不能坐公共汽車到九龍和香港的商業區去，自然也不能去看電影，不能去探訪同學，不能買點零食吃。

　　我步行能到的最遠去處就是母親所在的神學院。

　　我每個星期去看望一次母親，但是從不告訴父親。母親離開

後，父親再沒有提過她。我覺得，父親也不想知道我去看望母親這件事。母親不辭而別，父親怒火中燒，這個火可能一直在他胸膛沒有熄滅。父親出生在山東農村，那裏的風俗是媳婦從來沒有離開丈夫的，更沒有聽說過一個上了年紀的婦女，身無分文，缺乏生活依靠，而獨自離家出走。也許父親跟他的好朋友在一起時，他會辱罵詛咒獨自離開的妻子。我也不清楚，因為自從搬到父親的辦公室後，我再沒有見過他宴請朋友的場合，他一切的社會活動都不在這個又是家又是辦公室的地方舉辦。我跟父親相處時，母親已經完全從他的生活中抹去，似乎他的生活中壓根兒不存在這麼一個人。

母親住在神學院裏，精神看起來很好，身體也很健康。我每次去看她的時候，服務員總是先讓我在門口的接待室裏等着，把母親叫出來跟我見面。我不知道母親每天都在做什麼，根據門口招牌上的「學院」二字，我猜想她是在研讀經書的。我見到母親時，我們的談話老是停頓。很多時候，我不知道該說什麼，母親也像往常一樣不多說話。

當然，在東方文化裏，幾個人在一起時，短時間的沉默是很正常的，大家並不覺得尷尬，也不需要擔心什麼。在簡樸的接待室裏，當母親和我誰都不說話時，我就低頭直瞪瞪地看着自己的鞋子。母親則一直注視着我，似乎在觀察我成長發育，注意到我漸漸長高了。她常問我在學校裏的學習情況，每次聽到我有學習進步時，她總是那麼高興。

我每次去看母親的時間都不長，但是我們之間的情感也漸漸發生着變化。我每次離開時，母親總是撫摸着我的肩膀，靜靜地看着我，眼神中充滿着無限的慈愛和關切，似乎有很多話要說，但不知從何說起，這種感覺是我以前在家裏的時候從來沒有過的。只有母親來到這裏後，我才深深地感受她對孩子那種摯愛，這種愛無法用語言可以表達。

只有在父母分開時，我才體驗到深厚的母愛，這是我終生的財富。

父親的政治狂熱

1955 年夏季，我馬上就要 16 歲，秋季開學就要上高二。這個時候，我與父親的關係發生了一個戲劇性的變化。

在此之前，我和父親從來沒有對過話，都是他下達命令，我無條件服從。這是我們二人之間一直以來不變的關係。就像我前面說過的，我們之間的關係如同一個契約：父親提供飲食和居住條件，我得用優秀成績來交換。

就在我即將讀高二的這個暑假，父親專門安排了一個時間坐下來跟我談心，而且就像學校上課一樣，每星期好幾次，每次談話都拉得很長。所談的內容都是圍繞着政治，什麼政治大事啦，什麼傑出政治家啦，無所不談。我不清楚父親為何突然跟我談這些問題，也許是他覺得我已經長大了，應該對這些政治話題感興趣了；也許是他缺乏聽眾，心裏憋着很多政治觀點，想找一個人傾訴一下。

開始的時候，總是父親一個唱獨角戲，他一直說，我靜靜地聽。我對這些話題沒啥興趣，但是作為兒子，只能當這個唯一的聽眾。但是，這樣幾個月下來，我也有了些關於這個話題的基本知識，逐漸明白政治和政治家打造了這個時代，影響着每個人的生活，我的好奇心上來了，逐漸對政治發生了興趣。不久我就慢慢不再是被動的聽眾，開始與父親互動，向他提出一些問題，詢問他講話的內容，而且我還自己找些歷史書籍來看，常能給父親的觀點提供一些相關的史料。

我開始積極發言，父親十分高興。在此之前，父親總是不捨得花錢給我買衣服，甚至給我買學習用品他都十分吝嗇，但是此時他

變得反常地大方，給我買各種報刊、雜誌、期刊、傳記、專著等，都是關於二十世紀政治大事件和傑出政治家的。我也着迷這些讀物，父親給我買什麼，我都津津有味地閱讀。

父親發起的這個政治談話系列，也使得我們之間的關係向良性方面發展，不再有憤怒和仇視。我們之間的關係迅速變得比較平等了，長輩的威權不見了，大人的話也可以挑戰了。這樣一來，我們有了共同的興趣，經常談論第三世界的狀況以及國際矛盾。令人不可思議，父親和我可以熱烈地辯論一個話題，大家都可以據理力爭。有時對同一歷史事件的評價，我們的觀點不一致，雙方激烈地爭論，父親也不介意我持相反意見。比如父親認為英國還是世界舞台上的一個大國，而我則認為，隨着英國殖民地紛紛獨立出去，它已經變成一個沒落的帝國。父親又認為美國雖然經濟實力雄厚，軍事力量強大，但是因為缺乏經驗，也沒有智慧，所以很難作為世界領袖。而我則認為，未來的世界應該屬於美國的，因為它有美元，還擁有最先進的武器。

回顧這段時光，父親和我之所以熱衷政治話題，我們的關係之所以能夠改善，都與那個大時代背景分不開的。上個世紀 50 年代，世界格局發生了深刻的變化。二戰以後，世界各地的民族意識逐漸覺醒，國際政治舞台風雲變化，影響深遠的重大歷史事件一個接着一個發生，給歷史留下深刻烙印的政治領袖你方唱罷我登台，令人目不暇接。聳人聽聞的國際大事此起彼伏，觸動人們的心靈，誘發大家的興趣。這場政治大戲的主軸有兩個，一個是美國和蘇聯所領導的兩個政治集團之間的冷戰，另一個是歐洲在亞非的殖民地紛紛成為獨立的國家。

父親更關注中國和剛從殖民地統治下獨立出來的第三世界國家的情況，然而東西方兩個陣營之間的冷戰則是各種國際爭端的緣由。我們的話題始終圍繞着東西方的重要爭端和傑出的政治領袖。

　　在那個時代的著名政治領袖中，父親最着迷於埃及的納賽爾。他才 30 多歲，率領一支軍隊創立了埃及共和國，喚醒了埃及人民的民族意識，迫使英國 8 萬駐軍撤走，從而使得埃及從英國殖民地手中完全獨立出來。納賽爾繼續他的革命事業，於 1954 年號召泛阿拉伯地區起義，反對法國殖民者統治，從而激起了泛阿拉伯世界反殖民主義統治。

　　1956 年，納賽爾堅持不懈，奮力抗爭，與國際社會一道，譴責英、法對蘇伊士運河的入侵，最後挫敗了他們的陰謀。他一舉成為第三世界人民反抗殖民者的大英雄。在亞非人民的心中，納賽爾象徵着一種獲得政權的新形式。

　　父親高度讚揚納賽爾打敗西方殖民者在埃及的統治，他也許是羨慕納賽爾在自己國家政治舞台上的成功。我覺得，此時的父親也許改變了他的信念，筆桿子裏邊出不了政權，只有槍桿子裏邊才能出政權。

　　父親欣賞的另一個政治人物叫安東尼·伊登（Anthony Eden），他是丘吉爾的門徒，英國政壇上的金童。父親經常在我們的談話中提到伊登，他不僅是世界政治舞台上的一顆耀眼的新星，而且還是父親的校友，也是牛津大學畢業的。父親讓我讀伊登在 1938 年的著名演講，是反對張伯倫對希特勒綏靖政策的。當時英國主政者不採納伊登的意見，伊登則憤而辭去內閣成員的職位。伊登是英國歷史上最年輕的外交部長。

　　父親這麼喜歡伊登，可是他也許沒有意識到這裏有個諷刺性的對比。伊登憤而辭去英國外交部長的那一年，正好是父親加入汪精衛的日本傀儡政府的時候，而且父親恰好也是汪偽政府內閣的外交部長。當父親跟我談到伊登的政治勇氣時，我差一點兒脫口而出問他：「你為什麼不學習伊登，憤而辭去汪精衛傀儡政府的內閣成員？」

父親最欣賞的第三個政治人物就是印度尼西亞的明燈蘇加諾總統。蘇加諾是亞洲反殖民統治的英雄。他最大的業績就是驅趕走了統治印度尼西亞 400 多年的荷蘭殖民統治者，荷蘭人自從歐亞香料貿易以來，一直佔據着這塊土地，盤剝着當地的人民。趕走了殖民者後，蘇加諾就把印度尼西亞羣島上的數以千計的封建領地統一成一個大國。

1955 年，蘇加諾總統舉辦了著名的萬隆會議，議題是反對殖民主義，提倡民族獨立。與會的國家領導者大都是來自新獨立的亞非國家。父親認為萬隆會議是個劃時代的大事，它使得被壓迫被剝削的民族團結起來，讓西方殖民者陷入被道德審判的深淵，標誌着殖民時代的結束。我能感覺到，父親是多麼想成為這次會議的一個代表呀！

當談到萬隆會議時，父親慷慨激昂，這也是我第一次看到他如此激動，透露出他深藏於內心的政治抱負。當父親談到印度總理尼赫魯在會議上反殖民主義的演講時，他興高采烈，似乎自己就是現場的一個觀眾，給尼赫魯鼓掌，為尼赫魯叫好。父親對殖民者所犯下的累累罪行的強烈憤慨如山洪一般爆發出來，這超越了他一切的政治理念和抽象的政治理論。

「他的口才多麼雄辯！他的理想多麼遠大！第三世界人民一定能夠最終戰勝殖民統治者。尼赫魯和他的導師甘地，是第三世界人民的典範！」

父親的熱情讓我感動，也着實令我震驚。

我們談到蘇加諾時，父親脫口而出，蘇加諾在二戰時期也是與日本合作的，然而父親忽略了一個重要的事實，蘇加諾之所以要與日本合作，目的是要趕走荷蘭統治者。然而父親所在的汪精衛政府與日本合作，則是引狼入室，協助日本帝國入侵，讓異族來奴役自己的國家，背叛了自己的祖國。

跟第三世界的很多國家領導人一樣，蘇加諾獲得政權後逐漸變成一個獨裁者。在上個世紀 60 年代中期，他被美國中情局策劃的軍事政變推翻。

父親的心中只有政治和權力，也只有這個話題才能喚起他的熱情，也只有這才能讓他意識到身邊我這個兒子的存在。

心向共產黨

我們的祖國——中國，自然是我和父親談論最多的話題。

那時，生活在香港的中國人數以百萬計，不論是誰，每天都會處處感受到你是被殖民者。我們沒有資格獲得英國公民資格，當然也沒有英國公民所享受的權利，但是我們每年都要給英國政府交稅。上個世紀 50 年代，每到新年的時候，香港總督總是驕傲地宣佈，香港又給大不列顛的財富增長做出了巨大貢獻。西方所標榜的民主國家的一個好處就是，取之於民，用之於民，然而香港在殖民統治之下則是，取之於香港，用之於英倫。香港和九龍的山坡上，許許多多的人住在簡陋的棚屋裏。香港的學校，從中學到大學，都是私營的盈利性企業。不論是民生還是教育，都得不到英國政府的任何支持。

以前英國殖民者在一些公園門口豎立着這樣的牌子：「華人與狗禁止入內。」上個世紀 40 年代末，這類招牌被拆除了，這只是殖民者擺出的一種姿態，承認中國是二戰的盟國，也是四個戰勝國的之一。儘管英國殖民者不再做這種赤裸裸的歧視，但是他們仍然秉持着強烈的種族優越感，歐洲人和美國人繼續享受各種特權，把持着權利，控制着財富。在上個世紀 50 年代，香港社會仍然是白人至上，通往財富和權力之門總是為白人所開，而中國人則往往是被堵在門外。不論他們有無能力，做不做事情，白人總是很容易獲

得地位，擁有財富。

有什麼比這更令人憤慨？有什麼比這更叫人羞恥？一個民族在自己的國土裏，被異族視為劣等公民。

有一點很奇怪，香港的中國人，雖然因為政治的原因去不了大陸和台灣，不得已來到殖民統治下生活，然而他們並不想放棄中國公民的身份。這些人的政治傾向，有的是大陸的共產黨，有的是台灣的國民黨。隨着時間的推移，他們的政治立場也會隨着個人利益而改變。

儘管我的哥哥和兩個姐姐都生活在台灣，可是父親從來不提這個地方。他心裏很清楚，雖然蔣介石不知天高地厚地聲稱自己代表全中國，可是老蔣光復大陸是白日做夢。在台灣島上，蔣介石和國民黨在美國第七艦隊的保護下，可以苟延殘喘，但是不會有大的出息。父親認為，蔣介石已是一個被歷史遺棄的人物。

中國大陸則完全不同。

中華人民共和國建立 7 年後，共產黨政權已經在政治、經濟和社會治理方面取得了前所未有的成就，是中國近代史的一個奇跡。毛澤東主席和他的政府得到了廣大人民的高度信賴和支持。毛澤東、周恩來、劉少奇、朱德等國家領導人在人民群眾中享有崇高的威望。那時候人們普遍認為，中國歷史又進入了一個黃金發展時期。

那時候的人們都對國民黨統治時期的苦難記憶猶新，政府腐敗無能，社會動盪不安。新中國建立後，兩項政策深得民心，一個是普及教育，一個是公費醫療。舊中國在技術、經濟和工業上落後西方數百年，共產黨政府制定了各種大膽而宏偉的計劃，讓國家迅速富強起來。解放初期，國家一窮二白，缺乏基礎建設，面臨着巨大困難，中央政府仍然領導着全國人民朝着偉大的目標迅速邁進。

　　上個世紀 50 年代中期，許許多多的人相信，中國將再一次走向輝煌。普遍認為，共產黨統一了中國，國家獨立了，民族有尊嚴，各個領域欣欣向榮，朝着現代化的方向邁進。那時候的人們樂觀向上，富有奉獻精神，願意為國家利益而犧牲自己。

　　那個時候香港住着 300 多萬中國人。相當大一部分企業家、技術官僚和教育者都是解放前後從大陸逃來的，他們對大陸新政府持反對態度。可是父親則與他們不同。自從 1955 年後，父親開始心向新中國，讚揚共產黨治理國家的政策和取得的成就。父親為何會改變他對共產黨的態度，他從來也沒有跟我解釋過。

　　父親與蔣介石分道揚鑣後，曾與他的同僚計劃組織另一個新黨派，現在他也放棄了這個計劃，不再經濟上支持他的政治同僚。他深深地被共產黨所領導的新政府的巨大成功所折服。他以前曾經說共產主義是虛無縹緲的，現在再不這樣說了。他特別讚賞大陸新政府的高效管理模式，特別是號召調動羣眾辦大事的能力。在父親看來，共產黨的管理充滿着政治智慧。

　　「你不覺得毛澤東很了不起嗎？他消滅了地主階級，贏得了廣大農民的支持，提高了農業生產。」在一次我們討論當代中國政治時，父親這樣說道。

　　事實上，50 年代初期的土地改革運動是殘酷的，造成了很多土地擁有者的不幸，其實他們中一些人並不是剝削者，也不是惡霸。儘管如此，土地改革贏得了廣大農民的讚揚，他們是人民大眾的絕大多數。廣大農民的社會地位提高了，這大大地激發了他們的生產積極性，農業產量也隨之提高，在中國近代史首次解決了糧食問題。

　　「共產黨的另一個英明決策是推廣普通話，簡化漢字，普及教育，」父親讚揚道。「五四運動已經接近 40 年了，中國現在才開始真正消除文盲，提高全民的讀書識字能力，這是國家走上現代化的

必由之路。」

後來父親又說道:「共產黨政府把傳統中醫學、針灸學與西醫結合起來,實現全民公費醫療,真是天才呀!中醫沒有複雜的設備,也不需要那麼多技術,但是療效顯著,很多方面比西醫更優越。」

父親應該記得,他的命就是中醫救過來的。在他參加完北大入學考試後,因為長期勞累,加上營養嚴重不足,昏厥在北京的一家客棧裏,是宋大夫給他針灸了幾天,才慢慢甦醒過來的。

「中央政府在民族政策上也非常成功,給少數民族聚居的地區一定程度的自治權,並賦予他們各種優惠政策,使各個民族和睦相處,一個多民族的國家實現了空前的團結。這是一個史無前例的偉大成就。」父親一次又這樣感慨道。

中華人民共和國成立不久,國家領導人就成功地處理了漢民族與其他少數民族之間的長期歷史矛盾。中央政府的少數民族政策十分開明,除了制定了很多優惠政策外,賦予他們自治權以外,還提升少數民族語言的地位,制定了各個民族學習自己語言的教育政策,特別是對諸如維吾爾語、蒙古語、藏語等這些使用較多語言的保護與推廣。在歷史上,大漢族主義長期流行,少數民族的語言文化沒有得到適當的重視。歷朝歷代的中央政府都沒有處理好與少數民族的關係,民族衝突和民族矛盾很多時候非常尖銳。共產黨政府的民族政策是中國歷史最成功的。

父親對共產黨的態度轉變,他對大陸政府的熱情讚揚,是基於他對現實政治的觀察。上個世紀 50 年代中期,在反右運動之前,中央政府基本上已經建立了一個多民族和睦相處的國家。

父親對我的政治教育,特別是我們兩個之間相對平等的討論,是我高中時期獲得知識技能的一個重要渠道。在政治領域,父親知識淵博,我學起來津津有味。反過來,父親對我的濃厚興趣也很滿

意，很高興跟我談論這些話題。高中之前，父親跟我幾乎沒有任何交流，也不知道我的個性與愛好，這時他才發現我不僅機智，而且善於諷刺。有時我對一些政治家的尖酸評論，使得父親開懷大笑。我第一次看到父親在我面前這樣高興，也着實讓我吃了一驚。但是，有一次我把丘吉爾叫做「那頭肥豬」，父親顯得不太高興，因為他認為丘吉爾還是值得尊重的。

父親的厚黑學

1957 年的這一天，我終生難忘。那是我高中將要畢業的時候，父親把我叫到他跟前，讓我坐下來，他要給我上一堂政治課。

「你現在很有頭腦，」他說道。

頓時一股興奮的暖流在我的體內流淌。

「你也很有熱情，」他繼續談着。

然後他又心平氣和地補充道：「我本來希望你跟你哥哥長得一樣英俊，那樣有朝一日你就有機會成為中國的重要政治人物。雖然長相上你讓我失望了，可是我現在發現你很有頭腦，也不怕吃苦，仍然是有機會的。」

這一年我已經 17 歲了，長相個頭都已經定型，我也認命自己長相一般。我的家人都長得很出眾，我哥哥英俊瀟灑，我的四個姐姐不論走到哪裏，都是百分之百的回頭率。只有我長得馬馬虎虎，混到人羣裏就找不到了。

10 歲的時候，我來到香港跟父母親住在一起，幾次聽到他們在議論，為啥小兒子沒有他的哥哥姐姐長得好。父親對我的長相的評價確實也是事實，他是站在一個政治家的立場，來評估我的弱點和強項。他坦率的話並沒有太傷我的自尊心。

我不想回應父親的話，坐在那裏一言不發。

　　因為我的理想，所憧憬的未來，都與政治無關，壓根兒都沒有考慮過長大後從政。我希望人與人之間真誠相待，互敬互愛，一直十分懷念我五歲時在南京貧民窟裏的那幫小夥伴，大家純真可愛，互幫互助。當何琳阿姨帶我到上海港口參觀時，我夢想着將來有一天到很遠很遠的地方去探險，遊覽世界風景名勝。在上海讀小學時，我特別崇拜那位哥哥福運，決心努力學習，將來也像他那樣見多識廣。

　　「當領導去管理人，」我心裏很疑惑，「這個有啥意思？」

　　我沉默不語。

　　父親談話的興致很高，他似乎在構想着一個宏遠的藍圖。他並不理會我的沉默，繼續為我設想着未來。

　　「你將來要在政界裏打拼，今天我告訴你幾條生存之道，」他懇切地說。「你必須牢牢記住這些致勝祕訣，因為這些可以保證你不落入別人設的陷阱，也可以防止別人背叛你。」

　　「原則一，讓別人始終站在明處，而你永遠躲在暗處。」

　　我一下子給弄蒙了，迷惑地看着父親。

　　「具體地說就是，探聽其他人的各種事情，永遠不要透露你的內心想法，不要講你的真實感受，不要告訴別人你的計劃。總之，任何對你重要的事情，都要向別人保密，」父親解釋道。

　　確實，我通常不主動地跟別人講我自己的事情，但是我也沒興趣去打探別人的情況。父親真是個奇葩！「多麼奇怪的處世哲學呀！」我心裏暗暗地說道。

　　父親繼續上着他的政治課。

　　「原則二，搞清楚誰跟誰是一個小圈子。每個人都有自己的小圈子，有生活上的，也有工作上的。了解每個人最親密的小圈子，這件事非同小可。」

　　我也不感興趣別人的事情，但是我很好奇，就問父親道：「你

是如何做到這一點的？」

「很簡單，」他回答道。「你先編造一些迎合對方趣味而又無關緊要的八卦，說給一個人聽，看這個八卦能傳多遠。在幾天之內，這個八卦所傳到的範圍，就是這個人的親密小圈子。知道這個八卦的每個人就是這小圈子上的一個成員。」

「實現原則二的另一個招數就是，設計一些看似雞毛蒜皮的問題，設法讓對方回答你，讓他毫無察覺地透露出他的小圈子裏都有誰。」

我承認父親所說是兩個妙招，就點頭表示我理解他的話。但是我心裏想：「我為何要關心別人生活的小圈子呢？」

「原則三，」父親繼續授課，「聲東擊西，善放煙霧彈。」

這是孫子兵法中的一條，早已廣為人知。所以我倒沒有太在意。

「原則四，別主動攻擊任何人，除非你有辦法和決心一下解決了他。」

「解決了他？你是不是說滅了他？」

「對！要麼從政治上滅了他，要麼從肉體上滅了他，」父親堅定地回答道。

當時我差點兒脫口而出：「你滅過任何人嗎？」但是，我控制住了自己，沒有這樣問。畢竟，在他政治生涯中，他一直抱持着這樣的信念，筆桿子裏邊出政權，而不是槍桿子裏邊出政權。所以，我推想，父親如果真的滅過人，應該是政治上的，而不是肉體上。

「原則五，保持耳朵始終處於敏感狀態，靜心聽別人都在說些什麼，除非他們是在胡說八道。即使他們在胡說八道，你也應該想一想，他們為何要胡說八道。」

「原則六，耐心，耐心，再耐心！」

父親講解着他處世的原則，這些深深地觸動了我，使得我認識到，從事政治與觀察政治完全是兩碼事。觀察政治就如同看木偶戲，政治家就是那被人操縱的木偶。看戲很有趣，然而當木偶可沒那麼好玩兒。我知道，沒有一個政治家認為自己是木偶，但是這取決於你是站在什麼角度來看的，特別是在一個動盪不安的年代，很少有政治家可以自主決定自己的選擇和命運的。

我尋思着，假如政治家都像父親說的那樣待人處事，那麼從事政治則是極其無聊累人的事情，只有那些病態的偏執狂才會熱衷於這一行。他們搞陰謀，設陷阱，懷疑一切，不相信周圍所有的人，即使走路也不能安心，總擔心背後有人打黑槍。他們一天到晚精神高度緊張，總是處於一種與人為敵的狀態，他的同事成了自己懷疑的對象，他所領導的羣眾始終是自己潛在的敵人。對於我來說，生活已經充滿着各種各樣的鬥爭：來香港後，我要跟父親鬥，跟老師鬥，跟同學鬥；在南京貧民窟時，我也曾與人販子鬥，與便衣警察鬥，與惡棍鬥；父親家暴而迫使我逃遁山林時，我要與恐懼鬥，與魔鬼鬥，與邪惡鬥。所以，我未來的人生最不願意走的一條路就是，陷入一場曠日持久的與人鬥的戰爭之中。

我暗自拿定了主意，今生遠離政治。

但是，父親的政治課還沒有上完。最後，他似乎不經意地說出他對我的期待，準確地說，是他自己在做的另一個白日夢。

「兒子，如果將來有一天你走了大運，當上了中國的總統，你應該讓你哥哥做國家祕密警察的首領。」

我驚呆了。

「爸爸，」我當時很想說，「你已經陷入幻覺，開始癡心妄想了！」但是這句話可能叫父親光火，所以我沒敢說出來。

我很吃驚，父親竟提出讓哥哥當我的「祕密警察首領」，那時我哥哥已經高中畢業到台灣工作了。我一直覺得祕密警察頭目就

是殺人不見血的屠夫，就是斯大林的貝利亞[1]和蔣介石的戴笠[2]那種人。為何父親會提議哥哥幹這種令人憎恨的惡魔？我無法理解。但是父親也僅僅是一種設想而已，也沒有什麼好跟他爭辯的。

父親對我有了這種美好的期待，不論多麼不切實際，但是給我帶來了不少實實在在的好處。以前，父親總是和他的朋友們一起出去做各種娛樂活動。自從父親給我上了這堂政治課後，他開始帶我去看電影，去吃餐館，去海邊消遣。我高中二年級後，父親跟我的關係發生了質變。這種關係也許說不上是父子之愛，但是起碼不再是以前那種厭惡與仇恨。可是我仍然害怕父親，但是由此我也看到他人性的一面。父親不再像以前那樣，對我只有命令和懲罰，現在我成為他生活中的一個活生生的人，而不是他生活上的一個累贅。很多時候，父親還誇我有自己獨到的見解，給了我不少自信心。

母親離開父親後，我們的家庭就完全散了，既沒有精神上的家，也失去了實體的家。可是，我在母親的神學院，感受到了深深的母愛；我在父親的辦公樓裏，體會到了他人性的一面。到底是什麼原因促使父親對我態度的改變，我也不願去多想。我從小缺乏父愛，一直渴望得到他的注意，總是盼望着能被他認可。那時我還太年輕，太天真，學習政治並沒有改變我的幼稚。

父親那天的諄諄教誨，可惜我從來沒有踐行過，政治也與我的人生沒有任何緣分。

1　拉夫連季・帕夫洛維奇・貝利亞（Лаврентий Павлович Берия），1899–1953，格魯吉亞人，蘇聯共產黨高級領導人，長期擔任蘇聯內務人民委員（主管內政及警察事務的部長級官員），是斯大林大清洗計劃的主要執行者之一。
2　戴笠（1897–1946），國民革命軍中將，浙江人，中華民國國民政府情報頭領、國民政府秘密警察頭目。長期從事特務與間諜工作。

路斷香港

高中眼看就要畢業了，此時我面臨着三種抉擇：一是留在香港當一個低階的文職人員，二是到台灣讀大學，三是回大陸讀大學。

實際上，三個選擇可以歸結為一個問題：我應該繼續讀書呢，還是馬上就參加工作？

如果想繼續讀大學，那麼首先就得考慮去哪裏讀，如何讀。我們的高中沒有這樣的諮詢服務，大部分同學都是自己家人給他們想辦法的，為他們籌劃安排高中畢業後如何走。我沒有家庭，唯一可以幫助我的就是父親。他建議我回國繼續讀大學。

我們班裏的大部分同學都計劃到國外讀大學，他們多數選擇去美國、加拿大、英國或者澳大利亞繼續唸書。這些同學都有海外關係，他們通過那裏的家人、朋友或者宗教團體來聯繫出國讀書。

對於華校畢業的高中生，香港沒有給他們提供高等教育的機會。只有英校畢業的高中生才有資格參加香港大學的入學考試。那時候的香港大學規模很小，屬於英聯邦的教育系統。

香港的英制中學只有少數幾所，本來是給來自英國官員的孩子設立的。只有極少數的中國人才會把他們的孩子送到英校讀書，因為如此一來，他們的孩子完全隔斷與中國文化的關係，不懂中文，讀不懂經典著作，不了解中國文化，也對中國歷史一無所知。這些家長甘心做一個西方人的買辦，情願拋棄自己的祖先與祖國，下定決心投靠西方的文化。在華校的老師和同學的眼裏，這些英校的華人子弟就是些沒有民族氣節的小混混。時不時，我們的老師還把英校系統的高等學校入學考試的數學、物理、化學、生物等學科的試卷展示給我們看，取笑他們學得如此簡單，考得如此容易，這讓我們更看不起那些英校的學生。有時候我們在大街上碰見英校的學生，還會當面嘲笑、羞辱他們，偶爾甚至還會導致羣毆，驚動警察

來把兩幫人趕走。

如果不再讀大學而留在香港工作，華校畢業生只能一直做底層的文職人員，他們的上司都是英校畢業的。都是同等的學歷，英校畢業生的地位和薪水都要高於華校生，這是殖民政府的規定。我不願意遭受這種羞辱。

想去台灣讀大學吧，可是我對那裏的情況一無所知。雖然我的姐姐和哥哥都在那裏，但是我從來沒有跟他們聯繫過。父親跟我談論政治時，從來都是避談台灣。我和父親都認為，去台灣發展沒有什麼前途。

父親也明確告訴我，他沒有錢資助我到國外讀書。如此一來，我如果想繼續讀大學，唯一的選擇就是回內地。

在父親的辦公室裏，我瀏覽過各種各樣關於北美和歐洲的書籍雜誌，看了不少令人神往的照片，有巴黎、威尼斯、紐約、羅馬等世界歷史名城，還有大提頓、優勝美地等美國國家公園。我一直渴望去遊覽這些地方，每次夢想着去這些地方都令我興奮不已。

同班同學不少要到國外讀大學，我真是羨慕。說得準確點兒，我是由羨慕變成嫉妒，人簡直都要病了。每次聽到有人說收到了錄取通知書，要到美國、加拿大、英國或者澳大利亞去深造，我的胸腔就感到一陣壓力，立刻被絕望所碾壓。我多麼渴望自己也能有這樣的機會呀！如果有人能伸出援手，幫我也聯繫到一所國外的大學，我會不惜一切代價，盡自己最大的努力，爭取到這個機會。

我完全陷入無助的困境。到國外讀書，對我來說，就如同登天，沒有路徑。父親從來沒有提過到國外讀書的事，壓根兒都沒有考慮過這種可能性。我沒有任何經濟來源，那時我也完全不知道還有這種可能性：一個學生可以單憑自己的學業成績獲得國外大學的錄取資格，甚至還被授予獎學金。

現在，擺在我面前的只有一條路，就是回內地讀大學。當時我

這樣問自己：「回自己的國家去發展，不也是合情合理的嗎？不也是自己完全應該做的事嗎？」

愛國的思想油然而生。放眼新中國，共產黨制定了很多英明的決策，正努力領導着全國人民走向現代化。我加入這個歷史大變革的洪流中，不也是很有意義嗎？

我在自己的日記中寫道：我要獻身自己的祖國，做一個新中國的優秀青年。

第四部

廣州

1957
〜
1958

返回祖國

1957 年 9 月，這時我已經 17 歲了，第二次踏過連接大陸與香港的那座橋。第一次是離開祖國，第二次是離開香港。我手裏提着一個小行李箱，裝着我所有的東西。

到了海關，我立刻認出，這裏是七年前何琳阿姨帶着我經過的地方。我那時還是個瘦小的孩子，緊緊拉着何琳阿姨的手，在擁擠的人潮中跌跌撞撞通過這個關卡。當想起在廣州火車站與何琳阿姨失散的情景，我還情不自禁地發抖。在那時，香港是個陌生的地方，父親是個陌生的人。

下了香港的火車，我巡視着海關。

橋還是那座橋，關卡還是那個關卡。可是現在這裏十分安靜，沒有等着過關的排隊長龍，只見站崗的英國警察和中國士兵。50 年代後期，香港政府長期關閉了這個關卡，不再接受來自大陸的新移民。可是，中國政府始終開放，歡迎自己的公民從香港返回大陸。但是這時候幾乎沒有什麼人回內地。

我隻身一人走向關口。

當踏上那座連接香港與大陸的橋時，我頓時感到難以名狀的孤獨，因為我拿不定回國深造是否明智，同時也是因為我不知道未來會是如何。如果到廣州無法生存，我手裏還有一張香港居民證，還能夠返回這個被英國殖民統治的彈丸之地。不過，我希望以後再不

需要這張英國殖民當局所發的居民證。

我往前走着，心裏反覆想着父親給我上政治課時說的話，大陸政府執行的各種政策十分英明，國家正沿着正確的道路進步，現在是中國近代史上最美好的時期。想到這些，心裏就沒有那麼多惶恐不安了。「新中國的各項政策竟能讓父親這種人改變態度，由原來的反對變成高度讚揚，」我心裏這樣跟自己說，「國家正朝着美好的未來發展，那麼今天我回來，將能施展自己的才華。」

我提着行李箱，迅速走過那座橋。走得滿頭是汗，一陣微風吹來，頓時涼爽愜意，似乎是在歡迎我回來。我不斷地提醒自己，要勇敢地面對新挑戰，要樂觀地面向未來。儘管如此，還是驅趕不走心中的疑惑和焦慮。

我又回到了自己的祖國，心中亮起了一道希望的光芒。

適逢反右

出關進入大陸 100 米左右，只見一個穿着灰色中山裝的幹部正在等着我。他表情嚴肅，操着北方口音的普通話，說話很有禮貌。他不是我的什麼親戚，而是在執行政府機關安排的公務。

「我是朱弘毅同志，」他簡單地自我介紹道，「在海外華僑事務處工作，這是北京的國家政府的一個分支機構。我的任務就是迎接回國的學生，帶你一起到廣州市去。」

剛一出關，就有人來迎接，我真佩服海外華僑事務所的工作效率。「你一直在這裏值班嗎？你怎麼知道我今天回來？」

「是的，我們辦公室總會安排人在這裏等着，這樣就可以保證每個回國的學生都能夠在出關時就有人接待。」他回答道。

他領我坐上了去廣州的火車。剛坐下來，他便開始工作，拿出了厚厚一疊表格，接着就像打機關槍似的一個問題接着一個問題問

我。先問我的名字、年齡、體重、身高、出生地等，接着又開始問我在哪裏居住，在哪所學校讀書，考試成績如何，平時看些什麼書籍，做什麼課外活動，常跟誰聯繫，如何看待自己的朋友，去過什麼地方旅行，如此等等，巨細靡遺。

此時我想起了此前父親教給我的從政第一條原則：讓你自己永遠躲在暗處，永遠讓別人站在明處。這位幹部一番詢問，讓我過去的一切都處於聚焦燈之下，就像在醫院裏被醫生命令脫光衣服檢查身體一樣，毫無隱私可言。

他問完了我個人情況後，就開始詢問我們家每一個成員的情況，也是一樣認真，一樣詳細。

當我說出父親的名字「李聖五」時，他臉色露出驚訝的樣子，不過他很快就平靜下來，轉而問另一個問題。他已經辨認出我的父親是誰，讓我有點兒緊張，也無可奈何。我心裏嘀咕，這是不是個不祥之兆？

下面我得小心一點兒，當他問到我母親的情況時，我決定不要一五一十都倒出來。

我知道這些幹部都是唯物主義者，認為宗教純粹是迷信。我也知道，在內地如果沒有得到政府的允許，夫妻是不能隨便離婚的。所以最好不要說出，母親離開了父親，去加入一個神學院。我也避免談到父母親的失敗婚姻，這不僅令人不安，也叫人難為情。

這位幹部問我母親是否參加工作，我回答說母親就是一個家庭主婦。這樣他就不再往下問了。

這位幹部轉而問我姐姐哥哥的情況，他吃驚地發現我對他們的情況幾乎一無所知。我不知道他們幹什麼工作，住在哪裏，上過什麼學校，甚至也不清楚他們現在的地址。我所能提供的信息只是，兩個姐姐和一個哥哥現住在台灣，一個姐姐和他的丈夫住在香港，另外一個姐姐現在菲律賓。他仔細詢問了一番，覺得我沒有在隱瞞

什麼，說道：「你的家庭很特別。」

「是的！」我回答道。

「這是因為你的家庭完全西化了嗎？」他疑惑地看着我詢問道。

我知道當時內地的人大都看不慣西化的東西，對他好奇的打探，我有些牴觸情緒。但是我控制住自己的表情，沒有表現出不高興的樣子，因為我知道剛回來，要給別人留下個好印象，只是淡淡地說道：「我覺得不是這樣，只是情況有些特殊罷了。」

等他問完了所有表格裏的問題，已經一個半小時過去了，我們的火車也差不多到了廣州站。就這一會兒，這位幹部已經為我建立了厚厚一摞檔案資料，都是關於我這個才17歲的中學生的，其中大部分信息不關於我自己，而是我的家人。我想，這種檔案資料從今以後會不斷地加厚。

這位表情嚴肅的幹部工作特別認真，詢問問題一絲不苟，而且他還身兼多重任務，顯得幹練專業。

他開始時是接待員，路途中是檔案員，下了火車後又轉換身份成了指揮官，告訴我朝這走朝那走，命令我做這做那。火車緩緩駛入廣州站，他告訴我：「到了廣州郊區，我把你送到一所特殊的中學，那裏是專門接納海外歸來的學生的。」

「可是我不是從海外歸來的啊，」我爭辯道。「香港和大陸之間沒有海，只有一條河相隔。」

「目前我們是把香港和澳門都歸入『海外』，」他打着官腔，糾正着我的話。「當然，毫無疑問它們都屬於中國的領土。你知道，將來咱們都是要把它們收回的。」

「我在這所特殊的學校裏要做些什麼？」

「你要接受思想改造。」

突然一團陰霾籠罩着我的腦海，警覺接下來不知何事會發生。

「改造」是那時的一個常用語，意為接受懲罰，改正錯誤。如

果一個人犯了罪，就會被送到改造營裏去。我去香港之前，在上海的時候就聽說，罪犯和反革命分子都要接受思想改造。

我努力壓制住擔心和失望，問道：「我有資格上大學嗎？」

「這個我不清楚，到時候你就知道了，」他隨意地回答道。

我沉默不語，心情十分沉重。

我選擇回到自己的祖國，並不是尋求什麼思想改造的，也不認為自己需要任何改造。我憎惡帝國主義和殖民主義，讚揚共產黨的政策英明，決心回來服務祖國。這些都是我選擇回來的真實理由。為什麼我要被送到旨在改造思想的華僑中學呢？

我心裏七上八下，又是擔心又是害怕。這個幹部帶着我坐上一輛公共汽車，開往廣州郊區的那所所謂的「僑生改造中學」。到了那裏我才搞清楚，這所學校的真正名稱是「廣州歸國華僑學生中等補習學校」。公共汽車緩慢地在市區行駛，途經一個十字路口的時候，看見一大羣人揮舞着標語，呼喊着口號，在游行示威。

他們時不時一起舉起拳頭，大聲地呼喊：

批鬥，批鬥

右派分子；

鎮壓，鎮壓

反社會主義者！

人羣的最前方趺趺撞撞走着三個人，他們頭戴高帽，身穿紙袍，上面密密麻麻地寫滿了毛筆字。他們低着頭，身體前傾，雙手後綁，每個人後面還有一個人用繩子牽着他們。這些牽繩子的人是拉拉隊長，領着人羣呼喊着口號從我坐的公共汽車一邊走過。

眼前的熱鬧，暫時讓我忘記了心裏的不安。

我看不清楚標語上寫的字，就問這位朱同志道：「發生了

什麼？」

他笑着對我說：「現在全國上上下下正在展開反右鬥爭，前面那三個人都是右派分子，其他的都是愛國羣眾。全國人民正在響應毛主席的號召，**轟轟烈烈**展開反右運動。」

「什麼是反右運動？」我假裝不知情地問道，其實我在香港的時候已經看到不少關於這場政治運動的文章。我只是想聽一聽大陸官員如何定義這場運動。

「這場運動是要揭發懲罰反社會主義者和反革命分子。這些叛徒試圖利用毛主席的『百花齊放，百家爭鳴』的政策，嘗試推翻社會主義，顛覆無產階級專政。」

「啊，我明白了。我讀過毛主席的文章《關於正確處理人民內部矛盾》。他用了一個古老的成語，『百花齊放，百家爭鳴』，鼓勵全國人民對黨和政府展開批評。」

我趁機秀了一下我跟父親討論政治時獲得的知識。

「太好了！」這位幹部又吃驚又高興地看着我說道，「讀毛主席的書很重要。」

我沒有繼續往下說在香港看到的其他文章，有作者認為這是毛主席故意用「百花齊放」的政策引誘人們站出來批評黨和政府，然後一舉把他們鎮壓下去。無人確切知道，這場反右運動到底是毛主席設的一個計謀呢，還是開始時他是真誠想聽取人民的意見，後來發現問題太尖銳，提問題者太多，無法控制，無法忍受，這才出手打壓？在1956年那場「百花齊放」的羣眾運動中，很多知識分子出於愛國熱情，給黨和政府提出了很多坦誠的善意建言，不幸的是，一年之後這些人都被打成了右派。他們遭到了殘酷的懲罰和無情的鎮壓。

這場反右運動，可能沒有斯大林的大清洗運動那麼血腥，但是它具有同樣的破壞性，對很多知識分子是毀滅性的摧殘。那時候我

還沒有意識到，這場反右運動標誌着新中國建立以來「社會主義建設黃金時期」的中斷，接着就是一場又一場席捲全國的政治運動，最後導致了「文化大革命」的爆發，使得中國的發展走了將近20年的彎路。直到上個世紀70年代末，鄧小平制定改革開放政策，國家的發展才重新走上了正軌。

那三個被捆綁的右派和游行隊伍走過去之後，我問朱同志：「他們會怎麼處置這三個右派？」

「這些右派分子先在市內游街示眾，就像牲畜被宰殺那樣，」他說道，臉上露出堅定而滿足的神情，這讓我打了一個冷戰。「但是我們不會槍斃他們，我們是文明的。我們要羞辱他們，讓他們承認自己所犯的罪行，揭發他們的反革命陰謀，最後我們要改造他們的思想。」

朱同志這裏說出的「改造」二字，讓我脊背直冒冷氣。

現在，我是在被送往「僑生改造中學」的路上。下面我是不是也會被游街，被羞辱，被強迫承認所犯的罪行？可是我一直是個努力學習的學生，並沒有犯什麼罪呀！

想到我不是右派，心裏也寬慰了許多，不那麼害怕了。我努力忘掉剛看過的這一幕景象，不去多想這件事的意蘊。

華僑子弟中學

公共汽車在廣州郊區的石牌站停住，朱同志帶我下了車。我的右前方就是廣州歸國華僑學生中等補習學校，整個校園盡收眼底。

校園很大，中間是一座大型的單層水泥建築物，周圍有數十棟雙層青磚樓房。校園的一側是一個標準的操場，另一側則是一棟蘇聯風格的高樓，混凝土結構，顯得厚重威嚴。校園後邊則是四排平房，全是青磚砌成。學校的建築風格如同軍營，氛圍肅靜。

朱同志領着我走向那棟高樓，這是學校的行政大樓，學校的領導和工作人員都在這裏辦公。

走進大樓裏邊，我們經過了各種各樣辦公室的門口，有共青團辦公室、文宣辦公室、國際關係辦公室、廣州事務辦公室、對外聯繫辦公室、馬列主義辦公室、科學教育辦公室、中文教育辦公室等，名目繁多，不勝枚舉。其中最大的一個就是政工幹部辦公室。

路過這些辦公室門口時，可以看到每間辦公室都是灰色的水泥地面，牆壁則是刷着白色的砂漿，傢具都很簡單，大都是黃褐色的桌椅。正對着門口的牆上都貼着一張毛主席像，色調鮮艷奪目，表情溫暖慈祥，似乎在向每一個新來者致意。

爬上二樓，我們路過黨支部辦公室。朱同志讓我在門口等着，他走進去要給裏邊的領導打個招呼，可是沒有人在。這個辦公室跟別的不同，地上鋪着紅地毯，還擺放着幾張沙發，窗子上掛着艷麗的窗簾。

最後，我們來到了三樓，朱同志把我領進了註冊辦公室，交代了幾句話，就告別而去。這下我感到輕鬆了一些，整個一下午，這位幹部都在詢問我方方面面的情況，不少問題讓我難以啟齒，還始終指揮着我做這做那。

辦公室的服務人員又讓我坐在一張桌子前填了幾張表格，其中不少問題都跟朱同志問的一樣。然後那個服務員告訴我，我被安排在14樓一層8號房間的3號牀位。他又給了我5頁的印刷資料，簡單提示我資料的核心內容，他面無表情，語調單調。

然後，他又鄭重地說道：「這裏邊包含所有在這裏生活學習的規章制度。從現在開始，你就是一個國家的監護人。你的同學會領你到宿舍。」他順手指了一下站在不遠處牆角的一個瘦小的男生。

這位男生走近先自我介紹道：「我叫蔡學良，是一年前從越南回來的。」他友好熱情，在去宿舍的路上，給我介紹校園各種情況。

　　我這才知道，兩層樓的磚房都是用作教室或者宿舍。校園中心的那座大型水泥建築是餐廳和開大會的地方。辦公大樓後的那些平房住着全校的職工，從支書到門衞都住在那裏。

　　「這裏的生活條件怎麼樣？」我問蔡學良。

　　「還不錯。」他說。「飯菜很糟糕，但是我們一天可以吃上三頓飯。不能抱怨什麼，我們一家在河內時還不能這樣。自從胡志明趕走了法國人，越南人就開始排斥華人，現在越來越厲害。」學良以簡短急促的語調說道。「我父親本來是做稻米生意的，後來生意就做不成了。他現在騎三輪車給別人拉貨賺錢，但是根本養不活全家。我母親每天擔心害怕，不敢外出工作。我們希望內地的情況會不一樣，所以全家都搬回來了。你知道，我祖爺那一輩已經移民越南，到今天已經三代人了。」

　　學良聽說我來自香港，他告訴我學校也有一些學生是來自香港和澳門的，但是整個學校有 2000 多個學生，他們中的絕大多數是來自於東南亞的，有來自越南、印度尼西亞、泰國、馬來西亞、柬埔寨、老撾、菲律賓等國家。他們回國的原因都差不多，都是因為當地排華情緒蔓延，在那裏生活很危險。這些排華的國家也都是剛剛從殖民地統治者手中獨立出來的。學良進一步解釋道，當初這些國家在殖民者統治時期，華人的社會地位和經濟地位一般高於當地人，所以這些國家的人一旦獲得了獨立，就開始仇視排斥華人。

　　學良帶着我在校園裏散步，一路上談了許多關於種族偏見和種族歧視的事情。

　　到這時我猜到，歧視華人的不僅僅是英國殖民者，還有這麼多小國家的人原來也是如此。學良的話還讓我明白，種族偏見無處不在，而且不僅僅是針對中國人的。他也指出，華人社會也到處存在着種族偏見和種族歧視，我們中國人叫西方人「洋鬼子」。歷史上，漢人又給周邊的少數民族起了很多蔑視性的名字，比如「匈

奴」「南蠻」「北狄」等，把少數民族叫做「奴隸」，把他們看成動物。大漢族主義者認為，其他亞裔都是開化程度低的，沒有漢族優秀。在漢人內部，還存在着各種各樣的地域歧視。學良這番言論讓我大長見識。

我很喜歡學良，表示想跟他交朋友。我們回到 14 號樓前才分手，緊緊地握住對方的手，依依不捨。

歸國的香港子弟

每個宿舍的內部設計都一樣。我們 16 個同學住在 14 號樓的一個宿舍裏，宿舍內是長方形的，3 米寬 9 米長，一條走廊連接各個門口，裏面一端是個大窗戶。每間宿舍裏放有 8 張雙層牀，一邊四張連在一起，中間是一張長桌，下層的牀白天兼做椅子用，供大家坐着看書學習。桌子和牀之間的空間很小，勉強可以擠過一個人。

很快我就見到了所有其他 15 個同學，他們都是來自香港的男生。這我才知道，整個 14 號樓住的全是從香港歸來的高中畢業生。有幾個去年就回來了，大部分是暑假期間才陸陸續續回來的，我是最後一個。他們的父母都是藍領的勞動階層，上的都是二流三流的華文高中，學費比我所在的培真高中低多了。他們高中畢業後，除了走他們父母的生活道路，幾乎沒有什麼別的選擇。他們的父母都是些工廠工人、商店售貨員、碼頭工、公交司機、列車員、餐館服務員或者富人家的傭人。跟英國殖民當局相比，中國為這些香港子弟提供了多得多的發展機會，擁有美好得多的未來。

其他室友得知我畢業於培真高中，都很吃驚。其中一個說道：「我以為培真高中畢業生都到美國讀大學了。」

「現在你才明白自己錯了吧！」我脫口而出，語帶譏諷挖苦。我立刻感到不該這樣說，很不好意思，臉紅了起來，馬上放緩語氣

補充道:「其實,只有富人家庭才能送孩子到美國讀大學。可是我沒有這樣的家庭條件。」

其實,我的室友不用說,我就知道他們的家庭背景。在香港,即使那些政治上站在大陸政府一邊者,只要自己的家境足夠好,都是首先考慮把自己的孩子送到海外讀書的。

香港居民早在定居前,就知道如何在政治上站隊來保護自己,多數走中間路線,既不完全傾向共產黨,也不一頭倒向國民黨。香港的富人多數都是採取這種策略,在香港本地賺錢,然後把賺來的錢存到美國或者英國,而把自己的孩子送到美國、英國、加拿大或者澳大利亞去讀書。香港的上流社會都是狡兔三窟,以保障自己的優越生活。

我想讓我的室友們知道,其實我跟他們是一樣的,並不來自於富有家庭。他們都很和善友好,本色純真。跟我一樣,我們都擁護共產黨,決心把青春奉獻新中國的建設。我們大家也有一個共同的願望,來年秋天能在內地讀大學。

華僑中學的日子

華僑中學紀律嚴明,從星期一到星期六的生活學習都是嚴格規定好的。

每天早上六點整,每個走廊裏裝的大喇叭就響起了《威廉‧泰爾(序曲)》(*Willam Tell Overture*)的減縮版,開始是輕柔悠揚的音樂,讓你從睡夢中慢慢醒來。一兩分鐘後,樂調轉為震耳欲聾的騎兵號角,接着就是激昂的戰鼓聲,讓你從牀上一躍而起。

這種曲調如果在幾年後的「文化大革命」時期放,學校領導肯定要吃不了兜着走,一定要付出沉重的代價,肯定會被批判為用沒落資產階級的音樂來毒害無產階級後代的心靈。

早餐 6 點 15 分開始，只有白粥和鹹菜兩樣。

7 點鐘開始上課，第一節課是政治課，連續上整整一個上午，中間有 30 分鐘課間操時間，由體育老師指揮着大家列隊，兩千多個同學一起站在校園裏做廣播操。

政治教育課都是在各自的班裏上的，每班有 48 個學生。我們班包括 8 號和 9 號這兩個宿舍的 32 個男生，另加上住在另一寢室的 16 位女生，全部都是來自香港。班級安排是固定的，一年不變。

每個班都有一個幹部來上政治課，並負責管理每個同學。這些幹部負責指導我們思想改造，指揮我們的行動，評估我們的進步，決定我們的未來。後來我們才知道，這些幹部給我們寫的評語，決定我們能否被大學錄取。

午飯後就是一個半小時的午休時間，全校一致，不管你是否想午休。午休的起牀號仍然是《威廉·泰爾（序曲）》。

下午 2 點，大家回到教室，學習數學、物理、化學、生物和語文，5 點半放學。不同的課目由不同的老師來上，一個老師半天要上三個班的課。

晚餐時間是下午 6 點半。晚上每個同學都要到自己的教室裏自習，每個班的班主任要來檢查大家學習的情況。這個班主任就是學校指定到該班上政治課的那位老師。

晚上 10 點，全校熄燈休息。

星期天自由活動，早上沒有起牀喇叭，一天只有兩餐。這一天同學們洗衣服，打掃衛生，給家裏寫信，幾個朋友一起到學校附近轉轉，下圍棋或者象棋，踢足球或者打籃球。

我們的進出信件都要接受保安人員的檢查。不止一次，居住在海外的學生家長寫信來質問：為何他孩子的信是別人寫的，而且內容也看不懂？這是因為那些粗心的保安在拆裝學生家信時，不小心裝錯了信封。

我一直對自己的未來充滿着期待。父親讚揚共產黨，反對國民黨。學校嚴格的紀律，簡樸的生活，有利於年輕人的成長，培養他們成為傑出人才，為國家做奉獻。毛主席是人民的大救星，是國家發展的指路明燈。我很快適應了華僑中學的學習生活節奏，竭力排除盤桓在自己心頭的陰影，剛離開香港時的低落情緒不見了。

劉老師

除了星期天，每天都有半天時間都是用來學習政治，首先學習社會主義和馬克思理論，內容包括馬克思、恩格斯、列寧、斯大林、毛澤東的著作，還有當代中國共產黨領導人的作品。

緊接着學習近現代世界歷史大事件，都是在馬列主義理論框架裏對歷史做重新的解讀。

政治課的最後一部分是集中討論那些具有重要意義的話題，諸如如何作為一個優秀的社會主義勞動者，體力勞動的重要性，無產階級專政的偉大意義，反右鬥爭的性質，還有那些從過去到現在的各個重要的政治運動的重大歷史意義。

我們政治課的老師是一位女士。她原來是解放軍裏的政治輔導員，曾經參加過抗美援朝戰爭。她總是穿着一套海藍色的制服，樣式是部隊女兵的服裝。這種顏色的服裝是那時的時尚，不論走到哪裏，都是藍色或者灰色的服裝。

這種女式制服，短脖領，前開襟，胸前沒有口袋，襟翼無繫扣，沒有男式服裝那麼像軍服。這種服飾最早是孫中山先生穿的，故名中山裝。孫中山先生於 1911 年領導辛亥革命，推翻了清王朝，建立了中華民國，是中國近代史上的民族英雄。解放後毛澤東主席在各種場合都是穿着這種樣式的服裝，逐漸成了全國的時尚。

這位政治老師，一頭短髮，臉盤寬寬的，眼睛黑亮，嘴脣薄薄

的，下巴微翹，總是一副盛氣凌人的樣子。如果她不是一直板着臉始終那麼嚴肅，應該是個有魅力的女性。即使她站在百米之外的人羣中，也可以一眼被認出來，因為她總是僵硬地把雙手背在後邊，看起來像個咆哮着正要向前衝鋒的戰士。她三十歲出頭，尚未結婚。她是一個忠誠的共產黨員。

她就是劉老師。

每天早上 7 點，劉老師準時站在講台上，精神飽滿，開始給我們上課。她上課很有經驗，也講究技巧。她先指導着我們閱讀一篇共產黨領袖寫的經典文獻，然後給我們詳細講解文章的內容。她善於總結文章的中心思想，很會概括作者的論述提綱。她隨後問我們問題，檢查我們是否理解了課文。每篇文章都被認為是一種信仰或者一個啟示錄。同學們都被要求接受這種思想。老師還要求我們背下重要的段落，她時不時會叫某個同學站起來背誦。

在上完政治理論內容之後，我們就開始學習過去和現在發生的世界政治大事件。劉老師規定教學內容，選擇學習內容，教給我們官方認可的解讀，這些都是定論，不允許挑戰，也不允許改動。比如，1956 年的匈牙利起義是美國中央情報局策劃的反革命事件；朝鮮戰爭是一場社會主義新中國抵禦西方帝國主義擴展的戰爭，背後是由美國領導的；蘇聯的赫魯曉夫是罪該萬死的喪心病狂的修正主義，如此等等。

從香港來的學生，大部分都了解這些重大政治事件，而且也知道各種各樣的不同看法。但是，如果有學生膽敢提出不同的觀點，劉老師立刻就會給他們帶上一頂帽子，要麼是資產階級，要麼是修正主義，要麼是離經叛道者。

一天劉老師選擇討論美國的麥卡錫主義，她說這是資本主義陰謀壓制美國無產階級的思想覺醒。根據她的說法，這個背後的陰謀集團包括幾大資本寡頭，諸如洛克菲爾（Rockefeller）、福特（

Ford)、梅隆 (Mellon)、范德比爾特 (Vanderbilt) 等。

「美國人民反對麥卡錫主義者。特別是那些礦工、農民、汽車製造廠的工人激烈反抗麥卡錫，一個為資本家代言的無恥之徒。」在課堂結束時，她以勝利的口吻宣佈道。

這時，我按捺不住自己，站起來糾正她道。

「根據我以前看的報刊，絕大部分的美國人在開始的幾年裏都是支持麥卡錫政策的，」我說道，「美國人支持麥卡錫，認為他是一個愛國者。所以我不相信麥卡錫是為洛克菲勒或者福特這些資本寡頭服務的。」

我的話音剛落，立刻被劉老師嚴厲斥責。她嘴角下歪，眼睛冒火，對我大聲吼道：「你住在香港，一直受帝國主義宣傳的影響。請你停止散播這些流毒，放棄你的殖民主義和資本主義思想！」

我立刻被堵了回去，不敢吭聲。我擔心自己被罵成殖民主義者和資本主義者的走狗。可是我心裏不同意她的批評，說我是受帝國主義宣傳的影響。對於劉老師來說，居住在帝國主義者管轄的香港，就是說我們受了異端邪說影響的最直接證據。

我當時腦子裏在想，如果說誰對我有影響的話，那就是父親。他在一次跟我討論政治上的機會主義者時，談了很多關於麥卡錫的事情。按照父親的定義，所謂機會主義者就是不夠有智慧，沒有抓住機會來提升自己的政治地位。麥卡錫的所作所為，表明他是個十足的機會主義者，因為他走向了極端，違背了政治上的適度原則。

我清楚地明白，絕對不能在政治課上提及父親的名字。我也不確定大陸官方是如何看待父親的觀點的，就決定最好不要提及以前與父親討論政治的事。

我這次衝動的課堂質疑，為自己埋下了禍根。

在所有的政治課上，我們被要求無條件接受官方對各個世界大事的解讀，也不能質疑這種解讀所依據的事實和證據。然而，有些

事實和證據顯然是不可靠的。整個學校沒有一個圖書館，學生也無法去查找任何相關的資料。

如果涉及到歷史或者政治上的事實依據，劉老師都是唯一權威性的來源。同學們都要認為她是百事通。如果遇到她不大懂的問題，比如關於意大利共產黨的情況，她的神奇妙方就是簡單回答道：「關於這個問題，黨中央尚未要求我們關注它。」

問題就此打住。她代表党，沒人懷疑這一點。

開始的時候，我跟班裏的其他同學一樣，很感興趣劉老師對政治事件的解讀。可是兩三個月以後，她看問題的角度和分析陷入某種定式，她沒有講之前，我們就可以預測她要說什麼。她的講解基本都是一些政治術語的排列組合，這些術語包括「帝國主義」「資本主義」「修正主義」「社會主義」「馬克思主義」「列寧主義」「流氓主義」「失敗主義」「寡頭政治」「統治階級」「小資產階級」「革命精神」「敵我矛盾」「無產階級專政」，如此等等。這些術語反覆出現，以致後來讓同學覺得它們變成毫無意義的詞語，成了乏味的空洞的符號，不傳遞任何新信息，沒有任何即興的靈感發揮，也缺乏生動新鮮的表達方式。

當劉老師抨擊某個政治人物或者事件時，她用的最爛的一個詞就是「人民」。這個詞如同隨手拈來的魔杖，可以用來支持誰，譴責誰；誇耀誰，醜化誰；抬高誰，貶低誰。它成了一個放之四海而皆適用的萬能詞。

滅四害

我原來希望在我同寢室的同學中結交幾個好朋友，然而大家並沒有因為朝夕相處而發展出真正的友誼。大家只有一個共同點，都討厭劉老師總是一副權威的樣子，處處控制着我們，除此之外沒有

什麼共同的興趣。他們都很實際，只想着如何生活，人生的意義就在於獲得食物和物質。我理解如何生存是最緊迫的問題，也是我們面臨的直接壓力，但是年輕人也應該有理想，富有想像。我總是夢想着有一天到世界各地旅遊，體驗新的事物。我的室友跟我的姐姐們一樣，都認為我是個不守本分之人，總愛想像一些不切實際的東西。

梅勝仁則與眾不同。他比我大四歲，稱我為「離經叛道者」，很欣賞我的創造力。我們兩個經常在一起討論人生、政治、馬克思主義以及人類的生存條件。勝仁熱衷哲學，十分健談，所以我給他起了一個外號「理論家」。勝仁聰明伶俐，知識淵博，勇於追求真理。我們的宿舍裏，勝仁的書最多，可能也是整個學校的學生中最多的。宿舍裏沒有書架，他就把書放在牀的周邊，晚上就蜷縮在由書圍成的小小圈子裏睡覺。勝仁是個小小藏書家，白天抱着書學習，晚上抱着書睡覺。

勝仁的書大部分都是哲學方面的，我大都看不懂，曾翻過幾本，但都看不下去。這些書充斥着大量專業詞彙，內容都是複雜的思辨，我翻上幾頁就失去了耐心。我們大家都很佩服勝仁的博學，特別敬重他為人正直，所以他深得大家的信賴。我們都相信勝仁總是公正客觀的。

勝仁是我知識上的好朋友，我可以從他那裏學到東西。與此同時，我也保持着與學良的友情，我剛報到的那一天，他被指派為我的嚮導，帶我熟悉學校的環境。但是學校都是按照不同班級活動的，學習生活都不在一起，因此我與學良見面的機會就有限，只有星期天的時候我們才能到一起玩耍。學良也很有見識，跟他聊天也增加見識。

來到華僑中學後，我每周給父親寫信，匯報我的學習進步與所做的活動。這是我與父親關係的新形式，也是我每周生活的一個亮點。父親也及時給我回信，經常引用聖賢的話、民間諺語以及歷史

典故勉勵我努力學習，爭取成功。就像很多中國的兒子對待長者一樣，我對父親的敬意在增加，甚至崇拜他。在我心中，這種父子之愛漸漸萌芽，這讓我對未來充滿着希望，覺得做事情更有勁兒。

幾個月後，我們班裏的同學就知道，劉老師掌控着我們的一切。她決定着我們閱讀什麼，規定着我們做什麼。她可以隨時改變我們每天的活動安排，如果誰違反了紀律，她就批評就訓斥他們。一旦有人被她認定抱有資本主義思想、反動觀點或者反革命傾向，就會在班裏把他批倒批臭。情節嚴重者，還會被送到勞改營去改造。當時的情況如同印度把社會分為貴族、賤民等各個階層，這裏則是把人歸為資本主義、反動派或者反革命分子。

劉老師手握生殺大權，更可怕的是她對科學技術一無所知，她的所有科學知識大概就是地球繞着太陽轉，月球繞着地球轉。她對科學的無知還不是最可怕的，最可怕的是她對科學的蔑視。如果把她放在當時的政治氛圍裏來看，也許更能理解她的所作所為。自從上個世紀 50 年代後期，毛澤東主席發動的一系列全國性的羣眾運動，諸如滅四害、「大躍進」「文化大革命」等，給中國造成了巨大的災難，中斷了新中國開始時期的良好發展勢頭。這一系列錯誤決策背後直接原因之一就是缺乏科學常識。

有鑒於這一沉痛的歷史教訓，後來的鄧小平、胡錦濤等國家領導人倡導樹立和落實全面發展、協調發展和可持續發展的科學發展觀，對於我們更好地堅持「發展才是硬道理」的戰略思想具有重大意義。中國改革開放以來所取得巨大成就，就是來自學習科學，尊重科學，按照科學規律辦事，不折騰不胡來。

1958 年春天，我參加了那場「滅四害」的全國性的羣眾運動。全國幾億人口全部調動起來，步調一致，羣策羣力，消滅這「四害」：麻雀、蒼蠅、蚊子和老鼠。

首先，是滅麻雀。

根據上面的指示，麻雀吃地裏的糧食，為了保護寶貴的糧食，應該被滅絕。政府命令各地羣眾，全國步調一致，同時散佈在各個良田和居住地，大家一起敲鑼打鼓，聲音越大越好，嚇得麻雀到處亂飛，不敢落下栖息。這樣鬧騰一段時間，除了麻雀外，還有喜鵲、鷦鷯、知更鳥等所有的飛禽，被驚嚇得一直亂飛，最後筋疲力盡，掉在地上。然後人們再把它們一個一個踩死。這種全國性的羣眾運動持續四天，超乎人們的想像，令人難以置信，每天就有無數的飛禽被殺掉。

可憐的麻雀！我看到很多麻雀墜落地上，抽搐顫抖，筋疲力竭，眼睛半張，翅膀因驚悸而不時煽動。其景象慘不忍睹，我真想上去把它們捧在手裏愛撫一下，但是我不能在這麼做，在眾目睽睽下，誰這樣做誰就會被戴上反抗中央指示的帽子，那後果不堪設想。

毛澤東主席和他的同事們在做出消滅四害的決策時，可能沒有諮詢過任何學者。如果他們簡單徵詢一下生物學家，就會知道這個決策的問題，因為麻雀是雜食飛禽，在莊稼收穫的季節，它們會吃一些糧食，然而其他季節它們則是啄食有害的昆蟲，反而有利於農作物的生長。

更嚴重的是，滅四害的羣眾運動不僅僅殺死麻雀，而是傷及所有的鳥類。它們大部分都是益蟲，主要捕食有害農作物的昆蟲。這些鳥類大批死亡，直接導致有害昆蟲的迅速繁殖，一發不可收拾，嚴重危害了後來幾年的農業收成。

打蒼蠅風波

滅麻雀羣眾運動後，接着就是開展滅蒼蠅的全民動員。

全國億萬人民，在規定的四天裏，全部投入滅蒼蠅的活動中。來自黨中央的指示說得很明白：「停止工作，消滅蒼蠅！」

不要說生物學家，一般人都可以意識到這一全國滅蠅運動是多

麼地荒唐，純粹是個治標不治本的行為，那麼多滋生蒼蠅的糞池，室內的室外的到處都是，怎麼能拍得過來？

當時很多廁所都是建在宿舍樓內的，而且糞便池都是敞開的。以前我在南京貧民窟時，糞便池雖然也是露天的，但是茅房都是與住房分開單獨建的，情況還好一些。

每層樓都有一個廁所，內部設計都一樣，地下建一個 30 公分寬 10 米長的水泥槽子，再用 1 米高的小牆隔成 10 個茅坑。人們就蹲在溝槽上方便。

大小便堆積在水泥槽裏，蠕動着成千上萬的蛆。衞生員兩天一次用水沖洗，流進一個樓外地下的儲罐裏，附近的農民拉去用作莊稼肥料。

上一次廁所如同打一場仗。

臭味令人窒息。每個人都不自覺地學會上廁所的兩大原則。原則一：動作要快。那時候人們很少便祕，如果肚子不舒服，多半是鬧肚子拉痢疾。這跟我在南京貧民窟的情況差不多。我上廁所前先深呼吸，然後憋着一口氣解決所有問題，出廁所後再開始呼吸。

一旦懂得如何應付刺鼻的臭味，就要知道下一個原則：手臂要不停揮舞。蒼蠅就像二戰時日本的神風敢死隊的戰鬥機攻擊美國艦船那樣，嗡嗡地向你發起連番進攻。它們不論落在你的任何地方，都會留下那些糞便痕跡。

這時候就要雙手不停揮舞，就像剛會游泳者在水裏亂舞動雙臂一樣。但是，蒼蠅是靠壓倒性數量取勝，你趕走幾隻，會招來更多隻，所以你永遠不可能取得最後的勝利。這種辦法只能減輕被蒼蠅襲擊所帶來的後果，但是要完全潔身自好是辦不到的。

每次上廁所出來，就好像剛掉進糞池一樣。這讓我想起，住在南京貧民窟時，我設的陷阱，讓那個拐騙娟娟的人販子掉進糞池的情形。但是，那個人販子只是掉進去那麼一次，而我每天都要上好

幾次廁所。每次從廁所出來，都想跳進一個湖裏好好洗一洗。廁所門口的自來水也時常斷水，有水的時候，我就把手、手臂、臉等上面露在外邊的部分好好洗一把。

華僑中學的同學們都學過高中生物，都知道蒼蠅的生命周期。蒼蠅的演化強項就是繁殖能力驚人。在它們短短的生命周期裏，每隻雌蒼蠅可以繁殖數以萬計的蟲卵，在糞便上逐漸孵化為蛆。所以，即使全國幾億人都行動起來，面對蒼蠅這樣的繁殖能力，再加上到處都是敞開的便池，這都是滋生蒼蠅的大工廠，根本無法降低蒼蠅的數量，更不要說消滅它們了。

滅蠅運動的第一天，我和同宿舍的幾個同學找到劉老師提議，能不能換一種策略來貫徹中央的指示。我們建議每日給糞池裏邊灑上石灰粉，以消滅蛆蟲來代替拍蒼蠅。這個建議的道理是顯而易見的。

石灰粉很便宜，而且到處都有賣的。它不僅直接殺死蛆，而且也能防止蒼蠅繼續下卵。如此一來，蒼蠅的繁殖地減少了，它們的數量也就跟着下降。蒼蠅的生命周期只有兩周左右。

劉老師一聽很高興。

「這個建議不錯，有創意！」她笑着評價道。「但是，拍蒼蠅是中央下達的命令。」

她開始提高了嗓音。

「我們的領袖肯定考慮到了各種各樣滅蠅的方法，最後才選擇一種最好最有效的辦法。難道你們認為自己比偉大領袖還要聰明嗎？」

我心裏說道「是的」，但是嘴巴上沒敢說出來。

劉老師總是以這種絕對權威的方式來堵我們的嘴。是啊，誰敢聲稱自己比偉大領袖毛主席還要英明？

不幸的事要發生了。劉老師並不滿足於果斷回絕我們的建議，

她決定設下一個可怕的陷阱，來狠狠懲罰我們這些自作聰明的學生。

「今天晚上，我要跟學校的黨委討論一個方案，在全校展開滅蒼蠅比賽，每個宿舍拍死蒼蠅最多的同學，將被授予一面『滅蠅能手』的獎狀，以資鼓勵。這樣可以提高大家的積極性，激勵大家參與這場滅蠅的運動。」

「可是，誰來計算我們拍死的蒼蠅數量？誰來登記每個同學拍死的蒼蠅數量？」我問道。

「你先自己計算打死蒼蠅的數量，同時把死蒼蠅保存起來，等運動結束時，把數目告訴我，同時也把打死的蒼蠅交給我，」她微笑着回答我，「我最後來驗證你們的數量。」

劉老師對付叛逆學生的技巧嫻熟，回答問題十分幹練。我們單純而善良的建議給我帶來的卻是麻煩。

第二天早上，學校的大喇叭通知，經校黨委研究批准，全校開展一場消滅蒼蠅的比賽活動，建議每個同學找一個紙盒子或者捲一個喇叭形的紙筒，把打死的蒼蠅收藏起來。

全校的同學迅速行動起來，校園內外熱鬧非凡，同學們跑來跑去，一手揮舞着蒼蠅拍打蒼蠅，一手拿着各種器皿收藏死蒼蠅。人人都先把自己的戰利品帶回宿舍，等待學校進一步指示，然後彙報自己的成績。這樣一天下來，宿舍裏充盈着死蒼蠅腐爛而散發出的惡臭味道。

這立即引起了我的警覺。

「蒼蠅身上帶有大量病菌，這麼多蒼蠅堆放在一起，很容易引起大規模的傳染病，」我緊張地提醒同宿舍的同學。「這可不是鬧着玩的。」

我的話引起了大家的警覺。

那天晚上在學校關燈睡覺之前，我們宿舍的同學一起出動，敲

開每個宿舍的門，告知大家在宿舍裏儲存死蒼蠅的危險。學校熄燈以後，我們又打着手電筒一棟樓一棟樓去提醒大家。

第二天早上在餐廳吃早飯的時候，大家奔走相告，我們應該把裝有死蒼蠅的紙盒子、紙筒子送到黨支部辦公室那裏，讓學校領導驗收我們的勞動成果。不知道是誰出的這個點子，大家都覺得這樣做有道理。

到 7 點鐘的時候，幾百個學生已經把他們裝着死蒼蠅的紙器皿送到了校黨支部的門前，上面都寫着自己的名字。我到的時候，那裏已經有了一大堆，散發着惡臭味，我差點兒嘔吐。

午飯時，校黨支部書記、所有政治老師以及所有的黨政幹部把全校師生集中在大禮堂裏。黨支部書記手裏拿着一個擴音器，他個子不高，幹練硬朗，額頭佈滿皺紋，眉頭永遠緊鎖。

「大家聽着！」他滿臉怒氣地說道。「我要知道，這是誰出的點子，把死蒼蠅堆在我的門口。」全場鴉雀無聲。

書記站在前台，以兇狠的目光掃視着全體學生。其他黨政幹部則開始在學生中間穿插走動，審視每個學生的面部表情，觀察着學生們的肢體動作，嘗試發現那個表情動作異常，暴露他們是罪魁禍首。

大家都很緊張，但是沒有同學被嚇癱倒。沒有人知道這是誰出的點子。大家都覺得應該把自己的勞動成果展示給領導看，讓領導驗收後及時處理掉，這樣也可以不讓死蒼蠅在宿舍裏堆放時間太長，以免造成健康危機。

最後還是沒有找到禍首，學校的領導們怒火未消。

幾個領導站在大禮堂的前面商議了一會，最後形成了一個決議。書記嚴肅地聲明，他們將進一步調查事情的真相，採取必要的措施。然後學校的領導一起離開了禮堂。

午飯後，大家都已上牀午休，劉老師闖進了我們的宿舍。

「全都給我起來！」她命令道。大家被驚嚇得喃喃自語，都迅速從牀上起來，站在地面上，等待劉老師的指示。「全都跟我到党支書辦公室去。」她說道，然後轉頭走開。

我們 16 個同學跟在劉老師後面，一起來到書記的辦公室。只見書記緊繃着臉，在他的大辦公桌後面，來回踱步。

書記是個乾瘦的矮個子，總是一副很有權威的樣子。據說，他是參加過兩萬五千里長征的老紅軍，在羣眾中有着崇高的威望。他是學校的最高領導，而校長則是他的幫手。

等我們全都站在書記的辦公桌前，他開始咆哮：「是你們誰出的主意讓把死蒼蠅放在門口？還是你們集體想的注意？」

「不，不是。」大家不約而同地說道。

「吃早飯的時候，我們都聽說應該把這些東西送給您檢查，讓您看看我們執行黨委指示的成果。」我補充道。

「你把你打死的蒼蠅也放到這裏了嗎？」他冷笑着問我道。

「是的。」

「你也是嗎？你也是嗎？你也是嗎？」他一一指着其他同學問道。

大家都點頭承認。

書記轉而調查其他問題。

「是你們建議劉老師我們應該停止拍蒼蠅的嗎？」

「是這樣的。我們都覺得另一個辦法消滅蒼蠅更有效。」同宿舍的名叫宋林的同學回答道。

「是不是因為劉老師拒絕了你們的建議，你們才想出這個壞點子，把死蒼蠅放在我的門口的？你們這是伺機報復，是吧？」他狠狠地說道。

「不，不是這樣。我們說過，把死蒼蠅放在您的門口，不是我們出的點子！我們只是跟着別的同學這樣做的，因為我們大家都想

讓領導知道我們的勞動成果。」幾個同學紛紛辯解道。

書記雙手叉腰，想了一會兒，然後說道：「好吧，暫時我無法確定你們就是罪魁禍首。可是你們的問題並沒有解決。我知道你們昨天晚上在全校散佈謠言，說堆放死蒼蠅可能引起瘟疫。你們都是些麻煩製造者。等滅蠅運動結束後，我和劉老師再找你們算賬！」

現在，我們大家不僅覺得委屈，也十分害怕。

建議用石灰粉消滅蒼蠅蟲卵，也是與黨中央滅蠅指示保持一致的呀！是的，把死蒼蠅堆放在書記辦公室門口，站在書記的角度看，確實有些欠妥。然而這是劉老師事先交代我們的，要我們把打死的蒼蠅收藏起來，交給學校領導驗收。頂多也只能說同學們把劉老師的話理解偏了一點兒，不應該沒搞清楚之前就放到書記的辦公室門前。現在書記要把所有的責任都推給我們，讓我們承擔所有的後果。

我們離開了書記辦公室，我有一種極度的挫敗感，就像每次父親打我那樣，腦子裏全是挫折、氣憤與絕望。我總想躲開麻煩，然而不論我走到哪裏，麻煩總是能找到我。我希望有個仙人指路，警示我避開災難。

蒼蠅拍打烤鴨

這天下午，我們還要繼續滅蠅運動，同宿舍的其他同學都到校園裏的餐廳和廁所去找蒼蠅打。我則離開校園，到石牌附近的商業區去完成任務。一路上，我真想附近也有像香港新界附近那樣的山林，可以進到那裏探探險，安撫一下我絕望而受傷的心靈。遠處市郊確實有一座白雲山，但是路途太遠，步行一時也走不到。雖然，眼前那大片的稻田，也讓人心曠神怡。

一畦一畦形狀規整的稻田，一望無際。秧苗已經起杆兒，高高的，綠油油的，下面是一層淺淺的水。春風吹拂，秧苗搖曳，綠色的

波浪此起彼伏，如同碧波盪漾的大海那樣，風光無限，令人寵辱皆忘。

　　我坐在路邊，望着稻田，夢想着自己是坐在一條船上，航行在蔚藍色的大海上，來到希臘神話中所描寫的那個神祕的天堂——卡呂普索島（Isle of Calypso）。這是我在父親辦公室裏的一本書上看到的。我厭倦了人人之間的爭鬥，希望離開這個充滿仇恨的世界。我覺得尤利西斯（Vlysses）很傻很古怪，拒絕了卡呂普索的懇求，不肯留在她的魔幻般的海島上。當然，那時候我還不能領悟幸福婚姻的快樂，也沒有體驗過純真少年的美好愛情。我的青少年時代缺乏家庭的溫暖，沒有和諧家庭的體驗。尤利西斯在那天堂般的海島上與卡呂普索快樂地生活着，與此同時又想念着佩內洛普、忒勒馬科斯和他在伊薩卡的家，這一點讓我無法理解，覺得十分怪異。

　　就這樣胡思亂想了兩三個小時，直到肚子飢餓難忍，這才又讓我回到現實世界中來。該吃晚飯了，但是我也無意馬上返回學校。晚飯總是老樣子，一碗陳年糙米飯，再加上一小碟又硬又老的青菜梗子，沒有一點兒油水，就是清水煮熟後再撒些鹽就給我們吃，讓人沒有一點兒胃口。

　　食堂裏買來的都是長過頭的青菜。那時候的菜農為了提高蔬菜產量，就儘量讓它長得又大又老。因為蔬菜產量越高，村裏幹部的政績就越大，就會得到上級的表彰。開始吃這種又硬又老的蔬菜，要使勁兒咀嚼，腮幫子就會感到酸疼，時間長了也就習慣了。

　　這樣的飯菜，我已經吃了八個多月了，沒有一天間斷過。餓一頓，也算是換一換胃口。

　　這時我突然想起自己還有正事沒幹，忘記了自己出來的任務是拍蒼蠅。這樣我就朝着石牌區的商業中心走去。

　　這個商業中心有兩個食品店，三個普通商店和一家餐館。這裏跟全國各地一樣，它們都是國營單位，是當地政府經營的。人們需要用糧票、肉票來購買肉類和糧油食品，要用布票來買布或者衣

物，這些票據都是按照人口平均分配的，每人的限量都很少。商店裏食品很少，大部分的商品都見不到，貨架上總是空空蕩蕩的。

那家國營餐館沒有什麼顧客。那時候工作人員的月薪只有三四十塊錢，而且要養活一家人，所以絕大部分的人都吃不起餐館裏的飯。還有其他原因，人們也不願意到餐館去。

每家餐館的服務員都是國營企業的職工，拿着全國統一的工資，所以他們也沒有興趣服務顧客。如果那天某個服務員情緒不好，他們就會把氣撒在顧客身上，有的給顧客臉色看，有的甚至還故意把菜湯麵湯碰灑在桌子上，弄髒顧客的衣服。一樣的道理，厨師也沒有工作積極性。有些品德不佳者，甚至故意在顧客的飯菜裏摻些髒東西，愚弄傷害顧客，從中獲得樂趣。

食堂的管理者對顧客也沒有好態度，因為顧客愛來吃飯，他們就得多幹活。你到餐館，會看到工作人員有的在那裏看報紙，有的在那裏聊天，來消磨時間，等待着下班時間。

國營企業的職工都是吃大鍋飯的，不在乎工作不工作。每個人都是那麼一點兒微薄的收入，幹好幹壞一個樣，能力高低沒差別。沒有經濟刺激，誰會積極工作？

餐館裏的主要顧客就是地方的行政幹部，他們吃喝都是公家報銷。這些人都是地方上有勢力者，所以餐館的上上下下都不敢慢待他們。這樣，餐館成了這些官員的私人包房，這些官員則是餐館的 VIP。

我一手拿着蒼蠅拍，一手拿着一個小紙筒，走進了石牌中心這家餐館。剛一進門，一股濃烈的肉香味撲面而來。只見餐館中間的那張桌子周圍坐着四個幹部模樣的人，桌子中間的盤子裏是一隻焦黃油亮的烤肥鴨，周圍盤子裏則是各種各樣時蔬肉菜，他們正在邊說邊笑地享受美食。

自從來到廣州，我就沒有吃過肉，也沒有嘗過豆腐這類高蛋白的食品。一日三餐，都是難以下咽的陳年白米飯和又老又硬的菜梗

子。此時此刻，我聞到烤肉的香味，不僅讓我口水直流，還差點兒控制不住自己哭起來。

那幾個人吃得不亦樂乎，沒有注意到我進來。

不知什麼鬼使神差，我走向他們的桌前，舉起又黑又髒的蒼蠅拍子，朝着那盤子烤肥鴨使勁拍下去。當時我腦子裏只有一個念頭，他娘的，讓你們連蒼蠅一起吃下去！

他們被這突如其來的舉動嚇了一大跳，都驚呆地望着我，其中一個緊咬牙齒，揮舞拳頭向我砸來。我立刻後退幾步，大聲喊道：「毛主席號召我們打蒼蠅，剛才你們的烤鴨上落了只蒼蠅！」

我又趕快補充道：「毛主席教導我們說，人民內部矛盾不能以武力解決。」

那四個幹部聽了我的話，一時不知如何是好，都張嘴結舌，愣在那裏。

趁他們還沒有醒悟過來之前，我迅速轉身離開餐館。

一出餐館門口，我就開始狂奔，似乎後面有魔鬼在追我。跑了一段距離，來到一個偏僻的地方，發現身後沒有人追來，我這才放慢腳步，趕緊喘一下氣。

回想起剛剛發生這一幕，對自己的惡作劇，我一點也沒有覺得滿足得意。我的行為完全是臨時起意，出於對這些官員享受特權的憤慨，也顯示我心裏的挫折和怒火已經到了難以自我控制的地步。

從孩童時候起，我就憎恨大人們的權威與特權。父親對我只會用暴力的手段，這是我叛逆的性格的起源，然而我也沒有什麼理由把這種消極負面的情緒向所有人發洩。現在，我把這種情緒發洩在這幫幹部身上，因為在華僑中學裏受的委屈太大了。我怎麼會變成這樣的人，連自己都不敢相信。

他們向大眾宣傳，在社會主義社會裏，沒有階級之差別，人人平等。他們讚揚無產階級的優秀品德，認為他們的意識形態是科學

的、進步的。他們譴責資本家靠剝削工人而致富，痛斥西方政客是資本家的奴僕，批判企業家唯利是圖。

在我自己的社會主義祖國，他們讓自己變成了一個新的統治階級，等級森嚴的權利體系，擁有各種的特權，這些都遠超過我在資本主義社會的香港所見所聞。更糟的是，他們隨心所欲地管制，蔑視科學，輕視邏輯，扼殺創造力，嘲笑自由。在我看來，上個世紀 50 年代後期，中國面臨着這樣的危險，從半殖民社會倒退到封建社會。

在我返回校園的路上，開始懷疑自己回到內地繼續發展可能是個嚴重的錯誤。

但是我也不敢這樣想下去。如果我認定情況的確如此，後果不堪設想。決定返回內地，也就意味着堵了所有其他門路。我讓自己走向了絕境，把自己逼向了死角。

梅勝仁

滅完了麻雀和蒼蠅，緊接着就是滅蚊子和老鼠。運動雖然結束了，但是我們班還是不能正常地讀書學習。在學校黨支部書記的授意下，劉老師又向我們班的同學宣佈，要在全班展開一項新的運動。

從現在開始，每個星期一下午的物理、化學、數學和語文課暫停，在全班展開批評和自我批評活動。在此之前，我們班已經做過兩次這種活動，現在則是每星期一都要做一次，沒有最終期限。而且這個政策只是針對我們這個班的，因為在滅四害運動中我們班惹了麻煩，學校領導決定專門整治我們。

這種批評和自我批評的活動一次就是幾個小時，整個下午半天無法學習。我們向學校領導反映，六月份就要參加全國高考，我們所剩下的時間已經不多了，建議學校領導能夠考慮到每個學生渴望讀大學的心情，取消這種活動。

同學們的抗議無效。

在這種活動中，每個學生輪換着擔當兩種角色，都要做自我批評者，還要做批評他人者。也就是說，每個同學既是嫌疑犯，又是大法官。

輪到誰該做自我批評，誰就站在全班面前，揭露自己的不當行為和錯誤思想。然後，全班同學開始對他進行審問，指出他沒有坦白交代的其他問題。為了證明自己還是一個可以挽救的革命同志，每個同學都先要把自己的過去看成另外一個人，對這個過去的「我」進行無情的揭露和嚴厲的批判。對自己揭露得越徹底，批判得越冷酷，就越有可能得到劉老師的讚揚。

在這種戲劇式的活動中，不存在溫情的牧師，也沒有原諒人的上帝，只有一個劉老師。她是整個劇本的製片人、導演和指揮者。一個溫情的牧師，會嘗試努力理解他的信徒，最終找個藉口去原諒那些思想上和行為上有過錯者。劉老師則與這種牧師正好相反，她把這個活動變成了酷刑逼供。伊斯蘭教裏有種極刑，讓死刑犯站在中間，周邊的羣眾擲石塊活活把他砸死。劉老師讓我們每個人都是擲石塊者，也是被石塊砸死者。

沒有人喜歡這種「批評和自我批評」的活動。對我們來說，這是劉老師企圖分化我們，征服我們，樹立她的絕對權威的方式。本來大家都是同班同學，還有不少人相互之間是知心朋友，這種活動則是在我們中間挑撥離間，在同學中間製造仇恨。

第一次星期一下午的活動，沒有同學自願站起來做自我批評。我們都坐在自己的座位上低頭不語，恨不得地上有個洞鑽進去，把自己藏起來。這時劉老師則滔滔不絕地嚴厲訓斥我們，一頂一頂的帽子從她嘴巴裏脫口而出，向我們飛來，什麼「缺乏革命勇氣」，什麼「資產階級的懦夫」，諸如此類，不一而足。她把過去九個月裏發現的我們班同學的缺點和不良行為，竹筒倒豆子一般，一一列

舉出來。她講得那樣津津有味，不論是真的假的，每件事都會讓我們吃不了兜着走。她的每句話都是在毒液裏浸泡過的，輕者讓我們受傷，重者把我們毒死。

劉老師對全班同學做概括批評後，接着就是對具體同學做具體分析。

劉老師嚴厲批評了我，指出我的錯誤是傲慢，不遵守紀律，資本主義同情者，愛耍小聰明，不尊重老師，如此等等。

我靜靜地聆聽劉老師的批評，心裏也在反思自己，覺得劉老師的批評也不無道理。

輪到了梅勝仁，劉老師批評他的錯誤則是，擅自引用柏拉圖和亞里士多德的話，錯解黑格爾的辯證法。更嚴重的是，他竟然把馬克思主義、列寧主義和毛澤東思想歸入哲學學科。

「如果它們不屬於哲學，那麼它們是什麼學科？」梅勝仁反駁道。

「真理！毛澤東思想都是真理！」劉老師用嚴厲的目光直射梅勝仁，大聲說道。

梅勝仁苦笑了一下，不再往下說了。他的這一反應似乎在說，跟劉老師你這種人討論哲學純粹是瞎耽誤工夫。梅勝仁最喜歡看哲學和邏輯學方面的書籍，他幾次在課堂上指出劉老師的常識性錯誤，讓劉老師下不來台。他認為，劉老師也許是部隊裏的一個合格的政治輔導員，但是她不適合在學校裏教書。可是，話又說回來，梅勝仁這樣挑戰政治老師，後果會很嚴重的。

梅勝仁對什麼事情都很認真，他對劉老師沒有根據的批評不以為然。他無奈的一笑，並不是認同劉老師的觀點，只是覺得沒有必要再跟劉老師繼續爭辯下去。

在星期一下午的第一次的批評和自我批評活動中，劉老師長篇大論地對全班同學一一做了批評，每個人都被劉老師鞭打得體無完膚，班裏沒有一個完好的人。結束的時候，劉老師作出決定，下個

星期一下午的活動，梅勝仁第一個做自我批評，我則緊隨其後。對劉老師的這一安排，我們倆一點兒也不覺得意外。

接下來一周星期一下午的活動，梅勝仁第一個發言。跟往常一樣，他就像一個陷入深思中的哲學家一樣，表情嚴肅，語調不緩不急，開始了他的自我批評。

「我對我自己感到羞恥，」他鄭重地說道，然後停頓了一下，全班寂靜一片。「不，比羞恥更嚴重，如果不把我見不得人的行為坦白交代出來，我就是個罪人。」

梅勝仁又停頓了一下，他用嚴肅的目光掃視了一下全班。

「我應該用鞭子狠狠地抽我自己，應該懺悔，應該祈求劉老師和大家的原諒，因為我昨晚做了一個夢。」

梅勝仁這個誇張的、自嘲的、戲劇性的開場白，頓時讓每個人興奮起來，期待着他下面會說出什麼石破天驚的事來。

然後，他丟出了一顆炸彈。

「我昨天晚上在夢裏跟劉老師做愛了。」

我們大家都不相信自己的耳朵，覺得自己是不是聽錯了梅勝仁的話。

從來無人討論男女性愛之事，學校裏無人討論此事，別處也聽不到。性愛似乎在我們的生活中根本不存在。學校裏沒有性教育的課程，男生和女生之間沒有談戀愛的。我們在生物課上學習人類再生產時，老師只要求我們記住那些枯燥的器官名稱，什麼受精卵啦，胚胎啦，完全與現實生活和人類行為脫鈎。在日常生活中，根本見不到男女之間的肢體接觸，校園裏連男生和女生牽手的情況都沒有。女士都是穿着制服，掩蓋住所有容易引起性幻想的曲線，外觀上看起來跟男士的服飾沒有什麼區別。即使同學們都是接近 20 歲的成年人了，大家從未幻想性愛之事。我們也根本不覺得，人們都在壓制着自己的本能慾望。

回想起來，可能是因為那時的營養太差，年輕人嚴重缺乏蛋白質，影響了正常的發育過程。那時候的飲食勉強可以保住生命。性慾的萌芽早被飢餓所摧殘掉。

班裏的氛圍突然凝固起來，異常緊張。全班人呆呆地望着梅勝仁，可他並不理會這一切，繼續着自己的懺悔。

梅勝仁繪聲繪色地描述着在夢裏與劉老師做愛的過程，講得活靈活現，沒有任何的避諱。

大家都聽得真真切切。

僅僅是聽到梅勝仁說出的一大串性器官的名稱，就讓我頭暈目眩。

劉老師也突然醒悟過來，認識到自己正在遭受無以名狀的羞辱，吼道：「閉上你的臭嘴！停止你猥褻的話！」

她的眼睛迸發出怒火，臉因惱怒而扭曲。

「請不要打擾我，我這是遵照您的指示，正在做嚴肅的自我批評。」梅勝仁冷靜地回答道。他繼續着，「劉老師在我面前脫得一絲不掛，我情不自禁，撲向她——」

「閉嘴！閉嘴！閉嘴！你這條賤狗！你這個畜生！」劉老師一邊歇斯底里地喊道，一邊衝向梅勝仁，雙拳猛擊。梅勝仁急忙趔趄閃開。劉老師的眼淚嘩嘩往下流，然後突然踢到一把椅子，急轉身發瘋似的飛奔出教室。

「好吧，今天的批評與自我批評活動到此結束。」梅勝仁向全班宣佈道，似乎一切都在正常進行。

班裏有些同學認為，梅勝仁的行為有失體統。然而，在走出教室時，我們絕大多數人則用敬畏的目光看着梅勝仁，心中都有一種說不出來的暢快。

梅勝仁的勇氣舉世無雙。

直到這一天，我們都不敢相信劉老師也會流淚哭泣，平時在我們面前，她總是表現出自己是一個高深莫測、鎮定自若的鐵娘子。

今天，我們的理論家和哲學家梅勝仁讓劉老師一反常態，在我們面前顏面盡失，成了被嘲諷的對象。

大家都知道，劉老師突然衝出教室走了，是因為她覺得在同學們面前流淚是最丟人的事。我們明白劉老師憤怒，但是一直也弄不清楚她為什麼會哭。

三天后，梅勝仁收到學校領導的一張書寫的通知，告訴他被華僑中學開除了。並給了梅勝仁兩條路選擇：一是被遣返回香港，二是發配到海南島北部灣的一個農場接受更嚴厲的思想改造。

通知函中還特別說明，海南島的農場是他的最佳選擇，在那裏可以接受更嚴肅思想改造，可以徹底消除他腦子裏的根深蒂固的殖民主義和資本主義毒素。

梅勝仁沒有任何猶豫，決定去海南北部灣的農場。他跟我說，他已經把自己的生命交給了馬克思主義，一個馬克思主義者就應該生活在馬克思主義的國度。

「我在英國殖民統治下的香港已經受夠了屈辱，」梅勝仁對我說。「現在我應該生活在自己的祖國。」

又是一個星期一，梅勝仁要走了，他的精神頭很好。在告別時，他又跟我說，他很高興離開華僑中學，從此以後可以過上真正無產階級的日子，再不用每天看到那個說謊成性、陰謀構陷、毫無頭腦的劉老師了。

梅勝仁比我大五歲，比班裏的大部分同學年齡都大，他應該比我們成熟。到現在我也不清楚，到底是梅勝仁真的做了那麼一個夢，在自我批評運動的感召下，老老實實坦白自己精神世界裏曾有過的事呢，還是編造出來一個故事，來嘲弄劉老師呢？不管怎麼說，他為這次出格的行動也付出了最慘痛的代價。

一年以後，我回到了香港，有同班的同學告訴我，梅勝仁在北部灣的農場裏自殺了。

五雷轟頂

梅勝仁被學校開除了，去了海南島的改造農場。劉老師也不再是以前的劉老師了。她不再像以前那樣，對待叛逆的學生簡單粗暴。此前，她對這種學生就是一腳把他踢倒在地，然後再踩上一腳。她在班裏講話，也沒有以前那樣張揚跋扈。她在同學們面前時常表現得有些魂不守舍，心不在焉，悶悶不樂。

劉老師的變化讓我們感到不安，她的態度和行為難以預測。我們已經習慣了她以前的樣子，雖然大家都很厭惡她。一件事情不論好壞，可以預測總比難以捉摸更叫人心安一些。現在的劉老師則捉摸不定，我們感到有些緊張。有時候，甚至有學生直接挑戰她，她也沒有任何反應。有時候她失魂落魄，以至於有些學生提問題，她也似乎沒有聽到。但是，奇怪的是，每當劉老師在場的時候，同學們卻更加小心謹慎，生怕冒犯了她。甚至有些同學開始同情劉老師，覺得她這樣的精神狀態令人可憐。

沒有了劉老師的鐵拳管制，星期一下午的批評與自我批評的活動淪為了走過場，同學們都懶懶散散地應付差事，不再是此前那樣認真那樣劍拔弩張了。劉老師站在一邊看着，無精打采的，很少說話。

還好，劉老師這種反常行為，我們頂多再忍受不到一個月的時間。全國大學入學考試已經臨近。考完試後我們就可以回家過暑假，然後秋季開學時就回內地到別的地方讀大學。

高考在 6 月舉行，共持續兩天。考試的科目有語文、政治、物理、化學、生物和數學。考試期間，我一點兒也不緊張，理工科的幾個科目，我都覺得會成績優異。語文和政治也都很容易，但是我拿不准會考多少分數，因為有作文，還有一些根據事實的分析題目，這些都沒有明確的答案。

經過兩天的緊張考試，我終於可以放下心來了，覺得有把握會被我選擇的前兩個志願的大學錄取。

我把位於北京的中國地質大學作為第一志願，因為我一直夢想成為一個地理學家，那樣可到天南海北欣賞各地的自然風光，探險鮮為人知的神祕世界。我的第二個志願就是設在烏魯木齊的西北地質學院，那裏位於中國的大西北，有巍峨的雪山，千年的冰川，遼闊的草原，一望無際的大沙漠，可以任我馳騁，由我攬勝。

三周後，高考結果公佈了。我一直住在學校的宿舍裏等待消息。

這一天，我也不大記得到底發生了什麼事。我知道高考結果已經公佈了，但不記得是如何得到消息的。還是像父親那個時候的做法，把考試結果寫在大紅紙上，貼在學校辦公樓的牆上？還是把我們召集到教室裏，給我們每個人發一張紙條，上面寫着我們的名字、考試分數和錄取的大學？還是一個老師到每個宿舍去把錄取通知發給同學們？

也許是這一時刻太傷心，太殘酷，太絕望，在我的記憶中已經被完全抹去了。即使我的日記也沒有關於那幾天情況的任何記錄。

我沒有被中國地質大學錄取，也沒有被西北地質學院錄取。我沒有被任何大學錄取。

過了四天后，我去找劉老師問原因。

我來到劉老師的辦公室，她好像早就預期到我會來。她態度冰冷，無動於衷，又恢復到了以前那個自信、權威的劉老師，就是梅勝仁被開除之前那個劉老師。

「你來是問我為什麼沒有大學錄取你嗎？」劉老師先開口，微微一笑。她這一笑像針一樣刺進了我的心臟。「是這樣的，」她不懷好意地笑着說道，「你在政審上就不合格，沒有資格上大學。」

我當時一定是表現出了震驚，或許也質問為什麼。劉老師舉起了手，讓我不要說話。她狠狠地盯着我的眼睛，說道：「我們知道

你父親。請轉告他，中國政府不歡迎他。現在，我代表中央政府海外華僑辦公室，鄭重地告訴你。」

然後，劉老師說出了一些實情，令我痛入骨髓。「你父親把你送回內地，他犯了一個嚴重錯誤。他這次試水，是想試探自己是否可以在中國政壇東山再起。」

劉老師的每一個詞就是一隻毒箭射進我的胸膛，如同一把匕首刺進我的心臟。她看出了我的傷心欲絕，所以又把話放慢速度清清楚楚說了一遍，以免我錯過任何一個詞。她認為，我回國讀大學是父親處心積慮的精心安排，我是代表父親而回來的。所以劉老師認為，她告訴我父親不受歡迎，會刺痛我的心。

「你父親要認清楚，」她清了清嗓子，抬高聲音說道。「我們不歡迎他！」

「你父親是個漢奸。如果他回來，我們就會立刻把他逮捕入獄，清算他在汪精衛政府裏所犯的罪行。務必把我這句話轉告給你父親。」劉老師臉上泛起得意的笑容。

我感到頭暈目眩，一陣噁心，似乎患了急性病。此時是初夏，空氣悶熱難忍，我覺得呼吸苦難。我不記得當時又跟劉老師說了什麼話，也不清楚是不是一言不發。我站起來轉身離開了劉老師的辦公室，踉踉蹌蹌回到宿舍。

整個世界突然變得混混沌沌，模糊不清，覺得天旋地轉起來。

這讓我的精神完全崩潰。整整兩天，我不吃不喝，也不跟人說話。絕望二字並不足以描寫我當時的心理狀況，我的精神被徹底摧毀了。

我的痛苦不僅僅是因為前面的路都被堵死了，更是因為劉老師說出關於父親的事。劉老師的話對我是終極毀滅，讓我粉身碎骨。劉老師很欣賞這幕情景，在她的觀望中，一個年輕人的前途落下了帷幕。

劉老師無意之中道出了父親內心隱藏的計謀，這徹底摧毀了我對父親的信任。我讀高中一年級時，父親開始對我進行政治教育，這是我們父子關係的轉折點，從那時以來我們之間的信任才慢慢建立起來。我十分珍惜我們父子之間這種良好關係，讓我們一步一步發展成一種正常的、帶着愛的父子關係。這對我來說彌足珍貴，姐姐哥哥都離開了家，母親出走了，父親是我身邊唯一的親人。

現在，我就像一個花瓶重重摔下，一地碎片，再被掃進垃圾堆，一切希望都破滅了，一切的一切都化為烏有。

劉老師並不知道我和父親之間的這種特殊情況，但是她的話徹底毀滅了我對父親的信任，也完全擊垮了我對父親抱持的任何希望。她不經意之中，讓我明白一個殘酷的事實：父親之所以願意花錢、花時間、費精神教育我政治知識，原來是把我當成一個工具，來實現他自己的政治野心，多麼冷血的父親啊！

父親教我政治的時候，他心裏想的只有他自己。他把我看做一個試用氣球。

他誘導我回內地發展，說有光明的前途，而實際上他是用我來試探中國政府的態度，看是否會接納他，重新開始他的政治生涯。

在那一時刻，我才明白，無論父親如何渴望被中國政府接納，在沒有得到任何積極的信號前，他絕對不敢擅自回國。就像劉老師說的那樣，中國政府將把他投入監牢，清算他二戰時期與日本人合作的歷史罪責。

父親送我回國，完全出於他個人的私心。

為什麼我沒有早看出父親的企圖？即使劉老師都看出了這一點。

我本應該早就認識到父親的圖謀，因為他的生命完全被政治野心所吞噬。我們一起討論政治時，他不再抵制中國政府。事實上，他反覆稱頌毛澤東主席的英明領導。他哄騙我，操縱我，把我作為他追求仕途的工具，作為挖礦井時試探瓦斯的金絲雀，用來刺探大

陸共產黨政府對他的態度。

別人不知道我和父親之間的特殊關係。那個在我入海關時接我的幹部，聽了我的家庭介紹後說道：「你的家庭很特別」，但是他並不知道我們家真實的情況，也不清楚我們「特別」到了什麼地步。

在中國文化裏，父親和兒子是一體的。封建社會裏，不論是父子誰犯了殺頭罪，都會連累另一方，會被一起處死。此後沒有幾年就是「文化大革命」，數以百萬計的年輕人，都是因為他們的父輩被打成了反革命，遭受了難以名狀的人生摧殘。事實上，這也發生在我們家裏。父親在山東老家的結髮妻和兩個女兒在「文革」期間遭到殘酷虐待，被當地政府逐出山東老家，發配到邊疆農場過了幾十年勞改犯式的生活，即使父親到北京讀書後從沒聯繫過，更沒有撫養過他們。

很自然，在極端左傾思潮開始氾濫時，中央海外事務辦公室的人會認為，我回國讀大學不是因為一個年輕人在殖民統治下的香港走投無路，想回國讀大學，希望幹一番事業，要為自己的祖國做貢獻，而是認定這是他的父親精心策劃的一場陰謀，用他的兒子來試探內地的政治氣圍，試圖再重返政壇。我太幼稚了，沒能看出父親的真實意圖。

劉老師的一番話，讓我如夢初醒，自己的祖國沒有我生存的地方。我在內地發展的夢想被擊碎，不是因為我自己做錯了什麼，而是因為我是漢奸的兒子，一個反革命的後代。我別無選擇，只能面對現實，只有返回香港這一條路。

18 歲的我，前程被學校否決，精神被父親摧垮。

第五部

香港

1958
≀
1961

沒有國籍的人

在高中時，我就朦朦朧朧感覺到回國可能有風險，但是從來沒有意識到是這種毀滅式的。

在冷戰時期，世界分裂為兩大陣營，一個是東方的共產主義陣營，一個是西方的資本主義陣營，相互之間充滿着敵意，劍拔弩張。特別是在抗美援朝戰爭中，西方陣營吃了大虧，戰後就拚命妖魔化中國。在上個世紀 50 年代，西方媒體製作播放大量歧視仇視中國人的節目，把中國人刻畫成邪惡的危險的。薩克斯‧侯麥製作了一檔仇華醜華的電視節目，名字叫《邪惡的傅曼楚大夫》，達到了當時全美的收視率高峰，掀起了一波美國大眾的反華浪潮。同一時間，澳大利亞總理羅伯特‧孟希斯，警告西方世界，「黃禍」要到來了。

在英國殖民統治下的香港，那些同情大陸共產黨政府者被列入危險分子，被視為潛在的間諜，都拿不到西方國家的簽證。我不僅是國共產黨政府的同情者，而且是志願投靠者。在那些帝國主義者眼中，我比中國共產黨還要可恨，因為我是一個想成為中國共產黨人而不得者。

我決定回國之前，母親也曾經警告過我。但是父親竭力勸我回去，我無法違拗他的決定，因為他控制着我的經濟命脈。父親那時明確告訴我，他要停止經濟上資助我，所以我別無選擇，只能回國

尋找讀大學的機會，因為內地的大學不僅免交學費，而且政府也給大學生提供免費的食宿。

現在祖國把我拒之門外，我在香港成了一個沒有國籍的人，同時我的未來也徹底被否決了。我失去了讀大學的機會，因為政治問題無法回國讀大學，因為經濟問題無法去國外讀大學，因為華校教育背景無法在香港讀大學。沒有受過高等教育，我就沒有找到一個像樣工作的機會，在事業上也就不會有任何發展前途。

我可以不顧尊嚴，屈辱地申請一個小職員的位置，就這也得遇到一個善良、有同情心的老闆才行，能夠容忍我這種背景的人。我可以想像得到，如果當一個公司的小職員，其他人會如何鄙視我嘲笑我。作為一個小職員，我得忍受周圍的人這樣的譏諷：「他就是李訥，想投靠大陸政府而沒有得逞！」

在香港這個彈丸之地，逐漸從等級分明的殖民管治演化成唯利是圖的資本主義。像我這樣的年輕人，幾乎沒有什麼發展空間，我不論選擇做什麼，在別人眼裏都一文不值。最糟糕的就是，我被認為是人生的失敗者。

無家可歸

一年之前，我回大陸時心情沉重，隱隱約約覺得前面的路不好走；一年之後，我離開大陸時精神破碎，前面漆黑一片，根本看不到任何路。

1958 年 7 月 16 日，我第三次經過進入香港的那座橋。此時我已經 18 歲了，生命失去了目標，生活失去了意義，人生陷入混沌。我沒有家庭，沒有錢，也沒有未來。我踏入了香港地界，甚至也沒有一個地方去，不知道自己應該去哪裏。

我不會再回父親的辦公室了，他如此冷血，不惜犧牲兒子的前

程來為自己的政治野心做試探。我甚至永遠不想再看到他，想到他都讓我怒火中燒。

最後，我決定先去母親的神學院。

我在接待室裏等着。當母親第一眼看到我時，只見她臉色頓時變得驚恐。

我沒有給母親和父親寫信告訴他們，我回大陸上大學的事不成，要返回香港來。但是，母親震驚的主要不是這個原因。她瞪着眼睛看着我，一時說不出一句話來。母親平靜下來後說道：

「我的兒呀，你怎麼看起來像個鬼！到底發生了什麼事？」

「我被拒絕了。」我簡單說道，本不想再多說，但是突然又脫口而出。

「爸爸欺騙了我，他送我回中國讀大學，實際上是用我來試探中國政府對他的態度。這是中國的官員當着我的面說的。中國政府已經明確表示，他們不歡迎父親，也不允許我回國讀大學。」

說到這裏，我的眼淚奪眶而出，我用手不停地擦去臉上的淚水。我開始抽泣，一句話也說不出來。我無法控制自己的情緒，也顧不得這是什麼地方，隨即失聲痛哭起來，哭得撕心裂肺。

母親竭力安撫我，說道：「你冷靜一下，我趕緊去給你弄些飯吃，再不吃點東西，恐怕身體撐不住了。」

她又看了我一下，眉頭微微皺起，然後急忙轉身走開。

大約過了一刻鐘，母親端着一大碗熱氣騰騰的湯麵條進來，上面有豬肉絲、蘑菇和青菜，湯裏飄着葱花和油脂。在過去將近的一年裏，我吃的主食都是已經粉化的陳米做的飯，副食則是又老又硬的菜梗子，幾乎沒有什麼油水，已經忘了真正的食物是什麼味道。母親做的這碗豬肉麵條，聞起來噴香撲鼻，似乎要把我整個人都給融化掉了。

我捧起碗，淚水奪眶而出，也顧不得擦拭，順着面頰滴到麵條

湯裏。我狼吞虎咽，一股腦把碗裏的所有東西吃得一乾二淨。

母親坐在一邊，看着我把這碗麵條吃乾淨，身體不安地抖動了幾下。母親氣色不錯，身體也很健康。

等我吃完時，母親這才問道：「孩子，你怎麼這麼瘦？臉色咋這麼蒼白？」

「是嗎？」我有些吃驚地問道。「自從我去了廣州後，就再沒有照過鏡子了。」

「我們得趕快讓你身體恢復過來。現在，你打算去做什麼？」

「我也不知道。首先我得找個地方去住。我再也不想回到父親那裏去了。」

我的語調悲傷沉重，母親也許心裏吃驚，但是表情上沒有顯露出來。

母親沉靜了幾分鐘。她沒有經濟能力，也沒有什麼社會關係。反覆想了一陣子後，母親說道：「咱們先去找童伯伯，看他能不能幫上忙。他們一家現在就住在原來咱們在新界的那套房子裏。他們剛來香港時也很困難，我們曾經幫過他們。也許他們願意讓你先暫住一陣子。我帶你一起去他們家。」

此時此刻，我很難想像母親的心情會是怎樣的，過一會兒我們就要重新踏入以前我們曾經住過的地方，那裏還有一個寬敞的大院子。童伯伯現在住的房子，母親四年多前就是從這裏離開父親的。從母親的表情可以看出她難受的心情。一路上，母親一言不語，領着我走過花園，來到我們曾經住過的地方，現在是童伯伯一家人住着。

院子還是以前那個樣子，樹木葱郁，花香四溢。各色花木生機勃勃，有茉莉花、玉蘭花、番石榴、雞蛋花、毛竹等，還有各種各樣的熱帶植物。眼前的景象讓我心潮澎湃，似乎一切都是遙遠的過去。我浮想聯翩，一幕幕情景又重現眼前。

在這裏，我第一次體驗大自然的美，感受到動物的可愛，夜裏害怕惡鬼出沒，整天擔心父親的家暴，第一天上學就被開除，在英國殖民統治下天天忍受種族歧視，母親不辭而別地與父親離婚了……我努力控制自己不要胡思亂想，但是物是人非，睹物生情，過去的一幕幕情景無法控制地浮現在眼前。

當童伯伯和童伯母看到我時，跟母親一樣，脫口而出：

「天呀！孩子，你怎麼瘦成這個樣子呢！臉色怎麼這麼蒼白！」

童伯伯家裏有鏡子，我走前一看，竟把自己嚇得不由自主地後退了一下。

只見鏡子裏的那個人，頭髮乾黃，蓬亂不整。眼窩深陷，脣無血色，有些腫脹。臉頰塌陷，整個人皮包骨頭。看起來真嚇人，如同常年鬧饑荒的非洲國家的難民。

我也沒有意識到自己竟瘦成這樣。我從小到大都沒有胖過，身體天生偏瘦，但是從來沒有瘦到這麼可怕的地步。在廣州的華僑中學裏，同學們一般都很瘦，誰也沒有在意這些。更何況，在那裏大家都穿着制服，再瘦也看不出來。加上得知被大學拒絕的消息後，精神崩潰，多日不思茶飯，才把自己折磨成三分像人七分像鬼的樣子。

兩天后，我路過一家糧食店，到裏邊稱了一下，體重只剩下 89 斤了，可是我有 1.84 的身高啊！這我才明白，為何母親和童伯伯夫婦看到我時，會那麼震驚。

在離開廣州華僑中學之前，想到父親的冷血，決定不再回到他的辦公室去住。這樣也就意味着我在香港沒了棲身之處。我曾經決定步宿舍好友梅勝仁的後塵，到海南北部灣的改造農場去。一位好心的老師勸我，你現在的身體狀況，恐怕到那裏支撐不了多久。的確，此時的身體狀況已經達到了生命的臨界點，如果不及時補充營養，很可能就有生命之憂。真是生死一念間。

我又踏入香港地界，可是無家可歸。

苦海無邊，回頭無岸。

家教生涯

童伯伯一家非常熱情，向我伸出溫暖的雙手，讓我在他們家住了下來。他們是個幸福的家庭，兒子已經長大搬到外邊住了，家裏只有一個小女兒。我平生第一次住在別人家裏，發現他們一家人一天到晚有說有笑，快快樂樂的。這跟我們家的氣氛形成了鮮明的對比，我們家裏人雖然多，但是相互之間通常沉默不語。在我來到童伯伯家之前，我還以為所有的家庭都是跟我們家一樣的。

第一個月，我除了吃就是睡，恢復瀕臨崩潰的身體。童阿姨勤勞能幹，精心給我做各種好吃的飯菜，味美可口。我跟着童伯伯一家人的作息時間起牀睡覺，他們問我話時，我就客客氣氣地回答。但是我總是很拘謹，放不開，畢竟是住在別人家裏。我的身體逐漸恢復過來，但是精神抑鬱，常常嗜睡。我覺得自己就是個失敗者，生活漫無目的，精神萎靡不振，是個完全無用的東西。

但是有幾件事逐漸改變了我的精神狀況。

首先，童阿姨幫助我找到一個不錯營生，這讓我在經濟上可以自立。她是一所高中的物理老師，但是跟其他教數理化的老師不一樣，童阿姨不在課外做家教賺錢，而實際上很多學生的家長想請她輔導他們的孩子，因為她認為授課老師課外賺學生輔導課的錢是不道德的。我來到他們家以後，童阿姨就主動聯繫那些曾經要她幫忙的家長，推薦我輔導他們孩子的數學和物理。這樣 8 月開學時，我就可以開始做家教了。

童阿姨很快給我聯繫了好幾家，我到這些人的家裏給他們的孩子們輔導數學和物理，每星期一次，一次兩到三個小時。做家教用

上了我在培真高中所學的知識，而且我在廣州的華僑中學一年裏，每天緊張準備高考，對課本知識更加嫻熟，領悟得更透徹。前些年的努力沒有白費，現在有了用武之地。

這時我才發現自己的一個長處，很善於跟這些高中生打成一片。我比這些學生只大一兩歲，年齡上相仿，相互很容易溝通理解。然而，在情感和心理上，我卻比他們要成熟得多。他們都是富家子弟，從小就過着無憂無慮的生活，而我的經歷則比他們豐富得多，這讓我更容易理解他們，能夠耐心聽取他們的抱怨，幫助他們解決所遇到的麻煩事。這些學生都十分尊重我，他們不僅佩服我的知識和智慧，而且還很喜歡我的熱情和機智，並且還可以從我這裏學到不少書本之外的東西。所以，這些高中生通常都會立刻喜歡上我這個課外輔導員。

我輔導的學生大部分都很聰明。有些是因為父母的不切實際的期待而壓力過大，所以無法把自己的潛能發揮出來。有些是缺乏努力學習的動機，因為他們的父母只知道給他們花錢，而缺乏與孩子溝通。在學校裏成績不好，是他們在無聲表達對父母忽略他們的不滿情緒。有些則是沉湎於優裕的物質生活，沒有上進的動力。還有一些學生是失去了自信心，破罐子破摔，認為自己天生就不是學習的料，而實際上他們天資卻相當不錯。當時的教育體制既死板又嚴苛，那些自暴自棄的學生急需鼓勵，需要別人發現他們的優點，讓他們克服懼怕學習的心理，認識到自己有能力把學習搞上去。

因為這樣那樣的原因，這些學生在學習上掉隊，認定自己沒有能力學好數理化。還有幾個同學甚至已經到了要退學的邊緣。

我是這些學生的新朋友，不會去監視他們，不會去懲罰他們，也不會去貶低他們，所以我能很快贏得他們的信任，他們也很快獲得了自信心。了解每個學生的問題所在，也就很容易讓他們變成充滿自信的好學生。他們確實很需要有人幫助他們解決具體的功課上

的問題，然而更需要的是有人理解他們，信任他們，安撫他們受傷的心靈，做他們的知心朋友。

做家教一舉兩得。我幫助這些學生提高成績，他們也恢復了自信，交到很多新朋友，情緒上也積極起來了。對我來說，我得到了學生和家長的感激和信賴，這讓我覺得生活很有意義。從內地返回香港以後，我的情緒一直很低落，覺得自己是個無用的失敗者，漸漸地我也克服了這種消極情緒。

我很喜歡我的學生，很享受輔導他們的過程，對他們的進步感到驕傲。當一個學生的學業成績從不及格上升到 B 水準，我就帶他們到一家好餐館慶賀。我不僅對他們的進步感到驕傲，我自己也覺得很有成就感。

不到半年，我的口碑就在鄰里之間傳開了，越來越多的家長請求我做他們孩子的家教。父母們都渴望他們的孩子學習好，他們請我做家教幫助他們孩子學業進步，不在乎花錢多少，我要多少他們給多少，從來不跟我討價還價。有些父母甚至認為我是個魔術師，在短短一個學期內就能讓他們的孩子從差等生變成一個優秀的學生。其實，他們不知道我並沒有能力讓他們的孩子變得聰明，我所能做的僅僅是讓他們的孩子認識到自己天生的智慧。

隨着我做家教聲譽的提高，我輔導的學科也由開始時候的數學和物理，擴展到化學、生物和英語。

做家教給我帶來不菲的收入。在此之前我從來沒有賺過錢，也沒有人給過我錢。在南京貧民窟的時候，媽媽沒有給過我一分錢。在上海時，何琳阿姨也沒有給過我錢。跟着父親住在他的辦公室裏時，他每次給我交學費時，或者給我買衣物時，都讓我覺得自己就是一個乞丐，有時甚至讓我覺得自己是個罪犯。我從來不敢夢想從父親那裏要到一分零花錢。上海的大哥時不時給我買個棒棒糖，當然我永遠不會忘記他給我買過一盒冰淇淋。那時，我甚至覺得大哥

的口袋裏有個小聚寶盆，可以生出錢來。

我輔導一次的費用是 25 港元，每次輔導完後，學生的家長直接給我現金。對我來說，這可是個大錢。那時候 3 元港幣就可以在街頭小販那裏吃上一頓不錯的飯，而且都是現做現賣的。第一次拿到自己勞動的收入，甭提有多麼激動了！同時我也感覺到自己有獨立生活的能力。

我摸着口袋裏漸漸鼓起來的鈔票，很是享受。有了錢，我就不再滿足於僅僅是為了填飽肚子生存，但是我也不知道下面該做些什麼。經濟上的獨立讓我有一種重生的感覺，這不是基督教所說的那個意思，而是我的人生可以重新啟程，過上一種屬於自己的生活！

很快我就有能力在九龍城裏租了一間房子，搬出了童伯伯家，開始過上獨立的生活。我很少自己做飯，大都是吃餐館，而且也成了一個社會經濟運轉中的活躍分子。我時常慷慨地在餐館裏招待朋友，他們中的大部分都是我的學生。

在 1959 年，我的人生發生了轉折，開始擁有了購買力，成了一個積極的消費者。此時的香港才剛剛走上迅速發展的軌道，香港島和九龍半島看起來仍然是個第三世界的城鎮，滿街都是小商販，樓房破舊不堪。九龍最高的建築就是那座舊的半島賓館，而香港島的最雄偉的樓房則是舊的中國銀行，不是上個世紀 90 年代貝聿銘設計的那座現代化的高聳的玻璃牆壁和不鏽鋼結構的建築。當時的維多利亞海灣比現在要寬闊得多，把香港島與九龍半島隔開。後來香港政府填海造地，為了滿足香港經濟自上個世紀 60 年代開始的迅猛發展，如此一來海灣變窄了。

購物成了我日常生活中的一部分，是一種全新的體驗。過去我需要買衣服、鞋子或者學習用具時，父親總是帶我到街頭上的小攤販那裏去賣，因為那裏的東西最便宜，當然也就談不上什麼質量。現在，我口袋裏鼓鼓囊囊，裏邊裝的都是錢，到百貨店、精品店購

物，到裁縫店製作衣服，報復性地享受，撫慰以前因無錢而造成的遺憾。我沉湎物質慾望的滿足，飄飄然其樂無窮。

我到裁縫店裏，根據我瘦高的體型，量身製作襯衫、褲子和西裝。我的領帶也很高檔，還配上鍍金領帶夾。什麼花花公子牌的襪子，什麼進口的皮鞋，買時我都不再多想，

1950 年的香港街景

拚命要把以前受窮時的遺憾補回來。

但是，很快我對購物就失去了興趣。沒有幾個月，逛商店買東西的新鮮感就沒了，變成了日常乏味的事情。到了最後，我需要買什麼東西時，就事先就想好，直接到商店拎回來，不再在那裏閑逛了。

後來又發展出另外一個愛好。在不做家教時，我穿着考究而優雅的西服，把皮鞋擦得鋥亮，就到那些奢華的賓館去，要一杯英國茶，加上一些糖和奶粉，再要一個用黃瓜、煎蛋、火腿製作的精緻漢堡包，坐在沙發上看中文報紙雜誌。穿着制服的服務員不時來問我：「先生您還需要什麼嗎？」我非常享受這種當貴族的感覺。

晚上，我去看電影，光顧夜總會，有時候一個人去，有時候帶着我的學生一起去。傳統的夜總會都是地方樂隊演奏，主要是爵士樂和別的流行樂，那時候流行格倫·米勒（Alton Glenn Miller）、阿蒂·肖（Artie Shaw）、本尼·古德曼（Benny Goodman）、湯米·多爾西（Tommy Dorsey）、貝西伯爵（William Basie）和艾

靈頓公爵（Edward Ellington）等音樂家創作的曲目。50 年代末期，搖滾樂在香港還是新生事物。比較前衛的夜總會，通常演奏更時髦的音樂，當時人們最喜歡的兩首是比爾‧哈利（Bill Haley）的「全天候搖滾」、埃爾維斯‧皮禮士利（Elvis Presley）的「再見鱷魚」（*See you later alligator*）。

搖滾樂太鬧心，屬於快節奏的打擊樂，歌唱者聲嘶力竭，似乎要激發人們瘋狂釋放自己，讓你擺脫所有限制和束縛。我不自覺地想起每天在廣州華僑中學大喇叭裏播放的《威廉‧泰爾（序曲）》，不知把我們曾經的起牀號搬到這裏演奏會怎麼樣？人們可能認為這是不和諧的噪音，但是如果把它配上搖滾樂，肯定要地動山搖。有時胡思亂想，竟想到華僑中學的劉老師隨着貓王唱的咕咕聲而旋轉起舞，不禁失聲大笑。

回想起來這短短幾個月的變化，我自己都把自己嚇一跳。幾個月之前，我在那個華僑中學裏沒有絲毫物質享受，幾個月之後，在香港我變成了揮霍的享樂者，一個人怎能變得如此之快，如此之戲劇化？！但是我感覺到一切都那麼自然，心裏連一點漣漪都沒有起，似乎自己天生就是享受奢華的料，一下子就適應了。

也許是因為我青少年時期被剝奪了一切物質享受，所以自己有資格彌補一下。也許從貧窮到奢華是人類的本性，有句古話是這麼說的，「由儉入奢易，由奢入儉難」。所以，一個人從富裕到貧窮時會覺得痛苦難忍。也許是我太麻木了，感覺不到生活巨變對心理的影響。

我也弄不清楚為什麼自己變得這麼快。現在我開始懷疑自己長期以來對奢華生活的鄙視是否有道理，我有了經濟能力後就可以看到物質享受誘惑的那一面。我那時心裏想，這種一味追求物質享受的「庸俗唯物主義」也不無道理，值得重新思考。

此時，我沒有警覺到自己正一步一步滑向單純追求物質享樂的

頹廢人生。

忠志學院

我住的地方離母親的神學院不遠，也是在九龍。每個星期我都買上一束鮮花去看望母親。周末時，我就請母親出來走一走，有時我們一起去廣東餐館吃早點，有時到其他餐館吃晚飯。我們還是沒有太多的話要說。每次見面時，母親總是很關心我的未來，可是我不願意多考慮這些，一方面我看不到有什麼未來，另一方面我也想暫時讓心情平靜一下，先不去擔心將來的事情。

我的未來計劃也曾經非常明確過，也曾經是我每天努力的動力。住在父親辦公室的時候，在廣州的華僑中學學習時，我發奮讀書就是為了考上大學，將來有個穩定而薪水不錯的工作。可是現在這一切都付之東流水，成了一種奢望。

現在，母親在一邊也看得很清楚，我是沉湎於物質享樂之中。她有時會以不經意的口吻提醒我一下，說年輕人要有上進心，但是也不會直截了當地把話說得太白。

「我很享受眼前這種吃得好穿得好的日子。」我坦率地說道，也沒有覺得太不好意思。

我的坦誠逗得母親哈哈大笑。

「孩子，你也該享受一下了，也有資格享受享受，這是你憑自己的知識和勞動換來的錢，更何況你從小到大受的苦實在是太多了。」母親說道。但是她總是鼓勵我繼續讀書，不斷提升自己的知識能力。母親的勸導總是很和緩，如春風化雨，但是時間長了也對我產生了潛移默化的影響。

我和母親在一起時，從來不談父親的事，也不觸及我在內地的遭遇。一次，母親在講別的事情的時候，無意中提到了父親的名字，我

頓時怒火中燒。每次我想到父親為了實現自己的圖謀，不惜犧牲我的一切，把我作為他的工具，都覺得厭惡至極，火就不打一處來。

在母親的督促鼓勵下，我到新界剛成立的一所學院註冊讀書，學習的課程有數學、物理、哲學和英國文學。這所學校叫「忠志學院」（Chung Chi），招收的對象是中學畢業生。按照當時英國殖民政府的規定，只有香港大學可以授予學士學位，其他的只能叫「學院」，且沒有授予學位的權利。

忠志學院的創辦人叫安德魯·羅伊（Andrew Roy），他是一個了不起的人，在普林斯頓大學獲得哲學博士後，曾在中國傳教了幾十年。他個子很高，英俊瀟灑，和藹可親，很有熱情，是個令人尊敬的長者。他善良樂觀，總給人一種如沐春風之感，總是能鼓勵學生積極向上。

羅伊博士講古希臘哲學課，主要講柏拉圖和蘇格拉底。我旁聽了他這門課，參加了多場十分有啟發意義的討論，討論的話題包括正義、人性、政府形式、知識的本質以及人與社會的關係。我最感興趣的是人類的生物屬性這個問題，跟他聊得很投機，他的意見對我很有啟發。

我也上了另一門哲學課。我對哲學很感興趣，這是受了我在廣州華僑中學那裏結識的梅勝仁的影響，我們倆是同宿舍的同學，非常要好，很能談得來，他被同學們稱作「理論家」。勝仁經常跟我聊西方哲學家的思想，什麼笛卡爾、霍布斯、盧梭、康德、黑格爾、亞當·斯密斯，這些名字都是第一次從他那裏聽來的。現在我想搞清楚他們的哲學思想的精髓是什麼。

在忠志學院裏，我還遇到了另外一位讓我終生受益的好老師，就是漢斯曼博士。她是個英國傳教士，那時來忠志學院教一年英國文學概論課，內容涵蓋從文藝復興到浪漫主義思潮時期的作家。她要求學生每周寫一篇 10 頁的讀書報告，閱讀的材料包括愛德蒙·

史賓賽（Edmund Spenser）和莎士比亞、彌爾頓（John Milton）和約翰·多恩（John Donne）、德萊頓（John Dryden）、喬納森·斯威夫特（Jonathan Swift）、塞繆爾·約翰遜（Samuel Johnson）的作品。這個訓練對學生很有益處。在她的指導下，我第一次學習寫英文作文，這開啟了我終生的一個愛好，深深體驗到英文寫作的挑戰，也感受到了寫作的樂趣。

在此之前，上學讀書都有一個明確的目的。我剛到香港讀書時，努力學習的目的就是取悅父親，免遭他的拳腳，如此他也會繼續提供食物和住所。後來讀高中時，我的目標就是中國傳統上所謂的成功，將來考上一個好大學，畢業後有一個薪水不錯的穩定職業。雖然父親總是期待我將來從政，升官發財，但我壓根兒都對政治不感興趣。儘管我對權利不感興趣，但是父親的期待或者說命令，總是在我心頭揮之不去。

到忠志學院讀書，沒有任何功利的目的。我選修什麼課程，並不考慮日後會給我帶來什麼直接的利益，比如說找個收入更好的工作或者長期穩定的工作。在那個時候，從這種學院畢業，既拿不到政府認可的大學文憑，也得不到社會的承認，也對自己職位的升遷沒有任何直接的好處。學校的辦學宗旨講得很明確，他們教育的目的不是提供走向任何世俗意義的成功的墊腳石，只是針對那些中學畢業後還想繼續讀書的學習者，為這類人提供一個自我提升的機會。這也是我人生第一次完全出於個人愛好和好奇心而讀書學習，不需要擔憂任何別的事情。

這種非功利式的學習讓我終生受益。

當然，我在忠志學院所學的，只是對西方大哲學家和大文學家有個初步了解而已。但是這一步很關鍵，如同久旱逢甘霖，開啟了人生不斷滿足自己好奇心和求知慾的人生探險之旅，給我帶來了無窮的樂趣。

父子相殘

自從做了家教，我在香港就有了個人的全新生活，日子過得挺滋潤。

一天在大街上，我突然碰到程義明，他是我在廣州華僑中學的同宿舍同學。義明個子高高的，小夥子長得很帥氣，他父親在香港一家紡織廠工作。義明跟我也在同一個班上，政治課都是劉老師教的。我們的關係說不上親密。在我看來，他有些保守，為人謹小慎微；而我在他的眼裏，可能是個做事粗魯，態度傲慢的人。我把義明歸入華僑中學裏那類思想呆板、膽小怕事的那一類。

那天我正順着九龍大道—彌敦大街上行走，迎面撞見了義明。那時他申請了一家服裝店的文職位置，正在去面試的路上。我呢，則是要去一家廣東餐館吃早茶。我們不期而遇，都驚喜萬分，熱情握手。

「喂，義明。真神奇，能在這裏遇到你！」我說道。

「天呀，這是李訥！」義明吃驚地朝我上下打量了一下，「你一定中了大彩了吧？！」

我知道義明的家境不好，回答道：「哪裏，哪裏，我還遠說不上是什麼富人。我現在給中學生做輔導，他們都是富裕家庭的子弟，所以我也不能穿得太寒酸。」然後，我立刻轉移話題：「你是什麼時候回香港的？」

「一個多月前，我在那裏也待不下去了。你走後不久，內地又開始過『糧食關』，很多人都沒有飯吃。」

我仔細看了一下義明，即使他已經回香港一個多月了，仍然臉色蒼白，眼窩塌陷，可以看出他在廣州那裏受的折磨仍有後遺症。

「我們的華僑中學現在怎麼樣？」我打探道。

「大米飯開始限量吃了，」義明說道。「你走的時候，咱們的午飯和晚飯都還是大米飯隨便吃。你知道，雖然大米質量不好，但是可以填飽肚子。『大躍進』運動開始不到四個月，每個學生每餐只有三兩米飯，只能吃個半飽。到那時，我們以前吃的又老又硬的青菜梗子也沒有了，只有一小碟子腌蘿蔔菜。又過了兩個月，連午餐整個都給取消了，一天只能吃上兩頓飯。我餓得實在受不了了，所以這才返回香港。」

義明的這番話着實令我震驚。雖然香港當地的報紙時常在頭版報道內地的狀況，但是還沒有看到關於「糧食關」的新聞。政府號召全國人民大煉鋼鐵，要加速社會主義前進的步伐。農民們停止種田，學生們停止學習，工人們停止工作。農民們在自己家的後院搭建起「煉鐵爐」，把所有含鐵的東西拿來融化掉，包括煮飯的鍋、切菜的刀子、窗戶棱子、門把手等。香港的媒體也曾經預測，這會對國家經濟發展造成重大影響。後來的災情正如義明所說，農村地區尤其嚴重。

我就請義明一起去吃早茶，這樣我們可以好好聊聊。義明告訴我，華僑中學的領導班子還是原來的，劉老師還是政治老師兼班主任。後來還有很多海外的華僑子弟來到這個學校，但是他們必須到附近村莊的煉鐵爐去煉鐵，學生們被管制得更嚴了。儘管大家忍飢捱餓，也沒有人敢吭一聲，人們默默忍受着生理上和精神上的折磨。

義明還告訴了我另一個更叫人痛心的消息。

「梅勝仁，就是咱們同宿舍的那個哲學家，在我回來的兩個月前死了。」

在我們快吃完午飯的時候，義明突然提到這個事。「我是聽學校政治教研室的老師說的，在海南島的集體農場，勝仁上吊自殺了。」

　　勝仁選擇這條路，我早有預感。他是個很自傲的人，總是明確宣揚他的人生原則：一個人活着必須要有尊嚴。他信奉馬克思主義，因為他認為馬克思主義主張把人從被奴役的狀態解放出來。勝仁說過，貧窮不會讓人沒有人格，只有奴役才會剝奪一個人的人格。

　　聽了義明講的這個不幸消息，我久久說不出一句話來。勝仁是我的知心朋友，一直以來給了我面對困難的勇氣。

　　失去了一位我崇拜的、尊敬的朋友，這讓我悲痛萬分。義明看了一下茶館牆壁上掛着的時鐘，突然驚叫道：「我得走了，時間已經晚了，還有面試呢。謝謝你的款待！」

　　我與義明握手言別時，神志恍惚，甚至忘記了讓他留下個地址。義明離開後，我又回座位上呆呆地坐了一會兒，然後才去埋單離開。我出了餐館的門，走在炎熱的太陽下，覺得無精打采，有些眩暈。

　　自從回到香港，我就有意識地把在大陸這一年的經歷深深埋藏在腦海的一個角落，努力忘掉它。我不願意想起這段經歷，也不想面對它，特別是不能想到這段往事意味着父親是如何利用我的。但是，與義明的邂逅，使這段深藏在腦海深處的記憶就如決堤的洪水一樣洶湧澎湃，無法抑制。悲傷、憤怒、懊悔與沮喪，千頭萬緒，交織着湧向心頭。我努力克制自己不要限於憂鬱的深淵不能自拔。我回大陸這段不堪回首的經歷，是父親精心設計的一個圖謀，這種深層次的精神折磨一直揮之不去，不管我多麼努力去克制它都沒辦法。我不想再見到父親，也不願意把劉老師說的話轉告給他。

　　但是此時此刻，我有一種說不清楚的原因，覺得是時候去面對父親一次了。也許我對他的氣消了一些，也許想再恢復與他的關係，這樣可以給回大陸這段痛苦經歷畫上一個句號。

　　接下來的一個星期六下午，我事先並沒有告知父親，來到他的

辦公室。

　　父親正坐在他臥房裏的一張藤椅上，一邊喝着杜邦納洋酒，一邊嚼着炒花生，在那裏悠閑自得地看書呢。我走進他的房間，他坐在椅子上一動不動，略略地瞟了我一眼。到此時，我們已經有將近兩年沒有見面了。他瞟見我時，臉色頓時嚴峻，露出很不屑的樣子。

　　我站到他的面前，一時不知如何開口。

　　最後，他放下了手中的書，又瞟了我一眼，說道：「你來這裏幹啥？」

　　「是來看你的。」我平靜地說道。

　　「你回到香港不是快一年了嘛，」他語帶譏諷地咆哮道，「怎麼，現在你才想起來要來看我？」他抬起頭來，眼睛直盯着我。

　　我知道，父親從他的朋友那裏早就聽說我已經回到了香港。那時因為各種政治原因來到香港的人，形成了一個社交圈。他們雖然不一定是朋友，但是一有閑言碎語，就會很快傳遍整個圈子。我曾經在童伯伯家裏住過三個月，他就是這個社交圈子裏的一員。我回香港的消息，可能是從他那裏直接或者間接傳給了父親。

　　此時，他的譏諷和敵意激怒了我。

　　「我有理由離開你，」我冷冷地說道。「你想聽我解釋嗎？」

　　「請說。」他漫不經心地回答道，又呷一口杜邦納洋酒。

　　我就把劉老師的話說給他聽，並告訴他我被中國大學拒絕後內心是如何想的。然後我又接着說道：「你不應該把我當作你的一個工具去利用。最起碼你應該告訴我你心裏的計劃，也讓我心裏有個數。你很清楚，我回大陸是個很大的冒險，但是你一直把我蒙在鼓裏，在暗地裏操縱我。我為此付出了慘重的代價，差點兒就把命都給丟了。」

　　父親把他多年在政界學到的厚黑學，用到了他身邊剩下的唯

一一個親人身上。記得幾年前我讀高中的時候，他曾教給我「從政七原則」，原則之一就是永遠讓別人處於明處，你自己處於暗處；之二則是永遠不要跟人講你真實的想法。我不知道父親是否曾經把此法用在別人身上，可是過去這些年，他真真切切地冷酷無情地用在了他小兒子身上，幾乎摧毀了小兒子的一切。

父親突然從椅子上站起來，兩眼圓睜，狂吼道：「我是你的父親。一個父親想做什麼，不需要徵求他兒子的意見。」他幾乎失去了理智了。「我成功了，你跟着沾光。我失敗了，你跟着受累。這就是人生法則！」

父親毫不掩飾地聲稱，他有權利這樣利用我。我不能再讓他把我看做他的一件可任意擺佈的工具，想怎麼用就怎麼用，來實現他個人的圖謀。不論何時何地，我必須明確地告訴他，我不是他擁有的一件私人物品，可以隨便利用。

「不，這不是什麼人生法則，這是你的自私法則。我完全不能接受！」

他怒目而視，但是我的話還沒有說完呢。

「你應該清楚，我從來沒有從你的成功和富有中得到過什麼好處。將來，不要再想把我當作你的工具，也不要再指望我去承受你失敗的後果！」

此時我看到他揮拳向我打來。就如同多年前我被學校開除回到家裏那幕情景一樣，他緊握拳頭，揮起右臂，向我砸來。但是此時的我已不再是那個弱小的 10 歲小男孩了。事實上，我比他更高更強壯更靈敏。這次我對父親的動粗一點兒不覺得意外。

我閃了一下，父親一拳落空。

他咆哮着，嘴裏不知罵着什麼，立刻膝蓋稍彎，呈半蹲姿勢，雙拳向我的胸膛左右開弓，發瘋似地猛擊。

我着實有些震驚，但是我站在那裏一動不動，我的思維停滯，

我的感覺麻木，被動地承受着父親的一陣狂拳。幾分鐘後，他停住了手，此時我的怒火從心底湧上心頭。雖然他仍然強健，但是畢竟老了，所以他的拳擊也沒讓我覺得太痛。讓我最無法忍受的是他的無情和冷血。

他放下了胳膊，看也不看我一下，轉身就要從我面前走開。

「為什麼不打了？」我憤怒地挑釁道。

「我胳膊累了。」他回答道，頭朝向門口，眼朝向別處。

他這句話比寒冰還要冷，讓我再也無法控制住自己。什麼儒家倫理孝道，尊重長者，順從父母，都無法壓制住我的怒火。我爆發了。

我上前抓住他的雙臂，讓他動彈不得，朝他驚恐的臉上狠狠咬了一口。

「這是最後一次，絕對是最後一次！你永遠別再跟我動粗！明白嗎？永遠別！如果你再打我，我就把你的胳膊打斷！」

我鬆手讓他走到一邊。我一臉怒氣地衝出房間。

門口碰見了一位女傭，就是我高中時期為大家烹製可口飯菜的那位女士，隨便地問我道：「李先生屋裏怎麼了？怎麼撲撲騰騰地亂響？」

「沒什麼，沒什麼，」我回答道，聲音有些嘶啞，「剛才是我和我爸在玩一個遊戲。」

我匆匆離開了父親的辦公樓，又走過了幾個街口，實在控制不住自己的情緒，聲嘶力竭地狂喊起來。難以忍受的羞恥吞噬了我。我為有這樣的父親感到羞恥！我為自己感到羞恥！我為剛剛發生的我們父子的行為感到羞恥！

我精神崩潰，癱坐在行人道上，像小孩子那樣放聲大哭起來。我雙膝因情緒失控而晃盪，鼻涕眼淚一把一把往下流，泣不成聲，喘着粗氣。還好，當時街上並沒有什麼行人，否則的話，人們都會

把我當作一個瘋子圍起來看熱鬧。

我的情緒漸漸平靜下來，只覺得渾身無力，孤獨空虛籠罩着整個大腦。我從地上站起來，朝住處慢慢走去。只覺得眼睛火辣辣的，胸部有些疼痛，似乎是被父親打傷了。

我的心情變得更加抑鬱。

體育療法

人生的苦難令人難以承受。以前折磨我的是貧窮和飢餓，現在雖然能掙錢了，可以吃得飽穿得暖，但是這種物質滿足並不能讓我從痛苦中解脫出來。生活的意義是什麼？我的人生有什麼價值？這些問題一直困擾着我。

在華人社會裏，人們都在追求世俗的成功，而成功的標誌就是博得聲望，握有權力，佔有財富。這種觀念代代相傳，一個人從小耳濡目染，學校裏老師教的，家裏大人灌輸的，社會上人們崇尚的，都是這些東西。

即使我在經濟上已經可以自給自足了，但是人生如何規劃，怎麼樣活着才有意義，這些我心裏還沒有一點兒譜。我並沒有積累任何財富，花錢也沒有任何計劃，仍然屬於月光族，我的收入不能惠及家人。我也沒有做出任何值得稱道的事情，更談不上有什麼社會聲望，自己現在只是個高中畢業生，如果就此停止不前，未來也沒有什麼發展的前景。我就是一介小民，什麼權利也沒有，不過我也對這玩意兒壓根不感興趣。事實上，我有意識地迴避傳統讀書人的奮鬥目標，也沒去多想未來的事。回到香港後，首先面臨的是生存，能夠掙錢養活自己，無暇顧及其他。

現在我的精神又陷入了低谷，前途在哪裏？我該做什麼？我能做出什麼？人生的意義是什麼？我被這些問題困擾着，試圖尋找它

們的答案。

我心中只有迷茫，唯有困頓。

我一直懷疑，人生即使有了既定目標，就一定指引着一個人獲得幸福？父親的人生目標倒是很具體很明確，但是他的人生經歷對我沒有任何吸引力，也沒有任何的說服力。他50歲之前曾擁有過威望、金錢和財富，但是瞬間化為烏有。更糟糕的是，他被這種傳統認為的成功徹底征服，成了名利的奴隸，他的人性徹底被異化了，變成了一個只為名利而活着的怪物。

然而，如果拋卻世俗的追求，那我的人生還有何求？我對未來缺乏信心，看不到希望。

聽了羅伊博士關於柏拉圖的課，我認識到自己思想是多麼淺薄，對人生的認識缺乏洞察力。我就看哲學和文學方面的書籍，嘗試尋找問題的答案。現在我渴望理解人生的真諦，可是越想越覺得徒勞無益。書裏找不到現成的答案，我感到自己就是個空空如也的軀殼，一天到晚只覺得渾身上下不自在。

有時候我覺得自己就像沉入大海的船，被無情的浪濤所吞沒。

一天晚上，我在一家俄國風味餐館吃完飯，覺得無精打采的，就買了兩打麵包，走到附近的貧民區，散發給那些無家可歸的孩子們。

這些流浪兒瞪大眼睛看着我，似乎是在說：這個人是不是個瘋子？眼前是一個瘋子來給他們麵包吃！

我理解他們的反應。一般人都不會到這裏來，因為他們擔心被傳染上疾病，遇上暴力，而且這裏又髒又亂，惡臭難聞，令人躲之唯恐不及。偶爾會有一些維持治安的人員來這裏，驅趕這些衣服襤褸、灰頭垢面的流浪兒。

可是他們不知道，我實際上是把自己看成他們中的一員。我生平最快樂的一段時光，就是在南京貧民窟的那段日子。那時在別人

看來，我和我的小夥伴們也是街上的頑童，但是我們之間相互忠誠不渝，絕對相互支援。從那時開始，我就渴望人生有一種理想的、富有浪漫色彩的人際關係，相互之間就如同這些天真無邪的小朋友那樣，大家眾志成城，克服各種巨大困難。

那天晚上，我給貧民窟的流浪兒分發麵包，他們也許不知道，我這個穿得光鮮亮麗、營養不錯的人，其實在心裏是把自己歸入他們這個無家可歸的羣體。我幻想有一種神力，讓時光倒流到以前在南京貧民窟的時候。我願意放棄我的一切，如果我能夠再過上那種純粹的日子。給貧民窟的流浪兒送食物吃，可以緩解一下我煩躁不安的心情，從中似乎可以找回昔日的童心。

但是很快精神又陷入漂泊不定的狀態，被陰鬱籠罩着，無法躲開，整晚難以入眠，第二天仍覺精神恍惚，揮之不去的憂鬱一直折磨着我……

一天天就這樣過去了，唯有絕望，完全無助。

我嘗試着大聲說話來勸導自己，小時候夜晚在深山老林時，也曾這樣大聲吆喝，試圖嚇退周邊的惡鬼。但是也不見效，憂鬱就像水蛭那樣，黏在身上，鑽進血管裏，向全身每個血管蠕動潛行，精神徹底被擊垮了。

一個星期裏，我的神志已經沉入黑不見底的憂鬱深淵，似乎又回到了在廣州華僑中學最後時期的精神狀況，那時劉老師的一番話讓我精神徹底崩潰。

但是這一次的情況更糟糕。

美食和物質享受在無法讓自己自拔。現在我吃得好，穿得靚，住得也不錯，有屬於自己的空間，這些物質享受都已經習以為常了，覺得生活本來就應該如此，再也不能成為讓我精神振作起來的動力。吃穿只能讓感官愉悅，而無法解決精神問題。

我試着閱讀懸疑小說，想用刺激的故事讓自己暫時擺脫沉重的

精神壓力，但是根本集中不了精力閱讀，什麼內容也吸引不了我，根本看不進去。

我的家教開始受影響了。學生們都覺得我經常心不在焉。

我的抑鬱症螺旋式惡化，我開始不去忠志學院上課，也經常忘記去看望媽媽。一天又一天，就這樣糊裏糊塗地混日子。眼前的每一件物品都變成灰色調，一切都變得沒有意義了。

一天早晨，我突然意識到，自己這條長期漂浮不定的破船正迅速沉入大海的黑暗深淵。快點，誰能拉我一把，別讓我掉入精神黑洞。

那時候還沒有心理醫生這回事，連聽都沒有聽說過。絕大多數的中國人都認為精神醫生就是傳說中的巫術，沒有什麼科學道理。諮詢心理醫生，就是向一個陌生人訴說你內心深處的隱私，這與東方人的傳統觀念格格不入。相反，人們寧願找親人或者知心的朋友交心，聽聽這些人的寬慰。在中國社會裏邊，每個人都生活在一個小圈子裏，圈子內的人相互依賴，互相幫助，然而對圈外的人則持排斥心理。

我沒有任何人可以依賴、可以交心。這一次，身邊沒有何琳阿姨寬慰，也沒有上海那位大哥的指點。

又糊裏糊塗地過去了幾周，這一天靈光乍現一個自療方法。

一天做完家教後已經很晚了，我獨自一人來到忠志學院的大操場，繞着跑道一圈又一圈地奔跑，希望在茫茫的黑夜裏，讓運動來滌盪自己的心靈，撫慰內心的創傷。跑了幾圈後，我開始上氣不接下氣，心臟急速跳動，整個胸膛似乎要爆裂，那時我感到死亡已經臨近，一步一步向我走來。

但是我並不懼怕死亡，這對我來說是最好的精神解脫，可以永遠不再受無盡憂鬱的折磨。我繼續跑着，勉強維持呼吸，直至我的小腿痙攣，腹部僵硬，身體無規則地前後左右晃悠，我這才慢下來

步行前進。就這樣,又在操場跑道上走了一個多小時。

這天晚上,我走回自己的住處,已無力脫掉早已被汗水浸透的衣服,倒在牀上就睡着了。一覺睡了十六個小時,醒來時似乎覺得昨夜狂流的汗水帶走了我心裏的灰暗情緒。

想從牀上爬起來,感到兩腿痠痠痛,但是我的頭腦頓時變得清晰。幾個星期來,我第一次感覺到自己神志又恢復了正常,又有能力做事了。

這我才認識到,跑步是最好的療法。第二天晚上,儘管雙腿仍然酸疼難忍,我仍到操場去跑,一天,兩天……就這樣不停地跑下去。

就這樣拚命跑了一個月,不僅身體變強壯了,而且精神也振作起來了。我決定參加忠志學院的田徑俱樂部,教練要先看一看我的素質,決定先讓我來個 100 米短跑。我第一次試,就跑進了 12 秒以內。教練的第一個反應就是一聲感歎:「哇─」就這樣,我閃亮登場,加入了忠志學院的短跑隊。

我給自己買了一雙跑鞋,穿起來很輕快,彈性特別好,跑起來就如同希臘神赫密士(Hermes)那樣,雙腳插翅,兩腿生風。幾周內我的百米成績已達到 11 秒左右。

學院一年一度的田徑賽來了,我輕鬆贏下 100 米和 200 米的短跑冠軍。爾後我又代表忠志學院參加全香港的大專院校田徑賽,在這兩項比賽中,我贏下一個又一個冠軍獎盃。我把獎盃和獎牌帶給媽媽看,每次我們一起到餐館吃頓好飯來慶祝。

我也贏上了癮,勝利給我自信,讓我精神振作,也幫助我癒合了心中的創傷。我不再滿足田徑場上的勝利,我參加其他各種各樣的比賽,只要是我有資格參加的,不論什麼,一個不落下。接下來,我又贏得了跨學院的辯論比賽冠軍、作文比賽冠軍、演講比賽冠軍。一年多一點兒,我竟成了香港各個學院中的一位不大不小的名人。這算是我人生的一個成功故事吧。

李訥獲得 100 米冠軍獎盃（1960 年）

喜出望外

在忠志學院的田徑隊裏，我結識了林大偉，他是個 400 米短跑運動員。我們兩個成了知心朋友。大偉穩重樂觀，正好與我的易衝動而情緒化的性格形成鮮明的對比，兩人性格互補，可以取長補短。他英俊陽光，有個幸福的家庭，父母都很關愛他。我們倆時常一起去餐館吃飯，到離島遊玩。我們非常能談得來，我很尊重大偉的建議，大偉也很樂於聽取我的意見。

一天，大偉告訴我一個競爭美國留學獎學金的機會，優勝者可以獲得全額獎學金資助到美國大學讀書。1961 年是國際難民年，美國政府出台了一項措施，就是給香港的大陸居民提供六個獎學金名額。居住在香港的所有來自大陸的居民都有資格參加比賽，只要是高中畢業就行。

大偉很想跟我一起去試一試運氣。

可我很猶豫，跟大衛解釋道，我在 1957 年回大陸一年，一定被美國領事館列入黑名單。大偉堅持說，即使我被列入黑名單，也有責任陪他一起參加這次比賽，這樣可以為他壯壯膽。因為比賽異常激烈，他很需要我這個好朋友的精神支持。大偉又勸我不要那麼擔心，也沒有根據說我一定就在美國的黑名單上。

我反覆推辭了好幾次，最終還是妥協了，聽了大衛的話去參加比賽。

共有一千多名高中畢業生報名參加，初選是幾個科目的閉卷考試，成績優異者還需要通過三輪面試，最後選出六個優勝者。因為我一直覺得自己已被列入黑名單，也不抱什麼希望，所以精神完全放鬆，只是來陪大偉比賽。由於自己精神放鬆，在書面考試和面試中都發揮出色。

喜出望外，大衛和我都成了優勝者，被授予全額獎學金。

大偉被俄勒岡的里德學院錄取，我則被緬因州的鮑登學院選中。直到這時，我還不知道緬因州在哪裏，鮑登學院到底是個什麼樣子。

儘管對所去的地方一無所知，我仍然感到激動萬分，歡欣鼓舞。獲得到美國讀書的獎學金，就是喜從天降，這也一直是我高中時期的一個夢想。有了經濟保障，我就可以讀大學了，可以追求未來，幹一番事業。最重要的是，我可以離開香港這個令人窒息的殖民小社會，去追求屬於自己的新生活。

但是，我馬上面臨一個問題。獎學金並不包含到美國的機票，儘管我自己做家教可以保障個人生活，然而也付不起機票的錢。

我能想到的只有母親一個人，看她能否幫我想想辦法。我去找母親，心裏嘣嘣直跳，也不知道她是否能夠想出辦法來。

母親還是像往常那樣平靜地看着我，然後說道：「孩子，別着急，我會想盡一切辦法幫你的。」她目光堅定，語氣果斷。我還記

得很久以前母親離開父親那一天說的一句話：「今後我要做一個好母親。」

奇跡發生了，母親向她的教會借到了一筆錢，合約上規定兩年後歸還。我不清楚，她的教會是否知道他們是把錢借給了一個異教徒。

終於獲得了自由！

夜裏，我吹着口哨，邊走邊喊：「我自由啦！」

我心情激動，多日晚上都是久久難以入眠。晚上睡不着覺，我就去最喜歡的俄國風味餐館買麵包，我能拿多少就買多少，然後抱到貧民窟那裏給那些食不果腹的流浪兒分發。

一年多前，當我的精神陷入低谷的時候，也是買麵包送給這些忍飢捱餓的孩子們，嘗試緩解自己精神上的傷痛。現在，我的心情好了，充滿着希望，幸福滿滿。這次我是來跟他們分享自己的幸運，這些流浪兒當然不知道我的目的，也無法跟我分享快樂。在我心目中，南京貧民窟的那幫小朋友就是我這個世界上最親最近的人，現在我把眼前這些流浪兒看作南京貧民窟的小夥伴，急切想把我的喜悅帶給他們。南京貧民窟的那段日子是我童年時期度過的最美好的時光，青少年時期就再也沒有這種快樂，現在我又有了新的希望，未來也許還能再次體驗在南京貧民窟時的快樂與自由。

父子泣別

1961 年 9 月 6 日，我乘機離開香港前往美國讀書。

在前往凱德機場的路上，我路過母親的神學院向她告別。在我短暫停留後即將離開時，母親擁抱了我一下，這是我平生得到母親的第一個擁抱。然後她嚴肅地對我說：「孩子，我知道你可以自己保護自己。我只希望你將來不要找美國女孩子結婚。」

「媽媽，我根本就不打算結婚！」我堅定地回答道。我從來就沒有想過結婚這件事，我這樣說也是內心的真實想法，那時決心已定，終生不娶。

我的話讓母親感到錯愕，她用悲傷的眼神看着我，就像那天她跟我說要離開父親時一樣。但是她沒有再往下說什麼，她的無言是一種認可，就是說我的未來由我自己來決定。我懷着對母親的感激之情，離開了神學院前往機場。

到了機場，我好奇地看着飛機的起降。然後，我欣喜地望着那架我們即將乘坐的飛機，它有四個引擎，機尾上塗着 TWA 三個字母。就是這個飛行器將把我運到一個一直嚮往的地方，開始一種全新的生活。

我心潮澎湃，激動萬分。但是我心裏也充滿着各種顧慮和擔心：美國人會對我友好嗎？我能適應那裏的生活嗎？將來我還會回到香港來生活嗎？

機場廣播裏通知，我們這趟航班馬上就要登機了。乘客們都排好了隊，準備進入登機口。我回頭望着揮舞雙臂向親友告別的人羣，除了林大偉的家人，我一個人都不認識。但是我也不覺得傷心，並沒有孤獨感。此時此刻，嚮往新生活的心情讓我興奮不已。然而，就在此刻，突然我發現父親站在送行人羣的後邊。

是父親，站在人羣後邊的那個高個子面容憔悴的老人就是父親！我沒有告訴他我去美國讀書這件事，也沒有期望他會來機場。他可能是從朋友那裏聽說我今天要去美國讀書。

瞬間，父親的出現驚呆了我。

我擠過人羣，向父親走去，此時此刻，我的大腦裏閃現出一幕幕父親的人生。

父親是個極度自負的人，可是他的人生道路已經走到盡頭。他的腦子裏只有兩根筋，一根是聲望，一根是權利，合二為一就編織

成他人生唯一的追求。他三十歲出頭就成為人上人，但是這個狀況並沒有隨着歲月而提升，相反是被無情的時代所腰斬。在他人生的後期，伴隨着他的只有沮喪和失望。

他的妻子離開了他，他的兒女也都相繼走開了，不再跟他聯繫。威望和權力也都化為泡影。他的政治生涯早已被判了死刑，根本沒有東山再起的機會。20多年來，他一直住在香港這個被殖民者統治之下的彈丸之地，他成了一個孤獨的漂泊者，既不能融入廣東人的社會羣體，也與西方殖民者格格不入。

父親是個令人絕望的悲劇式人物。我將近三年都沒有再去看過他，我們之間也沒有任何聯繫。迫於自己生存的壓力，我從來沒有站在父親的角度去理解他。現在，我就要遠走了，父親的世界如同一場暴風驟雨向我襲來。

對父親的同情和憐憫油然而生。

我曾經期待有一個不一樣的父親。他出生於山東一個貧窮的小山村，這與他後來的所作所為實在是難以聯繫得上。他完全變成了追求名利的奴隸，只懂得追求傳統知識分子所夢寐的成功。他真誠地相信，自己的成功不僅可以光宗耀祖，還可以讓身邊的每一個人都沾光。他認為，先把家人放在一邊，利用子女謀取功名，等待他功成名就之日，人人都可以沾他的光，都可以享受他帶來的財富。當他看到注定要失敗的人生時，束手無策，就讓自己蜷縮進一個蠶繭裏，行為反常古怪，做事違背常理。

我惱火他，我譴責他，我報復他，表達我對他的不滿。

我腦子裏千頭萬緒，從人羣裏擠着一步一步接近父親，但是不知道如何說起。來到了父親跟前，我一句話也說不出來。我呆呆地站在他面前。父親的腰已經有些駝了，仍然自矜，但是精神已垮。他神情悲傷，也說不出一句話來。

站在父親面前，望着他那枯槁的面容，我眼眶頓時充滿了

泪水。

　　此時我看到父親緩慢地伸開雙臂，頓時一股暖流向我襲來，我條件反射地撲向前去，緊緊抱住父親。此時只感到父親的熱泪點點滴在我的脖子上。

　　一直到我必須登機離開時，我們父子誰都沒能說出一句話。我提着行李箱走向登機口，泪如雨下。父親給我的這一抱，我從來沒有想過、也不可能想到有如此神奇的力量，讓我終生難以忘懷。就在我轉身離開時，只聽到身後傳來父親顫抖的聲音：

　　「孩子，好好照顧自己！」

　　我擦去臉上的泪水，決定到美國後再與父親聯繫，重新建立我們父子之間的關係。到了美國後，會有全新的生活，要讀書學習，有傷心有快樂。但是無論未來到底怎麼樣，此時此刻是我人生最寶貴的時刻，任何事情都無法取代。

　　我踏上飛機的懸梯，父親的聲音漸漸消失。

尾聲

父親的苦海

　　在美國所經歷的一切都是以前想像不到的。我被安排到學院兄弟會的宿舍去住，全校的運動員都住在這裏，有橄欖球隊的隊員、籃球隊的隊員、棒球隊的隊員。這是大學管理處這樣安排我的，兄弟會就慷慨應允我跟他們一起吃住，但是只能作為一個客人的身份，不能成為他們的正式會員，因為他們不接納有色人種作為「兄弟」。這是我剛到那一天，兄弟會的成員告訴我的。儘管如此，他們還是挺激動的，因為有個黃種人短跑運動員加入了他們的運動員俱樂部。後來我才知道，因為我是香港 100 米短跑記錄保持者，所以才獲得免費住宿的待遇。但是，我並不想在體育運動上發展，一心只想利用這個機會好好讀大學。所以我決定不參加他們的短跑隊，這讓他們很惱火。

　　來到這裏一周後的某天，我從圖書館回到兄弟會宿舍，一個高大笨重的橄欖球隊員一本正經地問我：「喂，中國佬，你父親到底是開洗衣店的還是賣豬雜碎的？」

　　我困惑不解。

　　這家伙的話讓我丈二和尚摸不着頭腦，什麼「洗衣店」，什麼「豬雜碎」，這都是哪跟哪呀！這些跟我父親有什麼關係？這就好像是在大街上碰見一個陌生人，問人家：「你父親是趕駱駝的還是剪羊毛的？」一定會讓對方感到如墜五里雲霧之中。

　　我也不知道如何應對這家伙的問題。

　　這是個笑話？還是個謎語？還是個腦筋急轉彎？還是挑釁？還

是羞辱？我完全不知所云。

這家伙一臉壞笑，等着我回答他的問題。來到異國他鄉，最好是低調一些，躲開是非。我沒有理他，走開了。

「操你媽的，狗雜種！」他在我的身後大聲罵道。

兄弟會這些五大三粗的運動員，大都腦子空空，靠球場上橫衝直撞來混飯吃。上個世紀 60 年代，民權運動還沒有興起，種族歧視還十分普遍，很多州還存在着種族隔離政策。那時美國社會的容忍度遠不如現在，我所在的緬因州屬於新英格蘭區，基本還是白人的天下，沒有什麼文化包容和種族多元的觀念。

我每個星期都給父親寫一封信，講述我在緬因州這個小鎮裏遇到的各種各樣新奇的事情，說說我經歷的種種困惑不解的現象。我告訴父親，雖然我很憎惡英國統治之下的香港，但是我一在美國讀完大學就立刻返回香港工作。我會耐心地在這裏把書讀完，忍受着在這個奇怪國度的生活。在這裏，世情冷酷，種族歧視，物質豐富，自然美麗，好的壞的因素交織在一起。

但是這些並不是我的命運安排。

後來，我到斯坦福大學和加州大學伯克利分校讀書，思想經歷了一個長期的而又戲劇性的變化，我逐漸喜歡上了這個異國他鄉。這是另外一個長故事，留到另外一本書裏來講述。

父親每個星期也準時給我回信，他信中談的內容很多，諸如人生勸誡、道德倫理、勵志故事以及歷史上的名人典故等。他的信都是用漂亮的毛筆字寫的，而且每封信都編上號碼。我去美國收到父親的第一封信編號為 58，這是延續我在廣州中學時他給我寫的最後一封信的號碼。這已經是四年之前的事了，他依然記得這麼清楚。表面上冷酷不近人情的父親，其實他內心深處也有非常細膩的情感。

父親信中常談的話題就是美國社會的荒淫無度。他經常告誡

我，一個人沉湎淫亂的危害。根據他的說法，淫欲過度會導致視覺衰退。他還舉出了這方面的反面教材，諸如曉‧希夫納（Hugh Marston Hefner）、瑪麗蓮‧夢露（Marilyn Monroe）、珍‧羅素（Ernestine Jane Russel）以及好萊塢的眾多影星，都是因為淫欲過度而傷害了身體。一次父親還給我寄來了一份文言文寫的戒色格言，都是四字格式，句句押韻，講述不同年齡段的男人要警戒些什麼。當我看到這封信的時候，不禁失聲大笑，兄弟會的其他同學還認為我精神失常了呢。父親還是親手用毛筆認認真真抄錄給我，他的大字寫得十分漂亮。很可惜，這封信我沒有保存下來。

1970 年，我來美國後的第九年，也是我在加州大學聖巴巴拉分校任職的第一年年終，我請父親來美國一個月看看，所有的費用都是我負責的。我來舊金山機場接他，父親第一眼看到我就笑着說：「怎麼，兒子，你戴上眼鏡了！」

那時候父親已經 70 多歲了，我就帶他到加州大學舊金山醫學院做一次體檢。從中我也更加深入了解到父親的性格。

父親已經將近 30 年沒有見過醫生了。他雖然已經到了古稀之年，頭髮仍然又密又黑，身體硬朗，視力正常，走起路來還呼呼有風。在做體檢時，一位年輕的醫生首先問了一些他的病史。在這個過程中，我一直坐在父親的身邊。

「李先生，你大便時流過血嗎？」

「流過。」

「你去看過大夫嗎？」

「沒有。」

「那你是怎麼治好的？」

「我就一兩天不吃飯，躺在牀上休息，直到血止住。」

「為什麼你不去看大夫？」

「我不敢看大夫。香港的醫生就是一幫盜匪，他們見了病人就

搶劫！」

　　父親的話讓醫生楞住了。醫生停了一下，繼續往下問。

　　醫生又問到父親泌尿系統的情況。父親說他小便裏也曾帶過血，但是他從來不去管它，都是自然好的。接下來醫生問父親呼吸系統的狀況，問他是否咳嗽時帶血，父親回答道：

　　「從來沒有。只有肺結核患者才會這樣。我身體強壯，不會得這種病。」

　　我小時候在大陸和香港居住時，結核病是最常見的死因之一，主要是因為貧窮和過度勞累造成的。我的一個姐姐曾經感染過這種病，書的前面提到過此事。很幸運，她活下來了，現在居住在英國。

　　醫生又問道，在過去的 30 年裏，父親患的最嚴重的疾病是什麼。他毫不猶豫地回答道：

　　「瘧疾。這病真是可怕！」

　　「那你是怎麼治的？」

　　「我就吃奎寧，不停地吃，一直到燒退了，身體不發抖了為止。」

　　「你是說你給自己治病？」

　　「當然，我不給自己治病，誰還會給我治病？我從藥店買奎寧回來吃，香港人都知道吃奎寧治瘧疾。」

　　醫生轉而問神經方面的問題：

　　「李先生，你曾經被別人打暈過去嗎？」

　　父親先是瞪着眼看着醫生，然後指了指自己的鼻子，激動地說道：「不，只有我把別人打暈！」

　　醫生哈哈大笑，結束了病史問卷。此時一位護士來請父親去做體檢，醫生跟我輕聲說道：「你父親很特別，他能活到 150 歲！」

　　但是，醫生預測錯了。1989 年，這一年父親 91 或者 92 歲，

沒有人確切知道他是哪一年出生的，父親在中蘇邊界的黑龍江邊的一個小鎮走完了自己的人生旅程。可是，這個悲劇本來不應該發生。

在本書的前面我曾經提到過，父親到黑龍江邊的一個軍隊農場去看望他的兩個女兒，她們倆是父親在山東老家與父母給安排的童養媳生育的，是我同父異母的姐姐。父親自打他 20 歲到北大讀書後，再沒有聯繫過他的農村結髮妻和兩個女兒。那時候，大女兒才兩歲多，小女兒才剛出生不久。母女三個孤苦伶仃，受盡了折磨。父親即使在南京做高官掙大錢時，也沒有想到過她們母女三人。好不容易，兩個女兒長大成人，然而因為她們的父親是大漢奸，就被當地政府驅逐出山東農村老家，到邊陲軍隊管理的農場勞作。在父親生命最後的時刻，不知是因為懺悔，還是人之將死其心也善，打聽到了母女三人的去向，在深冬季節從香港輾轉來到黑龍江來看望她們。

農場裏生活條件簡陋，父親去的季節正值冬季，他不適應那裏的苦寒天氣，一到那裏就患上了重感冒，沒幾天就過世了。

父親去世後，政府給我寄來了死亡報告。我從中可以勾畫出整個過程。

父親感冒發高燒，導致身體電解質失衡，又缺乏適時的治療，他出現了精神錯亂。當地的醫務人員診斷父親患了精神分裂症，就把他送到附近的精神病院，並把禁閉在一個小房間裏。這時他清醒了過來，要求把他放走。精神病院的人員拒絕父親的哀求，父親就開始破口大罵，還向服務人員吐唾沫。這時服務人員上來把父親按倒，給他注射了一針強力鎮靜劑，頓時要了父親的命。

父親的死亡方式令人痛心不已。他的一生就是因名利而帶來的幻覺讓他精神長期狂躁不安，家人的磨難不能讓他清醒，社會的殘酷不能叫他醒悟，只能等到這針強力鎮靜劑才能使得他徹底鎮靜下來。

父親出生在清朝後期山東的一個窮山村裏，他死在一個北方的偏僻小鎮裏。他的一生就是一個走不出去的怪圈，折騰了一輩子，還是回到了原點。

父親因為功名利祿，拋棄妻子，在外邊的世界瘋狂追逐了一輩子的名與利。然而，在他生命的最後時刻，一切化為烏有，還是回到了結髮妻和兩個女兒身邊。在情感上，父親的人生也是一個圈。

在父親生命的後期，我在美國讀完了博士，並在那裏的大學任教，我變成具有雙重精神特質的人：一方面，我耳濡目染儒家思想，另一面，我也深受希臘羅馬文明的影響。後來父親來到美國，他也認識到了我在雙重文化影響下的人格特點。父親嘴巴裏並沒有明說出來，但是自從他來美國看我以後，對我的稱呼改變了，不再叫他給我起的中文名字「李訥」了，取而代之，他則稱呼我英文名字「查理斯（Charles）」。儘管我們說話都是用中文，但是一提到我的名字，父親就叫我這個洋名字。自打那時以後，每次我回香港去看望父親，父親的第一句話總是：

「啊，查理斯，你來啦！」

父親對我稱呼的改變，可能折射出他痛苦的內心世界。這也許反映他深深的內疚，覺得自己沒有盡到父親的責任，以至於連我這個他身邊最後一個親人都不敢認了。

在「李訥」眼裏，他的父親就是一個勇往直前的鬥士，是個時代的犧牲品。在父親生命的最後 20 多年裏，李訥每月給父親寄錢，盡了儒家倫理中的孝道。然而，在「查理斯」的眼裏，父親就是一個悲劇式的戰士，是瘋狂追求名利的奴隸，一輩子徒勞無功，浪費了天生的才華。

父親的一生是悲劇的一生，他何嘗不是在苦海裏掙扎了一輩子，最後還是被苦海所吞沒。

我與李訥教授的緣分

石毓智

我的《漢語語法演化史》於 2016 年獲得第六屆中華優秀出版物獎，近兩年又獲得四項國家社科基金中華學術外譯項目，將此書翻譯成英文、法文、韓文和印地文出版。我於 2023 年在劍橋大學出版社出版了 The Evolution of Chinese Grammar 一書，這是西方世界歷史最悠久的出版社所出版的最厚重的一本中國語言學的書。該書的出版標誌着我學術人生的新高度，然而如果沒有李老師的鼎力相助，我的學術生涯可能早在美國求學時就被徹底毀掉。

記述下面這段我在美國的經歷，讓讀者更好理解李訥老師的品格。李老師的大善來自他苦難的過去，我在美國的遭遇可能讓他想起了童年時在南京貧民窟的小夥伴，令他回憶起了少年時在香港街區的流浪兒，所以他決心要救助，因為他從南京小夥伴那裏懂得，人間最寶貴的是相互之間的真誠與互助。

落難聖地亞哥

1995 年 6 月初，暑假前的最後一個星期，突然接到語言學系的一紙決議，告訴我系裏決定終止我的學業。那時我在加州大學聖地亞哥分校讀書，這個消息如五雷轟頂，這意味着我的一切全毀了。此時已無法去申請秋季入學的其他大學，因為早已經過了各個大學的截止日期。按照美國的法律，失去學業的外國留學生必須在兩個月內離開美國。這是我學術人生遭遇的第一次重大危機，生死攸關。

　　那時我已經完成了所有博士學位的必修課，並通過了第一篇由系裏三位教授認定的達到發表水準的論文，這篇論文的指導委員會由我的導師 Ronald Langacker 和 Adele Goldberg 及另一位美國教授組成。按照系裏規定，一個學生在獲取博士資格之前必須通過兩篇可發表的論文，而且還必須是兩個截然不同的領域。我的博士學位是認知語法方向的，那個學期正在完成一篇音韻學論文，指導委員會由陳淵泉做主導組成。我在此前一年的秋季學期選題時就與陳淵泉商議，他說很有創意，同意我這個選題。第二年春季期中我就把完成的論文提交給了陳淵泉，他幾個月不管不問，直到期末最後一個星期時，陳淵泉突然給出他的判決：此生缺乏研究能力，決定終止其學業。

　　語言學系的主任由幾個正教授輪流當，那一年正好輪到了陳淵泉。我先向陳淵泉提出，按照系裏的學位章程，我有資格被授予碩士學位。陳淵泉回答：不行，因為你在中國已經有一個碩士學位了，不能給你第二個。我又向陳淵泉請求：太太懷孕，小孩下個月出生，希望多給我一些時間。陳淵泉聽到這裏，臉上控制不住地露出一抹得意的笑意，冷冷地對我說道：「準備兩個月內離開美國！」

　　這篇音韻學論文在前一年的秋季學期已經跟陳淵泉談好了選題，中間還跟他討論過幾次，他本來可以提前告訴我他的最後決定，這樣我可以有迴旋的餘地，有時間申請其他大學。陳淵泉一直拖到期末的最後一刻才出手，因為他算得很清楚，此刻我只有死路一條，不僅那時早已過了其他大學秋季入學的截止日期，而且各個大學已經進入假期，教授們離校休假，連個人也找不到。

　　陳淵泉身高一米六〇左右，見誰都是一臉諂笑，娶了一個華裔的護士太太，一輩子無兒無女，花了一百多萬美元，買了一所位於深山老林裏一個山頭上擁有九間臥房的別墅。語言學系裏沒有一個美國學生選陳淵泉做導師，身邊只有幾個來自大陸、香港和台灣的

學生，經常聽到美國學生說陳淵泉的壞話。陳淵泉是個典型的兩面人，對待他自己的學生是呵護有加，他帶的博士生是 100% 的畢業率。陳淵泉不敢惹美國學生，只敢拿中國的留學生出氣，對不選他做導師的中國留學生的殘害率也是 100%。在我前後的幾年裏，共有五位華裔學生選 Ronald Langacker、Adele Goldberg 等做導師，無一人倖免，他們的學業全部毀於陳氏之手。結果，認知語言學和構式語法雖然深受中國語言學的歡迎，然而在這個大本營沒有培養出一個中國博士（包括香港、台灣）。

被陳淵泉害得最慘的是來自復旦大學的一位女生。她本來是選陳淵泉做導師，做的也是音韻學方面的研究。她到了第六年博士論文基本完成的時候，參加了 Langacker 主辦的認知語言學會議，論文被收入正式出版的會議論文集。會後這位女生見了陳淵泉，說自己對認知語言學很感興趣，畢業後想做認知語言學研究。此後陳淵泉就對這位女生就開始不管不問，一直拖到博士資格期限的最後一年，陳淵泉不進行她的博士論文答辯，讓這位女生錯過了機會，從此永遠失去了拿博士學位的機會，也就無法在大學裏任職。這位同學被陳淵泉毀掉的是整個學術人生，她是復旦大學的高材生，很有才華，所以才有機會獲得資助到美國讀書的。

在走投無路之時，我向在加州大學聖巴巴拉分校工作的李訥教授求救。那時我才知道，竟有這樣的巧合，原來李訥和陳淵泉是加州大學伯克利分校的博士同學，陳淵泉的導師是王士元，李訥則選擇美國教授做博士論文指導。王士元要竭力毀掉李訥的學業，只是最後其圖謀沒有得逞。

李訥教授接到我求救電郵的第二天，給我打來一個電話：「我給你研究助理的身份，提供生活費，先在我這裏過渡一下，準備申請來年的博士學位。」此時李訥老師剛剛拿到美國科學基金的一個重大項目，課題為「漢語歷史句法形態學」，恰好也擁有幫助我渡

過難關的經濟條件。

　　在我學術人生的危機時刻，李訥教授向我伸出了最強有力的手，拯救了我的學術人生。毫不誇張地說，李老師這是救了我一命，我一家三口人的命。

遺憾與幸運

　　我在聖地亞哥的學業半途而廢，留給我一個遺憾，辜負了沈家煊先生的重託。

　　1996 年元旦這一日，是我學術人生的重大轉折點。這一天，我們一家從聖地亞哥搬到了聖巴巴拉。我從搬家公司租了一輛卡車，因為是第一次開卡車，為了安全起見，所以才選擇在元旦這一天，因為路上的車輛稀少好開。那一天一共開了 18 小時的車，從聖地亞哥到聖巴巴拉單程就得 6 個小時，前兩趟是駕卡車來回，最後一趟是把自己的小車開到新家。

　　這是新的契機，一家人都充滿着希望。那天下午返回聖地亞哥時，一家人在 Hometown 自助餐店改善了一次，作為開始新生活的慶典。

　　離開聖地亞哥，讓我心中總留着一個遺憾。我剛到這裏讀書時，沈家煊先生給我寫了一封長信，叮囑我努力跟認知語言學創始人 Ronald Langacker 學好這門語言學理論，因為這對漢語研究非常有幫助，虔誠取到真經，傳播給中國語言學界。不幸的是，我取經的路上遇到了妖魔，雖然沒有命喪魔窟，也不是半途全廢，但起碼也沒有功德圓滿。所以我一直很愧疚，辜負了沈先生的期望。沈家煊先生非常推崇的另外兩種語言學理論，一是語法化理論，二是功能主義語言學，這次變故卻讓我有機會見到這兩個理論學派創始人的風采。

過難關的經濟條件。

在我學術人生的危機時刻，李訥教授向我伸出了最強有力的手，拯救了我的學術人生。毫不誇張地說，李老師這是救了我一命，我一家三口人的命。

遺憾與幸運

我在聖地亞哥的學業半途而廢，留給我一個遺憾，辜負了沈家煊先生的重託。

1996 年元旦這一日，是我學術人生的重大轉折點。這一天，我們一家從聖地亞哥搬到了聖巴巴拉。我從搬家公司租了一輛卡車，因為是第一次開卡車，為了安全起見，所以才選擇在元旦這一天，因為路上的車輛稀少好開。那一天一共開了 18 小時的車，從聖地亞哥到聖巴巴拉單程就得 6 個小時，前兩趟是駕卡車來回，最後一趟是把自己的小車開到新家。

這是新的契機，一家人都充滿着希望。那天下午返回聖地亞哥時，一家人在 Hometown 自助餐店改善了一次，作為開始新生活的慶典。

離開聖地亞哥，讓我心中總留着一個遺憾。我剛到這裏讀書時，沈家煊先生給我寫了一封長信，叮囑我努力跟認知語言學創始人 Ronald Langacker 學好這門語言學理論，因為這對漢語研究非常有幫助，虔誠取到真經，傳播給中國語言學界。不幸的是，我取經的路上遇到了妖魔，雖然沒有命喪魔窟，也不是半途全廢，但起碼也沒有功德圓滿。所以我一直很愧疚，辜負了沈先生的期望。沈家煊先生非常推崇的另外兩種語言學理論，一是語法化理論，二是功能主義語言學，這次變故卻讓我有機會見到這兩個理論學派創始人的風采。

張伯江（參加現代漢語語法研究課題）、李訥老師、Sandy Thompson 教授、譯者和晶晶

女。李老師也是經過大災大難之人，他祖籍山東，中學時與父親鬧翻，曾流落街頭兩年，白天在餐館討飯，晚上住在農家的稻草垛裏。一日在餐館討飯，一位紳士把這個小乞丐叫到跟前問其緣由，他竟認識這個少年乞丐的父親，就把這個討飯的小孩帶回家，待其如子，繼續供這個小孩上學讀書。大概是因為李老師經受過這些人世間的罕見苦難，特別是因為遇到過這樣的大恩之人，所以他看見別家的孩子遇難時才特別有同情之心，並會慷慨助之。

　　我到聖巴巴拉的第二天，李老師就帶着我去辦理財務、圖書館等各種手續。李老師就是這樣熱情關照別人之人，他有非常繁忙的行政管理事務，本來可以安排一個手下人來幫我的，卻要親自來做。

　　在辦手續的路上，我問李老師我該從哪裏開始做起。李老師說：「你看看比較結構、動補結構等，它們在歷史上發生了很大變

化，到底是什麼原因造成的。」李老師沒有專門坐下來跟我談如何開展研究，一方面大概李老師對我沒有什麼信心，另一方面他也實在太忙。自然，我把李老師的建議當作「聖旨」。

李老師帶我到他的研究辦公室裏，幾個書架上擺滿了從《詩經》到《紅樓夢》各個時期代表性的書籍，還有一張大桌子，一把活動椅子，沒有電腦，也沒有任何電子文本。李老師對我說：「把這裏作為你的家。」

從這一天開始，我每天早上6點多，剛能看到路時，就騎着李老師借給我的自行車去工作，到辦公室有十分多鐘的路程。做到晚上十點多才回家睡覺，一天工作十四五個小時。中間兩餐回家吃飯，因為學校的餐廳都太貴吃不起。

真是天意呀！我在華中理工大學讀書，是一個碩士兩個專業。我讀碩士的第一年是師從嚴學宭、李崇興先生讀古漢語的，後來黃國營教授獲得了帶碩士生的資格，就轉到黃老師門下學習現代漢語語法。我讀碩士的第一個學期，先到西南師大參加一個學期的音韻、文字、訓詁培訓班，請來的是當時國內最知名的一批學者，諸如周祖謨、唐作藩、李新魁、劉又莘、梁德曼等。每個學者講兩個星期，一共上了十幾門的課，包括古文字、音韻學、訓詁學、版本學、目錄學等。本來我轉入現代漢語方向後，就立志一輩子做現代漢語語法研究，沒想到這一段的訓練在異國他鄉派上了用場，成了我救命的知識。

在此之前，我沒有做過任何漢語語法史的研究，如何做心裏沒有數。但是現代漢語語法研究的訓練，給了我一個語言系統觀，使得我能夠從系統觀的角度看待各個時期的變化。那時沒有任何電子文本，只能一頁一頁地看，一張卡片一張卡片地抄。這樣連續做了兩個多星期，發現比較句的結構發展不是孤立的，它是整個漢語語法系統演化中的一個子現象，與被動句、雙賓結構等具有平行的發

展。此時，我非常興奮，就把自己的想法和典型的例證寫在幾張紙上，約李老師談談我的進展。

因為李老師的行政事務不僅繁忙，而且經常要處理突發事件。我跟李老師約了好多次，都是赴約前他的祕書打來電話，說李老師有緊急事情要處理，只好取消約談。李老師可能是因為「爽約」的次數太多了，覺得不好意思，一天他打來電話說：「明天中午我請你吃飯，到時咱們談談。」

第二天中午，李老師開車帶我到學校附近的一家墨西哥風味的自助餐館，每人 5 美元，這對我是巨大的改善，自己平時根本都不敢吃這麼貴的飯。但是我也無心享受美食，盡力借這個寶貴的時機，把我的想法向李老師說清楚。吃完飯站起來要離開時，李老師說道：「毓智，明天中午我再請你吃飯。」

翌日中午，李老師又開車帶我到一家裝修豪華的中餐館，這家餐館的名字至今記憶猶新，叫「明朝皇宮」。這是我難以忘懷的地方，因為我的人生轉折點就發生在這裏。李老師點了好幾個菜，都是硬菜，每人平均下來要花二三十美元。到那時候，我在美國從來沒有吃過這麼貴的飯菜。

李老師跟我說：「你留下來繼續讀博士，我給你提供學費和生活費，給你專門的研究辦公室，再給你買一台新電腦。」原來李老師和 Sandy Thompson 教授曾經想探討漢語比較句的發展，但是找不到規律而擱置了，李老師很認可我的想法。

接下來，李老師很快給我辦了博士入學手續，導師是李老師和 Sandy Thompson 教授，同時制定了詳細的課程學習計劃。一下子讓我從地獄飛上了天堂，成了一個不僅不用擔心學費，而且還有充裕生活費的博士。此時我才發現，聖巴巴拉的風景真美，面對蔚藍色的太平洋，背依巍巍的青山，這裏是陽光之州的一顆明珠。更重要的是，還有賞識我的李訥教授和 Sandy Thompson 教授，那時我

覺得聖巴巴拉處處充滿着溫暖。

李訥教授在 UC Santa Barbara 做了 16 年的研究生院院長，負責該校的學術研究規劃。在他的任期內，主導大學的人才聘任計劃，物色可以獲得諾貝爾、菲爾茲獎的學者。我到那裏的時候，該校還沒有一人獲得這種國際大獎。進入新世紀以來，已有 8 位教授於該校獲得諾貝爾獎，一位獲得菲爾茲獎，該校成為新世紀獲這類大獎的世界前 10 所大學之一。一個大學領導者的能耐，不是你有錢把一個在其他大學獲獎者挖過來，而是你有眼光把具備這種能力的學者聘過來。

李訥教授雄才大略，今生能與李老師有這份緣分，是我的幸運和榮耀。

圓夢斯坦福

李老師救了我，也救了我們一家人，是真真正正的救命恩人。可是，李老師安排好我在 UCSB 讀博士所有事宜後不久，我又獲得了斯坦福大學的讀書機會。最後我決定要離開聖巴巴拉，去斯坦福讀書。李老師對這件事的處理，更為難能可貴，更展示他的心胸，更表現出他的過人之處。

我在 1996 年元旦去聖巴巴拉之前，就向幾個大學提交了博士申請。李老師給我安排好在 UCSB 讀博士不久，我接到了來自斯坦福大學東亞語言系的通知，說我的申請材料不全，尚需要李訥教授的推薦信。斯坦福大學東亞系的錄取方式是五個教授獨立給每個申請者打分數，按照分數高低決定是否錄取和提供獎學金。我的 GRE 和托福成績跟那些應屆大學畢業生相比，明顯處於劣勢，唯一強項就是科研背景，而科研背景的最大亮點就是在李訥教授的美國國家科學基金重大項目的工作經驗。所以李老師的推薦信是決定

我能否去斯坦福的關鍵。我做了很多的思想鬥爭，想了很久，最後還是決定請求李老師寫這封推薦信。李老師並沒有馬上寫，過幾天後李老師問我：「毓智，這推薦信我還寫不寫？」我知道，李老師不是在拖，而是實在不想讓我離開。我還是堅持讓李老師寫了這封推薦信。

李老師的推薦信發出沒幾天，就接到斯坦福大學的通知：給提供 4 年的獎學金，包括學費和生活費。這是太難以拒絕的一個機會了，除了學校的名氣，我還可以圓多年以來的一個夢想。在蘭州大學讀書時，我在外文書店買到一本盜版的 Elizabeth Traugott 教授所著的 *Linguistics and Literature*。在申請到國外留學時，就給 Elizabeth 寫了一封信，表達我對她學術的敬仰，想跟她讀博士。那時她是斯坦福大學的副教務長，給我回了一封 2 頁的信，說了很多鼓勵的話。所以我在國內時，就申請了斯坦福大學的語言學系，結果沒有成功。所以去斯坦福讀書，就可以實現我從大學時期的一個夢想，可以跟 Elizabeth 讀書。

李老師並不知道我這個心願，他勸我說：「斯坦福的東亞系沒有你研究領域的像樣學者，還是留在這裏吧。」我跟李老師說：「如果僅僅因為東亞系，我肯定就不去了。」過去的經驗告訴我，跟學術能力差的人打交道，跟三句話就要掉鏈子的人談學術，是一件痛苦而危險的事情。陳淵泉就是因為學術上的自卑，認為不選他做導師的學生都是看不起他，所以他要加害這些學生。

我跟李老師解釋道：斯坦福大學的語言學系有兩個歷史語言學的大師，Elizabeth Traugott 和 Paul Kiparsky，學習他們的理論方法，可以更好地完成這個大課題。每年放暑假的三個多月時間，我還回到聖巴巴拉來做課題。李老師表示理解，當時勉強同意了我的想法。沒過幾天，李老師又跟我說：「毓智，每月工資我給你加 300 塊，你還是留下吧。」我心裏很難受，李老師這是實在不想讓

我走呀。我只能反覆向李老師保證：「明年暑假我一定還會回來。」

我離開聖巴巴拉前往斯坦福的時候，李老師來送我，給我一個深情的擁抱。我又感動又過意不去，說道：「李老師，我一定會回來的。」

到斯坦福後，孫朝奮多次明確要求我停止與李老師合作，並以終止學業相威脅。客觀地說，孫朝奮不是壞人，況且斯坦福大學的體制也不給陳淵泉這類人害人的機會。更重要的是，我要回報李訥教授的決心是任何力量改變不了的。我在斯坦福讀書期間的幾個暑假，都是毫不猶豫地回到聖巴巴拉，繼續做李老師的課題。

我到了斯坦福，如願以償，先後上了 Paul Kiparsky 的 Historical Morpho-syntax 和 Elizabeth Traugott 的 Grammaticalization 課，並跟 Elizabeth Traugott 做了三個學期的「一對一」獨立學習課，與 Kiparsky 做了一個學期。我的博士論文從選題到完成，90% 以上的指導工作是 Elizabeth Traugott 教授做的，Kiparsky 教授也是我的論文指導委員會成員之一，經常與他討論問題。在東亞語言系王靖宇老師的關照下，我最後得以順利完成斯坦福的學業。

斯坦福給我留下一個美好的記憶。Kiparsky 把我上課的學期論文，作為第二年該門課的教學內容，此文後來也在英國一家語言學刊物發表。2010 年，Kiparsky 又邀請我回到斯坦福訪學一年。那時，Elizabeth 已經退休了，正好返聘回來上一門 Construnctionalization 課，我全程學習。他們那種熱愛學術的精神和深刻的思想理論深深地影響了我的研究。

在我到斯坦福讀書後，李老師不僅每個假期請我回去，給我最好的薪水，而且每次機會都想到我。李老師在 UCLA 高山別墅會議中心舉辦的只有 20 幾人的國際會議帶上我，他在巴黎、赫爾辛基的會議也叫上我。2001 年美國語言學暑期班，李老師做院長，也安排我去上一門課。在過去的歲月裏，我真跟着李老師見了世

面，開了眼界，對我的學術道路產生了重大的影響。

　　我跟李老師做這個課題的成果，集中體現在我們合著的《漢語語法化的歷程》一書中，此書於 2001 年在北京大學出版社出版。此外，我們還在海內外的多種刊物上發表了一系列的論文。我的《漢語語法演化史》也是這個課題的自然延伸，在書的前言我詳細陳述了李老師的貢獻。

　　李老師寬廣的胸襟，給了我更多的鍛煉機會，一個更加開闊的學術道路，讓我受益終生。

2022 年 6 月 25 日

回頭無岸

李　訥　著
石毓智　譯

責任編輯　李茜娜
裝幀設計　鄭喆儀
排　　版　黎　浪
印　　務　劉漢舉

出版　　開明書店
　　　　香港北角英皇道 499 號北角工業大廈一樓 B
　　　　電話：(852) 2137 2338　傳真：(852) 2713 8202
　　　　電子郵件：info@chunghwabook.com.hk
　　　　網址：http://www.chunghwabook.com.hk

發行　　香港聯合書刊物流有限公司
　　　　香港新界荃灣德士古道 220-248 號
　　　　荃灣工業中心 16 樓
　　　　電話：(852) 2150 2100　傳真：(852) 2407 3062
　　　　電子郵件：info@suplogistics.com.hk

版次　　2023 年 11 月初版
　　　　2024 年 5 月第 2 次印刷
　　　　© 2023 開明書店

規格　　16 開（228mm×150mm）

ISBN　　978-962-459-334-1